El visionario

A*

Abel Quentin
El visionario

Traducción de Regina López Muñoz

LIBROS DEL Asteroide

Primera edición, 2023
Título original: *Le Voyant d'Étampes*

Queda rigurosamente prohibida, sin la autorización
escrita de los titulares del *copyright*, bajo
las sanciones establecidas en las leyes, la reproducción
total o parcial de esta obra por cualquier medio
o procedimiento, incluidos la reprografía
y el tratamiento informático, y la distribución
de ejemplares mediante alquiler o préstamos públicos.

Copyright © Éditions de l'Observatoire / Humensis, *Le Voyant d'Étampes*, 2021.

© de la traducción, Regina López Muñoz, 2023
© de esta edición, Libros del Asteroide S.L.U.

Imagen de cubierta: Collage. A partir de una fotografía de © Yuri Arcurs / iStock photo
Fotografía del autor: © Patrice Normand

Publicado por Libros del Asteroide S.L.U.
Santaló, 11-13, 3.º 1.ª
08021 Barcelona
España
www.librosdelasteroide.com

ISBN: 978-84-19089-24-3
Depósito legal: B. 23669-2022
Impreso por Kadmos
Impreso en España - Printed in Spain
Diseño de colección: Enric Jardí
Diseño de cubierta: Duró

Este libro ha sido impreso con un papel ahuesado,
neutro y satinado de ochenta gramos, procedente de bosques
correctamente gestionados y con celulosa 100 % libre de cloro, y ha sido
compaginado con la tipografía Sabon en cuerpo 11.

Esta obra se benefició del apoyo de los Programas de Ayuda a la Publicación del Institut
français.

A los viejos jabalís

No soy prisionero de la Historia. No tengo que buscar en ella el sentido de mi destino.

FRANTZ FANON, *Piel negra, máscaras blancas*, 1952

La luna se ahogaba en todos los Potomac.
Yo mendigaba tu amor y sus altísimas hogueras.

ROBERT WILLOW, «Massachusetts Avenue», 1951

1. *The winner takes it all*
(El ganador arrambla con todo)

—«Todos somos hijos de inmigrantes»... ¿Qué significa eso? ¿De verdad crees que puedes sentir una décima parte de lo que siente un inmigrante? ¿No crees que ya era hora de dejar hablar a los «hijos de inmigrantes», de no confiscarles más su propia voz?

Jeanne, la nueva novia de mi hija, me miraba con severidad, apretando los labios. Me recordaba a una puritana en el Iowa de, pongamos, 1886. Contraía la mandíbula debido a un sufrimiento constante.

Eran las ocho de la tarde y la velada había arrancado con mal pie: cuando pedí un Suze, el camarero me lanzó una mirada interrogante. A todas luces, era la primera vez que oía aquello. Tuve que conformarme con un cóctel con pepino en el que flotaban unas semillitas de sésamo. «Parecen cagarrutas de un ratón enano», comenté de guasa, sin lograr relajar el ambiente. Alrededor de la mesa reinaba una tensión viscosa; es complicado establecer lazos de cordialidad entre seres humanos en cuestión de minutos. Solo Léonie parecía a gusto y bebía ruidosamente un té con pimienta de Sichuan mientras escuchaba nuestra conversación. Aquella chica sencilla y buena no podía concebir que entre dos seres a los que ella quería no naciera automáticamente una amistad recíproca.

Balbucí una disculpa e intenté explicarme recordando que Harlem Désir, el cofundador del movimiento SOS Racismo, tenía orígenes antillanos. En el caso de Julien Dray no lo sabía muy bien, tenía que consultarlo, pero no era ningún disparate que fuera algo así como judío alsaciano. O incluso argelino. Prometí informarme.

*

Éramos tres en torno a la mesa: yo, mi hija Léonie y su novia, Jeanne. Aquello ya era una pequeña revolución. Cinco años atrás, yo había instaurado el ritual de la cena dominical a dos con mi hija. No se aceptaban terceras personas. Lo hacía siguiendo el consejo de mi exmujer, Agnès, de «santificar un momento padre-hija». Agnès, que tan valiosos consejos daba, cuya sabiduría yo añoraba cruelmente desde el divorcio ahora que debía seguir mi camino en solitario.

Léonie vivía en Pontoise, en el barrio de Saint-Martin, que desplegaba sus calles estrechas y húmedas alrededor de la estación. Nunca me había invitado a su casa, y yo me había resignado; temía sin duda mis sarcasmos cuando descubriera que tras la mudanza había reconstruido al milímetro la decoración de su nidito *butch*, con sus pósters de Christine and the Queens y sus efluvios de papel de Armenia. Era espantoso inspirar semejante sentimiento a una hija (en vez de encarnar el refugio, la mirada bajo la que cobijarse). De hecho, los sarcasmos que se me escapaban a veces iban dirigidos sobre todo a mí mismo. Le guardaba rencor a Léonie por parecerse demasiado a mí. Mi hija había heredado mi segura tendencia al fracaso, si bien la suya no iba acompañada de la amargura de la mía, de su siniestra lucidez; ella era alegre como unas castañuelas. Trabajaba en el sector del *coaching* relacional aplicado al mundo de la empresa, uno de esos empleos que proliferaban como peces piloto (sanguijuelas, diría Marc) en torno a las industrias y servicios de la economía de mercado, aprovechando el auge del tartufiano concepto de «responsabilidad social empresarial». Para las compañías convertidas a la RSE, la idea, *grosso modo*, consistía en convencer al gran público de que eran actores del capitalismo con un rostro humano; de que su glotonería, su cinismo, su brutalidad conocían ciertos límites, y de que les preocupaba el bienestar de sus empleados (incluso, por qué no, su huella de carbono). Para encarnarlo, pagaban (mal) a proveedores externos que enseñaban al personal a comunicarse, a liberar la palabra en el *open space*. Y a eso se dedicaba Léonie, cada día, en salas de reuniones sobrecalentadas del barrio de La Défense. Más concretamente, la pantomima se basaba en organizar jueguecitos en los que debían participar unos directivos consternados o guasones, y en proyectar diapositivas de PowerPoint que explicaban con muchísima seriedad que «en lenguaje no verbal, una mirada huidiza es un síntoma de desconfianza por parte del interlocutor». A veces dispensaba sus consejos a distancia, por Skype. Total, un trabajo ridículo, y habría sido divertido reírse un poco del asunto con la interesada, como buenos amigos. Pero Léonie era una de esas criaturas incapaces de examinar sus fracasos con mirada sincera; había asegurado que ya no soportaba la vida en París para explicar su traslado al departamento de Val-d'Oise, cuando no era ningún secreto que ya no estaba en condiciones de pagar el desorbitado alquiler de su piso en la zona oriental de la capital; había asegurado que de todos modos la relación con Maeva, su anterior novia, no iba a ninguna parte —cuando esta última la había dejado por una becaria—, que las circunstancias de la ruptura arrojaban una luz nueva sobre el objeto de su gran amor, y que la espantada de la susodicha Maeva con una zorra con aretes y sandalias Les Tropéziennes era en realidad lo mejor que le había pasado en la vida. Igual que había revestido de colores iridiscentes sus desengaños sentimentales, así zanjaba también el relato de todos y cada uno de sus estrepitosos fracasos: «Ha sido lo mejor que podía pasarme en la vida». Cualquiera que la oyera pensaría que hasta el peor trastazo era una grandísima oportunidad.

A mí me gustaba dejarme mimar por esa chica alegre de bondad inexplicable. Léonie formaba parte de las santas de a pie que no brillan por sus milagros o acciones espectaculares, como curar a un hombre aquejado de la enfermedad de los huesos de cristal o hacer que una estatua de la Virgen llore lágrimas de sangre. No había, por tanto, ninguna posibilidad de que el obispo de Pontoise pusiera en marcha un proceso diocesano con vistas a su beatificación. Cinco años atrás, durante mi divorcio, se había puesto de mi parte de un modo sorprendente. Y eso que acababa de cumplir la mayoría de edad y era libre de irse a vivir con el progenitor que prefiriera, o de quitarse de en medio. Era evidente que su vida habría sido más agradable en el ático de su madre, consultora en Bain & Company, pero Léonie había hecho gala de lealtad y se había sacrificado porque sabía que yo pasaba por una mala racha (hablamos de una época oscura en la que escuchaba en bucle mis discos de Motörhead, en semipenumbra, y cada mañana amanecía como quien despierta de una amputación). Léonie no tuvo arrestos para dejarme solo y yo no tuve valor para rechazar aquella limosna. Acepté, egoístamente. Fuimos compañeros de piso durante dos años, hasta que un intercambio universitario la mandó a pasar un año a Copenhague. Tal vez, después de todo, saliera ganando con nuestra convivencia: su madre tenía una irritante tendencia a machacar a Léonie con sus propios sueños, sus exigencias de luchadora *workaholic*. Agnès le exigía en todo momento que se superara, le pintaba el mundo como una jungla en la que había que pelear con uñas y dientes cada victoria. Una visión bastante acertada, y del todo ansiógena. Yo, en cambio, no encarnaba precisamente la figura asfixiante del patriarca que vela por su clan; ese papel lo había asumido Agnès de manera natural. Mi exmujer padecía mi complicidad con Léonie como era su costumbre: sin rechistar.

❊

Jeanne, la nueva novia de Léonie, había insistido en escoger el restaurante. Quizá fuera una manera de marcar su territorio, o como mínimo de emprender las hostilidades en un terreno que le diera ventaja (yo creía haber oído a Marc citar alguna vez a un antiguo estratega chino a este respecto, algo en la línea de «quien ignora la naturaleza del terreno será incapaz de hacer avanzar a sus tropas»). Quedamos en el Renaissance, un localito muy moderno en el barrio donde ella trabajaba, cerca de Halle Freyssinet. Jeanne era socia fundadora de una *start-up*; yo no había pillado la naturaleza exacta de su actividad, solo había entendido que se dedicaba a «soluciones de internet». Era mayor que mi hija y con toda probabilidad gozaba de cierta estabilidad económica. Me alegró saber que Léonie vivía al amparo de una mujer de ideas claras y voluntad de hierro, al menos durante un tiempo. Estaba tranquilo y a la vez inquieto: Léonie se hallaba desvalida, vulnerable con ese amor que ya se percibía voraz, a merced de esa chica de más edad, aguerrida. Tenía que protegerse. Más concretamente, debería exigir ciertas garantías. Yo me había prometido hablarle de temas banales en aquella primera ocasión. Si decidían casarse, convencería a Léonie para que optara por el régimen de gananciales. Yo no lo había hecho con mi exmujer y me arrepentía con amargura cada día de mi vida.

Léonie, tan buena como siempre, había intentado ponerme por las nubes delante de su nueva conquista. Trataba desesperadamente de pintarme como un hombre simpático y me animó a hablar de mis años de militancia. Quizá con demasiada insistencia.

—¿Sabes, Jeanne, que papá fue muy activo en SOS Racismo en sus comienzos, allá por los ochenta?

Me empujaba al escenario con delicadeza: anda, papi, muéstranos lo que sabes hacer. Posa con tu mejor perfil. Yo había soltado esa pequeña perorata que Léonie se sabía de memoria, la leyenda de los ochenta, la marcha por la igualdad y contra el racismo de 1983 —la denominada «marcha de los *beurs**»—, los inicios de la asociación, la caótica colmena del 19 de la rue Martel, el macroconcierto de la plaza de la Concordia, mi estilo de dandi *afterpunk*; conté que por aquel entonces fumaba sosteniendo los cigarrillos entre el anular y el meñique, y luego las misas solemnes en la Casa de la Química, las peloteras con los «estalinistas» del Movimiento contra el Racismo y por la Amistad entre los Pueblos, las cenas con los «padrinos» Coluche y Simone Signoret, «la extraordinaria libertad de aquellos años», temas que yo había encasillado en un relato tan plaga-

---

* Personas nacidas en Francia con orígenes familiares magrebíes. *(N. de la T.)*

do de estereotipos que ya no sabía muy bien qué pensar de todo aquello en realidad, ni lo que había sucedido en verdad. El relato se había interpuesto entre mis recuerdos y yo mismo; los había modificado y se había confundido con ellos, como esos vinilos opacos que se ponen en las ventanas. Concluí con una nota de humildad: «No me genera ninguna nostalgia, debíamos de ser un poco capullos, pero no estamos aquí para hablar de mí: vuestra generación es más madura y tiene también sus desafíos», de nuevo sin saber muy bien lo que pensaba realmente, o puede que sabiéndolo demasiado bien.

Con Jeanne no funcionó.

El sentido de su rabia contenida solo lo comprendería más adelante, después del Caso. Hoy sé lo que Jeanne quería decirme al acusarme de «confiscar la voz» de las personas que defendíamos, lo sé ahora que estoy *despierto* (*woke*, como dicen Ellos): estaba harta de los aliados que reclamaban medallas, estaba harta de la compunción de los machos blancos pagados de sí mismos, estaba harta de los hombres que querían que los felicitaran por no «agarrar a las mujeres por el coño», que querían un aplauso por haber gastado suela en las manifas con un amigo negro hacía treinta años, estaba harta de la masculinidad tóxica de los viejos sesentayochistas, estaba harta del paternalismo de izquierdas, estaba harta de las niñas de papá y tal vez estuviera harta ya de Léonie, que me miraba como si yo fuera Gilles Deleuze o Roland Barthes cuando no era más que un carroza, un borrachuzo, un fantoche. Un fracasado; y un opresor a pesar de todo, bramaba la mirada furibunda de Jeanne. Y de la peor calaña: la de los *white saviors*, los salvadores blancos, los refuerzos de última hora que se alían con las Nuevas Potencias en cuanto perciben que soplan vientos de cambio para sus pálidos culitos cisgénero. Sin embargo, las Nuevas Potencias ya no me necesitaban para nada. Era demasiado tarde para demostraciones de buena fe: ya solo cabía colocar los huevos entre las hojas de la tijera de podar justiciera, ya solo cabía pagar, sin rechistar. Todo esto lo aprendí después, pero aquella noche en el Renaissance no lo adivinaba siquiera.

Traté de justificarme una última vez:

—No confiscamos la voz de nadie. No había condescendencia. Estábamos aterrados por los resultados que obtuvo el Frente Nacional en Dreux en las municipales del ochenta y tres. Harlem Désir y Julien Dray eran gente carismática, visionaria. No queríamos rendirnos ante nada. «Todos somos hijos de inmigrantes» era una proclama que nos salía del corazón. Un grito de solidaridad. Como el «Todos somos judíos alemanes» del sesenta y ocho. Somos una única juventud en bloque, poniéndoselo difícil al Frente Nacional.

Hasta ese momento había hecho una ejecución perfecta, o en todo caso no había dicho nada realmente bochornoso. Quería que Léonie estuviera orgullosa de mí. Ser un padre digno, presentable. Jeanne seguía fusilándome con la mirada y yo sudaba la gota gorda. Tuve la sensación de que me hacía una advertencia: «Ojo con lo que sueltas por esa boca». En las mesas de alrededor, una clientela joven intercambiaba miradas como quien intercambia estocadas. Sus sonrisas exhibían dentaduras sanas de *quarterbacks* americanos. Jeanne nos había explicado que habían montado una incubadora de empresas gigante en la zona, y que toda aquella chavalería trabajaba en el estimulante universo *tech*. Tenían menos de la mitad de mi edad. La vida les salía al encuentro cargada de fruta madura e hidromiel. El presente era su terreno de juego; el mundo, una ciudad de vacaciones. Se movían con agilidad de Shanghái a Londres, de París a Johannesburgo, dondequiera que hubiera conexión 5G. Cuando les preguntaban por sus proyectos, adoptaban poses soñadoras para hablar de un mundo donde cada centímetro cuadrado estaría irrigado por flujos digitales. Qué más daba que dichos flujos se llevaran por delante los raquíticos pensamientos de los nativos digitales: lo importante era que los flujos no se detuvieran jamás y que su red fuese cada vez más tupida;

que internet fuera la respiración del mundo. Para muchos, estos prometeicos delirios eran pura postura. La razón profunda de su entusiasmo era la misma que movía al mundo desde que existe: amasar la máxima cantidad de pasta en el menor tiempo posible. Todos resplandecían, y una vitalidad increíble emanaba de sus palabras sencillas y directas.

✻

Jeanne tenía una frente grande y abombada, y mecánicamente calculé los daños que podría causarme si decidía proyectarla a toda velocidad hacia mí y fracturarme el puente nasal. Cambié de tema y le pregunté por el trabajo. Ella contestó en una neolengua oscura, habló de «antagonizar» y de «disrupción», del «mito del *winner-take-all*». Léonie escuchaba a su chica abrumada de admiración. Una voluntad sin fisuras movía a la joven puritana. Tenía treinta años menos que yo, pero estaba claro que era la única adulta de la mesa.

—¿Cómo lo haces, Jeanne? —quise saber—. Me refiero a cómo haces para no tirar la toalla jamás.

—La clave está en no dejarse distraer por la vida. Doce horas diarias de trabajo, dos de deporte: boxeo, maratón, cardio. Azúcares de absorción lenta y grandes vasos de agua mineral. Dormir lo justo: cuatro horas, cinco a lo sumo.

Esta retahíla de agua helada consumió mis últimas energías. Agnès tenía razón: el mundo era una selva implacable. Ni Léonie ni yo podríamos seguir jamás el ritmo de Jeanne en la carrera darwiniana por la supervivencia en un medio capitalista, éramos dos irrecuperables vagones de cola. ¿Cómo competir con semejantes fenómenos? Esa misma mañana, a la hora a la que abrían los mercados financieros, yo había constatado que no quedaban filtros para café y había tenido que conformarme con un sobre de instantáneo. Me había hecho una paja sin alegría delante de un vídeo en el que una rusa retozaba con un fulano que pretendía encarnar la figura de un profesor (mucho me temo que de enseñanza secundaria). Un profe de mates o de geografía, no quedaba muy claro, porque había ecuaciones en la pizarra y un mapamundi encima de la mesa donde los dos actores fornicaban; el debate quedaba abierto. Casi envidiaba a mi hija y su capacidad de negar la realidad, que la ponía a salvo de no pocas desilusiones.

«Azúcares de absorción lenta», decía Jeanne. Apreté los dientes para poner buena cara, musité algo así como «impresionante, me quito el sombrero», pero notaba que algo se había roto dentro de mí. Tenía sesenta y cinco años, había dedicado treinta y cinco a dar clases de historia de la guerra fría frente a un público que manifestaba hacia mi persona una cortés indi-ferencia. Los matices de la doctrina Truman y las peripecias del bloqueo de Berlín, cuestiones complejas ya para mi primera generación de alumnos, se habían vuelto del todo incomprensibles para la que conocí durante la década de los dos mil; casi todos iban en pañales cuando cayó el Muro. Me había dejado crecer una panza flácida, dilatada por la cerveza, que ya ni siquiera lograba disimular bajo jerséis anchos. Abultaba a través del tejido, prueba fragorosa de mi renuncia. «La barriga de alguien que se ha rendido ante la vida», declaró Agnès, la madre de Léonie, semanas antes de mandarme al carajo. Y no le faltaba razón. Lo dijo sin maldad, ella ya no me guardaba rencor por nada, y de hecho la desaparición de esos últimos vestigios de reproches en nuestras conversaciones supuso el toque a muerto de nuestra pareja: Agnès se resignó, acabó por reconocer que yo era realmente ese hombre (y por «ese» había que entender un hombre de flaca voluntad, de recursos limitados). Mi entonces esposa comprendió que era ilusorio invocar el recuerdo de la persona que la sedujo a mediados de los años ochenta; ilusorio y hasta injusto, pues era en ese momento cuando se manifestaba mi verdadero carácter, en el corazón de la sesentena, en la hora amarga del primer balance, y había que respetarlo o en todo caso aceptarlo, a no ser que me atormentara inútilmente; a no ser que me exigiera ser otra persona.

Léonie bostezó. Las luces del restaurante se apagaron y la mesa de al lado entonó un cumpleaños feliz al que enseguida se sumó toda la sala. Sentí que mi último recurso era dejarme caer por mi declive natural. Adopté un aire falsamente desenvuelto para pedir la primera ginebra.

Me despertó un sol despiadado; había olvidado cerrar los postigos. Definitivamente, la felicidad dependía de muy poca cosa. Si hubiera tenido veinte años, si hubiera sido el joven militante caprichoso con su americana *oversize* y su corte de pelo asimétrico, el brillante seductor, ese derroche de luz habría sido un maná benigno. Yo podría haber apreciado la exuberancia de esa primavera precoz, de ese sol rojo. Sus rayos habrían acompasado mis andares cual clarines amigos. Sí, en los albores de los ochenta, en mis años de esplendor, los habría recibido como quien recibe un homenaje, seguro de que iban dirigidos a mí. Como el saludo fraternal de la naturaleza a uno de los representantes más orgullosos de la raza humana, el saludo de un astro a otro astro. Habría salido y me habría encantado percibir la ciudad madurada, ardiente, con los cinco sentidos alerta. Habría estado orgulloso de notar mi cuerpo elástico, tonificado por unos pocos ejercicios de gimnasia. Esa luz habría sido mi mejor aliada, me habría alimentado sin empacharme, habría hecho centellear los hombros de las chicas.

El cáncer de la nostalgia. Tenía sesenta y cinco años. Estaba tumbado al pie de mi cama, con la cabeza en estado de fusión y la bilis al borde de los labios. Era mi destino y mi ingrata vocación ser Jean Roscoff, la promesa incumplida. Aquel cuyas cualidades alguien enumera antes de añadir en voz baja: qué desperdicio. Ser una promesa incumplida era mi único horizonte, mi descomunal losa. Había bebido, y ahora pagaba las consecuencias. Me había acostado al lado de la cama. «Beber pasa factura», amenazaba por entonces una campaña de prevención masiva orquestada por una asociación que proponía que los enfermos de cirrosis abonaran de su bolsillo una parte del tratamiento. Y a mí me había llegado una factura descomunal. No estaba en condiciones de maldecir al cielo ni de reclamar nada. Yo solo quería que el sol pegara un poco menos.

Un rayo blanco incidió directamente en el fondo de mi retina. Levanté la nuca. A mi edad, una noche tirado en el suelo no perdona: las cervicales estaban apoquinando sin contemplaciones. Lo peor era el dolor de cabeza. Era como si un sádico me arañara las paredes internas del cráneo con una pulidora. En la calle, un martillo neumático fraseaba su lóbrego bombardeo. Me senté con dificultad, con una minuciosa economía de gestos. A mis pies yacían los relieves de un kebab en su caja de poliestireno amarilla. Las emanaciones de salsa samurái trajeron un recuerdo a la superficie: yo, engullendo el bocadillo y tambaleándome por una acera ancha con las manos brillantes de grasa.

¿Por qué había prolongado la correría tras la cena con Jeanne y Léonie? Ya iba considerablemente ebrio al salir del restaurante. Mi hija estaba tristona y Jeanne me escudriñaba con su mirada implacable, la misma que habría dirigido a un envase no reciclable o a un objeto de obsolescencia programada. Me metieron en un taxi y dieron mi dirección, pero yo, sabio corsario, desvié el rumbo del esquife y lo encaminé a un bar por el que me dejaba caer de vez en cuando.

Mi amigo Marc acudió a mi encuentro. Hablamos sobre esa generación incomprensible, esos hijos que se nos escapan. Removimos unos cuantos recuerdos de los años dorados, resucitamos la noche inolvidable del 15 de junio de 1985, el concierto del siglo, la obra magna de Julien Dray y la asociación: trescientas mil personas, una marea humana en la plaza de la Concordia que se extendía hasta los Campos Elíseos y la rue de Rivoli. Como miembro de la junta nacional que era, Marc me dio acceso al *backstage*, al espacio privado donde las estrellas piafaban como purasangres en sus potreros. De pronto estábamos fumando con Coluche y Alain Bashung, todo era irreal, y hasta Marc se desinhibió y dejó a un lado durante un rato las combinaciones tácticas, la cuestión de la representatividad de los de la Unión de Estudiantes Judíos en las instancias nacionales y su «agenda personal», y renunció por una noche a rumiar la siguiente jugada para gozar del calor de junio y la fiebre reinante. Incluso el competente Marc se liberó de las ataduras. Aquella noche ligué con todo lo que se movía haciéndome pasar por el cantante de Indochine. Mi amigo no me iba a la zaga: falseando un acento inglés, fingió ser el batería de los Fine Young Cannibals y hasta se llevó de regalo una mamada entre dos coches. Más tarde se cruzó con el auténtico batería. Le dio las gracias, muerto de risa, y el tipo se lo quedó mirando asombrado. Fue una noche suspendida en el tiempo, nuestra apoteosis; las guitarras rugieron hasta las tres de la mañana y los yembés tomaron el relevo hasta el amanecer.

Evocamos el recuerdo de nuestros excesos. Yo, tontamente enternecido; Marc, con una alegría más desapegada. Hablaba sin acritud; para él, al igual que para Julien Dray, aquella noche supuso su trampolín, el inicio de una aventura. Capitalizó aquel triunfo descabellado.

Eran casi las dos de la mañana, la mesa estaba sembrada de vasos vacíos; míos, sobre todo. ¿Por qué no me resignaba a volver a casa, si la noche ya había dado de sí todo lo que podía dar? Fue lo que me dijo Marc con pocas palabras: «Ya es hora de irse», esas palabras que evidenciaban el autodominio y el triunfo del libre albedrío contra el hundimiento y las necesidades tiránicas. Marc W., el insoportable amigo que siempre llevaba razón. Como si un razonamiento distorsionado fuera la causa de mi adicción al alcohol. «A mí me gusta beber tanto como a ti,

¿sabes?, lo que pasa es que llega un momento en que el alcohol causa más estragos que placer.» Claro que sí, Marc; excelente Marc que jamás reprendía, sino que aplicaba, con un rigor implacable, esa lógica de costes y beneficios adquirida (simpática paradoja) en la escuela del trotskista Dray, y no tan diferente de la que profesaban los liberales ortodoxos de la Escuela de Chicago. *Homo economicus* que surcaba la existencia pertrechado con la brújula más fiable de todas, la regla más sencilla: bajo cualquier circunstancia, *maximizar* la propia satisfacción haciendo un uso óptimo de los recursos. Claro que sí, Marc, dichoso dueño de un piso en la rue de Lisbonne, una casa en la Costa de Ópalo y otra casita en Saône-et-Loire, socio fundador de un bufete de abogados especializado en litigios comerciales; Marc, con sus trajes de Cifonelli y su entrenador personal; claro que sí, de nada sirve destruirse. ¡Gracias por el soplo, Marc! Cretino que finge considerar que la autodestrucción no puede ser un proceso consciente y que basta con mostrarle al borrachín el carácter contraproducente de su conducta para que este corrija su trayectoria. ¡Claro que sí, Marc, qué razón tenías! Era hora de irse porque habíamos llegado a ese momento en que la embriaguez ya ha dispensado todo el calor que podía dispensar. Regadas por el ingenio del vino, las conversaciones habían volado a lomos de la lógica y los razonamientos más limitados. El tiempo había aflojado y éramos de nuevo los jóvenes lechuguinos luminosos y seductores que habíamos arrimado dos mesas, y Marc había hecho su numerito de maduro guaperas con la vecina. La embriaguez había dado todos sus frutos, toda su poesía. Lo suyo habría sido dejarlo ahí, desde luego. Al segundo siguiente, se agriaría. Ya no habría más que soledades monologando en paralelo, dicción macarrónica, palabras pastosas y exentas de consonantes, juramentos de amistad hasta la muerte formulados en tono robótico, ojos que ya no ven, soliloquios obsesivos, senilidad. Era hora de irse, claro que sí, tras haber cosechado todo lo que la noche podía ofrecer.

Y yo me quedé.

Poseído, con la quijada en tensión, como el jugador que no acierta a separarse de la tragaperras. Intenté retener a Marc, me burlé de sus costumbres de aguafiestas, de su templanza de *control freak*. ¡Vamos, hombre! Levanté la voz. Puede que Marc incluso me diera un leve empujón al zafarse. Hice mi escenita de beodo con una virulencia cercana a la agresividad genuina, porque nada odia más el alcohólico que el amigo que abandona el barco. Cuando eso ocurre, se sabe desenmascarado: la marcha del bebedor moderado lo remite a su propia degradación, a su adicción maníaca. Hay celos en su furor, la envidia del poseído hacia quien conserva el dominio sobre sí mismo.

En la facultad de la que acababa de jubilarme, mis alumnos se pitorreaban de mí porque pronunciaba «pib» en vez de «peibé», y también «urss» en vez de «u-erre-ese-ese».

Lancé una ojeada a la ventana. En el cielo, un avión trazaba una línea con su blanco penacho. Se me encogió el corazón: tuve la sensación de que me dejaba en tierra.

Con sesenta y cinco años, todos y cada uno de mis días arrancaban con una promesa solemne, con el juramento de poner las cosas en su sitio. Cada día terminaba con la misma constatación de impotencia, el mismo hastío profundo. Me llegó mi propio aliento en bocanadas dispares. Hurgué en el botiquín, saqué una aspirina y un antiespasmódico para las ganas de orinar. Me los tragué y bebí un poco de agua dando lengüetazos al grifo del fregadero de la cocina. El cansancio me abrumaba. Aun así, me arrastré resollando hasta mi mesa de trabajo.

Unas semanas atrás había retomado un proyecto antiguo. Había decidido sumergirme de nuevo en un trabajo iniciado cuarenta años antes sobre el poeta estadounidense Robert Willow. Agnès me animaba, aunque ella habría alentado cualquier capricho susceptible de reactivarme un poco.

—Es una idea estupenda, Jean —me dijo con la mirada tierna de una trabajadora social.

Si eso evita que te suicides, porque no me apetece nada gestionar algo así ahora mismo, podría haber añadido. Pero ¿era realmente «una idea estupenda»? Sin duda, había un punto de chochez en el asunto. Cuando los elefantes notan que se acerca el final, toman ellos solitos el camino del cementerio, movidos por un instinto milenario. Los hombres de mi edad reanudan sus trabajos de juventud, o bien se apasionan de buenas a primeras por la genealogía de su familia. Como si la culminación de un trabajo abortado cuarenta años atrás pudiera constituir el eslabón perdido que alumbrase una existencia zarandeada por las contingencias y atrofiada por la indecisión y la pereza. «Por lo menos habré hecho algo», pensaba vagamente mientras rescataba las hojas amarilleadas que mecanografié por aquel entonces en una vieja Olympia. A priori, el proyecto, emprendido en un momento de exaltación, tenía todos los ingredientes de una mala idea. Pero enseguida recobré el entusiasmo y encontré intacto el fervor que me había arrojado a la obra desconocida de Robert Willow, poeta inclasificable y despreciado. Músico de *jazz*, turbulento compañero de viaje del Partido Comunista, exiliado en Francia a principios de los cincuenta para huir de la locura macartista, Robert Willow sacó partido a sus últimos años en este mundo y escribió dos poemarios espléndidos en francés que se publicarían póstumamente. Una noche de octubre de 1960, un platanero plegó en dos su Peugeot 404 después de que él perdiera el control del vehículo, en una carreterita comarcal que zigzagueaba entre Barbizon y Milly-la-Forêt. Se truncaba así una existencia iniciada en la localidad de Durham (Carolina del Norte), en un entorno pequeñoburgués donde las dos leches nutricias eran el Partido Demócrata y el templo baptista liberal; un entorno donde los corazones estadounidenses irradiaban fe en el porvenir. La suya fue una vida pulverizada por un platanero bonachón, en esa Île-de-France crispada de relicarios y de viejos campanarios, devorada por bosques demasiado vetustos.

A los veinte años, me deslumbraron aquellos versos extraños y delicados producidos de manera incomprensible por un retoño de América. ¿Cómo pudo escribir esos cantos de otra era un joven yanqui que vibró con las hazañas de Los Angeles Dodgers? Willow holló los guijarros de Coney Island, tomó helados agarrando por el talle a una novieta de pechos conquistadores y sueños estadísticos, rondó los clubes de *jazz* de Harlem, y sin embargo sus últimos poemas parecían arrancados a una viola de arco de la Edad Media, de un discípulo de François Villon o de Carlos de Orleans. ¿Qué ocurrió? A la crítica literaria nunca le había interesado el enigma de aquella vida segada por un estúpido árbol. Hay que añadir que Robert Willow huyó de un macartismo y se topó con otro: las censuras de Jean-Paul Sartre estaban al mismo nivel que las del House Un-American Activities Committee, la comisión parlamentaria sobre actividades antiamericanas creada por el senador Joseph McCarthy.

Por aquel entonces, la *intelligentsia* de izquierdas no era nada proclive a los cantares de gesta. El único romanticismo que se aceptaba era el del compromiso: Chen abalanzándose sobre el vehículo de Chiang Kai-shek y Boris Vian cantando «La java des bombes atomiques». Había que comprometerse, zambullirse en el caldero de las tribunas y las rotativas, desfilar codo con codo cantando que el género humano sería la Internacional. Nada más llegar a París, Robert Willow se lanzó de cabeza a la centrifugadora de Saint-Germain; lo recibieron con los brazos abiertos, igual que habían recibido a su colega Richard Wright y a tantos otros. El barrio vivía en el huso horario estadounidense. El hotel La Louisiane estaba plagado de yanquis, *jazzmen*, autores de la colección Série Noire, timadores o hijos de familia bien que habían cruzado el charco para envilecerse en los sótanos del club Lorientais donde los exzazús se pirraban por Charlie Parker.

Reuniones en pisos, recogidas de firmas constantes, manifestaciones antiimperialistas, amoríos ocasionales y un dogmatismo de hierro: Willow vino a encontrar más o menos la misma efervescencia que le había conquistado en Harlem. Jean-Paul Sartre lo presentó a su madre en el pisito de la rue Bonaparte, que es poco menos que decir el tejado del mundo. La voz cascada de Willow embrujaba y el hoyuelo del mentón al más puro estilo Kirk Douglas remataba la faena: las chicas hacían cola, prendadas por el *boy*. Un tío alto de sonrisa sincera suponía un cambio con respecto a esos muchachitos de la Escuela Normal Superior mal rematados y enfebrecidos que se arrebujaban en gabardinas demasiado grandes en un intento por parecerse a Humphrey Bogart. Willow era un poco Kessel: en algunos aspectos, tan poco francés, tan americano. El paradigma del aviador e intelectual en mangas de camisa que no hace ascos a echar una partidita de tenis antes de poner la Remington a funcionar. Hasta que un día desapareció. Devolvió las llaves de su apartamento y alquiló una casita en el centro de Étampes, una casa de notables que olía a ajo, con muebles Segundo Imperio amortajados bajo sábanas blancas. El *boy* de Durham desertaba de La Rhumerie, de los garitos de *jazz* y las redacciones para enterrarse vivo en una novela de François Mauriac. No hizo declaraciones impactantes, no dijo esta boca es mía, alquiló la casa en Étampes y se puso a escribir. Poco se sabe de esos años, por la sencilla razón de que no se relacionaba ya con nadie. Solo nos han llegado sus poemas amorosos, retablos de una pureza inmóvil. «La hermosa arquería», «Cantos de amor», «A la que no me espera», «Étampes y poemas».

Solo su amiga Nancy Holloway, la joven intérprete de «T'en va pas comme ça», tuvo permiso para visitarlo en Étampes. Expatriada como él, muy maja, cantante yeyé que revoloteaba de éxito en éxito, Holloway era el único contacto parisino de Willow que no gravitaba en la órbita sartriana. ¿Tuvieron una aventura? No se descarta que el poeta se enamorase de ella. Hace cuarenta años, cuando barajaba dedicarle a Willow mi tesis doctoral, me puse en contacto con la excantante para tratar de aclarar ese punto, pero Nancy Holloway estaba cansada, no quiso concederme una cita y se limitó a darme una evasiva: «Bob seguía tan guapo como siempre, pero vivía en una leonera de libros viejos, *some medieval stuff*. No puedo decir que nos peleáramos. Me tomaba de la mano y me decía que tenía un corazón puro, *something like that*. Se lo veía contento, pero yo creo que se había vuelto completamente loco. Los demás nunca se lo perdonaron». Los demás eran, por supuesto, los existencialistas, la pandilla de la rue Bonaparte, los de la Normal Superior con sus bufandas largas. En su último poema compuesto en inglés, «Until Further Notice» («Hasta nueva orden»), Willow se desmarcaba claramente del Partido Comunista. Despachaba tanto a Estados Unidos y sus «sueños de *Reader's Digest*» como a los soviéticos y su plan quinquenal (*five-year plan*):

Ausente hasta nueva orden
y más allá.
A todos los infelices:
no celebraré vuestro amor catastral,
neveras llenas hasta las trancas,
misiles supersónicos,
sueños de *Reader's Digest*.
Me marché,
me marcho sin pagar
para dormir bajo una fronda de estrellas.
No celebraré vuestro plan quinquenal.

En la rue Bonaparte no se lo tomaron nada bien. Cierto que Sartre no era miembro del Partido: él siempre fue un compañero crítico que no vacilaba en cantarles las verdades a los *apparatchiks* de la sede parisina. Incluso tuvo duras palabras para ellos en diversas ocasiones, y los estalinistas no se quedaban atrás: en 1948, el cabecilla de una delegación soviética lo calificó de «hiena dactilográfica» durante un congreso. Pero Sartre jamás puso Moscú y Washington en pie de igualdad, él siempre distinguió entre el *way of death* americano y la perfectible Unión Soviética. En Francia, el Partido conservaba un prestigio enorme. Cualquier crítica demasiado vehemente era sospechosa de hacer la rosca a la burguesía capitalista. La puesta en práctica del marxismo-leninismo dejaba mucho que desear, sin duda; para el filósofo, no dejaba de ser «el horizonte infranqueable de nuestro tiempo». Era un enamorado exigente, pero un enamorado, que un día declaró que «un anticomunista es un perro». Desde ese punto de vista, el relativismo willoniano era intolerable.

El desarrollo de la obra de Willow no hizo más que sellar su caída en desgracia. Aislarse para escribir sobre el amor cortés en una pequeña localidad del departamento de Essonne era un antojo pequeñoburgués, un romanticismo provinciano. Viniendo de un estadounidense, para colmo, aquello era lisa y llanamente

grotesco: Willow en su exilio no era mejor que las viejas millo-
narias californianas que recalaban en las orillas de la Riviera y
pintaban marinas creyéndose Matisse. Se sospechaba una conversión al catolicismo, algo turbio y rancio. Cayó en el olvido.
Nancy Holloway no se acordaba de gran cosa, pero me narró
un episodio que dejaba helado. Alguien le refirió la reacción
de un «sartriano» a la noticia de la muerte del joven: «Por lo
menos, Camus se mató en un deportivo. Pero ¿un Peugeot 404?
Por favor».

Tras mucho investigar, reconstituí algunos hechos desperdiga-
dos. Robert Willow recibió sepultura en Étampes. Nancy Holloway siguió sin compañía el coche fúnebre que circuló hasta
el pequeño cementerio. Richard Wright apareció en el último
momento para acompañarla. Acudió a escondidas, devorado
por los remordimientos por haber dejado en la estacada a su
camarada de expatriación. Acto seguido, se dirigieron los dos
a la casa del poeta. ¿Guardaron un momento de silencio en
la vivienda abarrotada de manuscritos? Cabe suponer que el
autor de *Black Boy* y el icono yeyé se fumaron un cigarrito en
el jardín, sin lograr articular palabra. Que Nancy Holloway,
criatura práctica, quebró el silencio para proponer el envío de
un telegrama a la familia y la negociación de un plazo con el
arrendador para vaciar la casa. Se sabe que metió todos los
papeles que encontró en unas cajas de cartón de gran formato
sacadas de un comercio cercano que luego ató con rafia (esto
me lo narró el antiguo dueño de la pequeña droguería, que no
había olvidado la visita del huracán americano). Lo metió todo
en el maletero de su Triumph y puso rumbo a París a toda mecha. A Richard Wright se lo llevó por delante un infarto pocas
semanas más tarde.

Cuatro meses habían pasado cuando una prima de Willow
se presentó en la casa de Miss Holloway, en la rue du Cherche-
Midi. Era una estadounidense de pura cepa, una pulcra madre
de familia con sus uñas pintadas y su moño extravoluminoso.

Saludó, agarró los manuscritos y se volvió a Estados Unidos, concretamente a Nueva Jersey. Los manuscritos acabaron en casa de un pequeño editor francófilo del East Side que había conocido a Willow en sus años neoyorquinos. Se quedó boquiabierto al traducir los cantares de gesta del *exenfant terrible*. ¿Aquel hijo de América, trompetista parrandero, con su mandíbula cuadrada y su sonrisa de pillo, era la misma persona que había escrito los textos? Se publicaron ante la indiferencia más absoluta en tres pequeñas antologías, en una colección de la oscura Philadelphia Booker Press. Veinticinco años después de su muerte, una editorial francesa con el elocuente nombre de Arrière-Garde («retaguardia») se interesó por el caso Willow. Decidieron publicar sus poemas en francés con un prólogo farragoso. ¿Era Willow un vacilón? ¿Un creador de pastiches? ¿Había que tomárselo en serio? Lean, lean, venía a decir el editor. Lean y juzguen ustedes mismos. Fue entonces cuando me topé con uno de aquellos pequeños rondós sólidos y pulidos como guijarros. Todo el mundo soñaba con descubrir algo. Yo me vi como el emisario de un genio y me vanaglorié de ser el único que comprendía una obra injustamente despreciada.

2. Mi alma inconsistente y frágil entonó un canto sedicioso

Es probable que «Split Lips» («Labios resquebrajados»), uno de sus últimos poemas en inglés, date de 1955. Podemos leerlo en francés en la traducción que hiciera Joël Sobchak, un escriba oscuro y entregado (y heroinómano, según me contó el director del equipo de Arrière-Garde, que le facilitaba encargos a finales de los años noventa). Lo cierto es que Sobchak hizo un buen trabajo, y puede leerse sin desagrado (y, sobre todo, sin menoscabo poético) ese texto tan singular. En «Split Lips», Robert Willow narra en forma de balada alucinada el éxodo de Louis Armstrong desde Nueva Orleans hasta Chicago, a principios de siglo. Una noche calurosa en un barco fluvial largo y perezoso, la trompeta de Armstrong desgarra el silencio. La exuberancia y la potencia armstronguiana se aprestan a derretir el norte industrial y subvertir sus noches glaciales. Es a un tiempo éxodo mítico y conquista. Armstrong huye de los *honky-tonks* de Nueva Orleans, del ritmo lento y cruel del sur, de la humedad incapacitante del *bayou*. Se lanza al asalto del norte, de los *speakeasies* y de las multitudes formicantes. El músico toca a lo largo de todo el viaje, que dura siete días con sus noches, sin comer ni beber, hasta que los labios se le resquebrajan en un suplicio que es a la vez apoteosis.

Tres años más tarde, Willow escribía (ya en francés) los primeros versos de «Étampes y poemas»:

Al sol un mendigo de trasero inmundo
canta una pastorela.
Pasa un comerciante,
un cura,
pasa una pastorcilla.
Escucha la voz del mendigo que se eleva
a los cielos.

La metamorfosis era espectacular, incomprensible. El *jazz*, las *jam sessions* habían dado paso a las iluminaciones y el amor cortés. Su poesía había abandonado Nueva Orleans en pos de Orleans, el antiguo territorio cristiano. En su periplo hacia atrás en el tiempo hizo escala en Saint-Germain, es decir, en el Harlem del Sena; allí se gestó el punto de inflexión.

Yo trabajaba con ahínco en mi piso de dos dormitorios de la rue Archereau. A veces varias horas de un tirón antes de soltar la pluma, satisfecho. El libro cobraba forma. Casi se me olvidaba que ya estaba mayor, y por lo demás yo no era un viejo, o eso me dijo Léonie a mediados del mes de abril. Había leído por ahí que un sénior de 2025 tendría la forma física de un treintañero de los tiempos de Luis VI el Gordo. Yo sonreí. Mi hija me llamaba para anunciarme que se mudaba a casa de Jeanne, estaba exultante y hablaba de su novia con un fervor intacto. Cuando colgué, me pregunté si a los treintañeros de Luis VI el Gordo también les entraban ganas de mear quince veces al día.

Estaba cada vez más claro que mi libro sería un artefacto híbrido, una antología poética combinada con un ensayo, un objeto bastardo como bastardo era su protagonista, el escurridizo Robert Willow. Quería que el lector pudiera leer al poeta, pero quería también brindarle mi visión personal de su obra. Una poesía de Willow abriría cada capítulo, seguida de un desahogo de mi cosecha. Por la noche, recibí una llamada de mi ex, Agnès. Al otro lado de la línea, su voz estaba desprovista de calor. No llamaba para una cháchara superflua sino para mantener una conversación de referente parental a referente parental, entre padres divorciados.

—¿Has visto a la novia de Léonie? —me preguntó.

—Afirmativo.

—¿Y?

—Jeanne es genial, una luchadora. A nuestra hija se la ve muy enamorada.

—Y sin embargo no te veo muy entusiasmado.

—No sé. Tengo miedo de que me aleje de Léonie. Parece muy radical. Y su mirada... La última vez que vi esa mirada fue en ciertos veteranos de la línea comunista revolucionaria, en SOS Racismo. Hay algo severo en ella. Imagino que Saint-Just y Robespierre eran así. Gente que no duda, que cree que la duda es señal de debilidad. La ira le dilata las aletas de la nariz. Para ella, no hay nada que discutir: yo soy un varón heterosexual, ergo un opresor. Peor todavía: un violador en potencia. Estoy descalificado.

—Pobre niño, objeto de la ira femenina —se mofó Agnès.

No podía apoyarme. Seguramente estaba de acuerdo conmigo, pero era inconcebible imaginarla en mi bando, contra una «hermana». Ella no traicionaría. Los fantasmas de millones de mujeres furiosas, mudas, la observaban con insistencia. Llevaban largas togas inmaculadas y salmodiaban por lo bajo, a la manera de un coro antiguo. Agnès añadió:

—Tendrás que perdonar que no me conmueva tu sufrimiento. Que yo sepa, a ti nadie te ha puesto palos en las ruedas por ser quien eres. Acuérdate de lo que sufrió Léonie en el colegio.

Me acordaba. Una panda de cerdos la había sorprendido mientras otra chica le metía mano. Volaron los insultos, Léonie respondió y acabó con un ojo a la funerala.

—Tienes razón, Agnès. No hay quien me entienda. Y pese a todo... Esa chica me da miedo, qué quieres que te diga. Son espíritus de sistema, y los espíritus de sistema siempre llevarán ventaja. Imagínate un pensamiento cerrado, una doctrina que lo explica todo. Da miedo. Allí estaba yo, razonando frente a Saint-Just, y todo lo que decía sonaba falso. Mis matices eran transigencias.

—Es lo que son, precisamente.

—No sé. Tú tienes muchas certezas. Esta chica, Jeanne, solo tiene certezas. A mí una idea que arrasa con todo a su paso me aterra. Es hermoso y es terrible. Porque una idea solo responde de sí misma, es incontrolable, y solo se detiene cuando ha arrasado con todo. ¿Te acuerdas de la escena del cañón que rueda descontrolado en *El noventa y tres*, la novela de Victor Hugo? ¿El cañón enloquecido que arrasa con todo en la corbeta *Claymore*? Pues esa es la impresión que me da. Y luego esa desconfianza en la mirada, era para verla. Una comisaria del pueblo, eso fue lo que vi. No me estaba escuchando, analizaba mis palabras para encontrar la confirmación de lo que ella ya tenía más que dictaminado: que el padre de Léonie es un cuñado homófobo, un cerdo abúlico y opresivo.

—Estás egocéntrico perdido —señaló Agnès, harta—. Tú tienes que ser siempre el protagonista de todo. Sientes amenazada tu virilidad, tu autoridad como padre. En realidad no se trata de Léonie.

Me criticaba amablemente. Tal vez sea una peculiaridad inconsciente de las parejas separadas cuando se las pone en una situación que antes se vivía en un contexto amoroso. Pronuncian las mismas palabras resentidas como si fueran a despertar juntos a la mañana siguiente. No es que me molestara. Al menos expresaba algo, era mejor que esa indulgencia desenfadada que significaba «te deseo lo mejor porque sigues siendo el padre de mi hija». Las pequeñas agresiones, las manifestaciones de irritación, eran todavía una manera de quererse.

—Estás siendo injusta. No quiero que mi hija se convierta en una... —se me vino a la cabeza la palabra «histérica», pero fui prudente y me mordí la lengua—... en una persona carente de espíritu de finura. Quiero que desarrolle un pensamiento complejo, que aprenda a pensar contra sí misma.

Agnès carraspeó.

—Léonie necesita recuperar la autoconfianza. Si esa chica le puede infundir parte de su... garra, pues mejor que mejor. Solo espero que sea buena con ella. Que la cuide —agregó, separando las sílabas, como quien deletrea una palabra a un retrasado.

Decidí ignorar la alusión a los últimos años de nuestro matrimonio.

—Jeanne no es de las buenas; no, no creo. Se dedica a gestionar «soluciones de internet» —concluí, pensativo.

❖

Durante la primera etapa de nuestro divorcio, Agnès prácticamente solo me hablaba de nuestra hija. Se esforzó para que nuestras conversaciones derivasen hacia una camaradería sosegada, consolidada a partir de nuestro papel de padres. Me percaté de sus empeños, que herían mi amor propio y desesperaban mi amor a secas. Un día le señalé que estaba invirtiendo una buena dosis de energía en «triunfar en su divorcio». Lo dije con una entonación amarga y hasta un pelín condescendiente, como si la expresión formara parte de su vocabulario, de un mundo materialista y trivial, un mundo de revistas de desarrollo personal que se correspondiera con el suyo. Tenía en la cabeza un remate cargado de veneno, «me habría encantado que invirtieras esa misma energía en salvar nuestro matrimonio», pero me lo tragué: era, a todas luces, de una injusticia absoluta. Agnès me miró directamente a los ojos. No manifestó voluntad alguna de hacerme daño; de todos modos ya no funcionaba, se había liberado de mí y de mi esnobismo asfixiante, culpabilizador, de mi cutre esnobismo de académico mantenido por su esposa, de pequeño pachá que juega a ser árbitro de elegancias, que desprecia el mundo del dinero del que se beneficia alegremente gracias a su matrimonio. Ella achacó aquel toque de hiel al amor herido, clavó su par de ojos francos en los míos y dijo sí, Jean, me apetece triunfar en mi divorcio, y apretó su adorable mandíbula para no echarse a llorar. Y yo sentí el deseo de besar todas y cada una de las arruguitas que se le formaban en las comisuras de los ojos, sus patas de gallo, como las llamaba ella. Tenía cincuenta y cinco años.

Y total, que siguió poniendo todo su empeño.

Al principio, tiraba copiosamente del campo léxico de la madurez («actuar como adultos», «serenidad», «responsabilidad», «indulgencia recíproca»), un vocabulario que bien podría haberle tomado prestado a algún político demócrata cristiano y alemán, el gobernante de un *Land* un tanto aburrido que hace de lo humano y la cooperación el eje de su proyecto. Reiteraba estas palabras con la esperanza de convertirme a su firme determinación. Yo lo odiaba. Odiaba que mantuviera la calma, no quería que mantuviéramos la calma. Me resultaba tan insoportable que quería identificar a otra persona en aquellas palabras. Adivinaba un protocolo definido con ayuda de su terapeuta y depurado por teléfono con su mejor amiga. No podía haber pasado página con tanta facilidad, pensaba yo, solo repetía como un papagayo las palabras de un profesional; tal vez se apoyase en un librito sobre la separación, habría sido muy propio de ella, de esa faceta de empollona para quien todo se aprende. Desde ese punto de vista era realmente impresionante, de un pragmatismo absoluto, estaba convencida de que se podía aprender a envejecer, a separarse y hasta a morir igual que se aprende a jugar al ajedrez o a hablar español, es decir, aplicando un método, leyendo obras de referencia y asesorándose con los mejores especialistas; era aterrador y admirable, y me fascinaba. Intentaba hablarle de nosotros, de nuestra pareja. Quería hablar de eso una y otra vez, remover los recuerdos y repartir los errores, pero ella aguantaba con energía, sin ofrecer ningún asidero a mi diálogo amoroso, volviendo siempre a nuestra victoria como padres. De vez en cuando recibía en el móvil una foto de los dos con Léonie, sin ningún comentario. Yo me enfurecía, imaginaba a Agnès hablando de mí con un psicólogo calvo y bondadoso, un psicólogo que se parecía físicamente a Michel Foucault, con una capacidad de escucha inagotable, y hablaban de mí como de un loco encolerizado, una especie de pervertido inmaduro al que había que tratar con precaución, y Michel Foucault le aconsejaba que me enviase imágenes que evocasen «un imaginario de responsabilidad», el muy hijo de la gran puta.

Hasta que, una noche, su firme resolución se resquebrajó. Estábamos en un restaurante peruano, delante de un ceviche de bacalao, y yo exhumé para Agnès un recuerdo con quince años de antigüedad, una excursión en kayak por la costa salvaje de

Quiberon, en el Morbihan. Nos perdimos por culpa de una niebla que se cortaba con cuchillo, se desató una tormenta y tuvimos que refugiarnos en una gruta oculta en el pliegue de un acantilado. Había pleamar, pero no estábamos del todo seguros de que la marea no fuera a subir más y pasamos miedo de verdad, aunque veinte años después era el recuerdo perfecto, con su dosis de angustia, de improvisación, un decorado apocalíptico y el inevitable polvo echados los dos sobre los grandes guijarros blancos, con el sabor salado de su sexo que yo hozaba con adoración. Le recordé a Agnès el épico regreso, la amenaza de acabar estrellados contra el acantilado, con nuestros minúsculos kayaks, nuestros kayaks de turistas. Agnès me dejó hablar, esbozó una sonrisa y se enterneció conmigo, y bromeamos, y no hablamos del sexo pero el vívido recuerdo de aquel cuerpo a cuerpo estaba ahí, flotando por encima de la mesa, entre ella y yo. Agnès sonreía, se dejaba llevar por una sonrisa genuina, ya no era la exmujer constructiva que se esmeraba por triunfar en su divorcio, no repetía las palabras de Michel Foucault, no desarrollaba el guion acordado por teléfono con su mejor amiga. Les arrebaté a Agnès y allí estábamos, por un instante, en aquella gruta donde yo gruñía mientras la penetraba, donde gruñíamos los dos, enredados en los chalecos salvavidas. Y, naturalmente, después del recuerdo luminoso vinieron los reproches por no haber estado a la altura del recuerdo luminoso, por haberme dejado conquistar por la amargura, por haberla humillado, por haberla vampirizado. Desde aquella noche en el restaurante peruano, Agnès oscilaba entre la ternura y la irritación (ambos sentimientos a veces contenidos en la misma inflexión de voz, como dos átomos contrarios). No estaba ya a la distancia correcta, no estaba ya a la distancia adecuada que le había indicado el psicólogo calvo y astuto. Y yo entreveía una esperanza en la agitación que afloraba, muy a su pesar, en su hermoso semblante.

En el canal de l'Ourcq, pequeñas embarcaciones eléctricas transportaban a grupos de canadienses. Estábamos en el florido mes de mayo. Yo, con los ojos como platos, atornillado a la silla de oficina, seguía enfrascado en el misterio Willow. No todo era escribir; había que ampliar las pesquisas. No era la parte más ardua del trabajo, me gustaba bastante indagar y hacer llamadas, me sentía como un detective privado de novela negra, inmundo y eficaz. Como por algo había que empezar, me centré en el viaje a Francia de Willow. Abandonó América en 1953, a la fuerza antes del 18 de junio, porque ese día aparece junto a Sartre en una fotografía tomada en el Velódromo de Invierno, en la manifestación de apoyo a los Rosenberg, el matrimonio acusado de espionaje soviético. ¿Cómo viajó Willow? Yo apostaba por una travesía en trasatlántico, a tenor de estos versos de «Swingfarsa oceánica»:

> Junto al piano bar un muy alto capitán abordó oblicuamente a una puta asaz fea.
> El *Liberté* (¡así se llamaba!)
> bogaba todo al este.

El *Liberté* era un mastodonte que cubrió la ruta con Nueva York durante más de una década, después de la segunda guerra mundial. Fui a El Havre. En la autopista, mi Toyota Prius rugía de puro deleite; había estado mucho tiempo privado de salidas. Al llegar a la ciudad, circulé despacio por una barriada de almacenes, junto al puerto, hasta que di con el centro de documentación de French Lines & Compagnies, que gestionaba los fondos históricos de la Compañía General Marítima (antigua Compañía General Trasatlántica). «Tenemos cinco kilómetros de archivos», anunció todo orgulloso el director adjunto del centro, un cuarentón al que yo había explicado someramente por teléfono mi proyecto. Llevaba unas gafas color óxido, o terracota, o algo por el estilo, y se frotaba las manos, que eran largas y delgadas, como si acabara de cerrar un acuerdo comercial muy ventajoso. Tenía la cara estrecha y móvil.

—Las listas de pasajeros desde 1932 las han digitalizado voluntarios o historiadores jubilados. Es un trabajo de hormigas.

—¡Extraordinario! ¡Extraordinario! —exclamé yo, apretando los dientes.

Extraordinario, y un poquito terrorífico también. Mi guía me guiñó un ojo cómplice, como diciendo que yo clavaba el perfil. Había olido al sénior desocupado, y si por un casual me apetecía formar parte de la aventura... «Antes dejo que un oso se me coma los ojos», pensé, forzando una sonrisa. Por el camino había tenido que parar en cuatro estaciones de servicio para mear. El archivista me instaló en una salita con ordenadores. La base de datos FrenchLine era fácil de usar hasta para un fósil de la era predigital. Encontré sin dificultad al poeta, registrado con el nombre de «Bob Willow», en una travesía del 4 al 12 de marzo de 1953. Las fotos, sin embargo, resultaron más complicadas; la entrega de los jubiletas tenía sus límites y no habían digitalizado las imágenes. Cada travesía había sido objeto de centenares de negativos: tendría que haber peinado decenas de cajas, durante horas.

—Pero a los viajeros de segunda clase los fotografiaban mucho menos —añadió el director adjunto, muy vivo.

Me di por satisfecho con las fechas del viaje, y razoné que el camarada Stalin murió el segundo día de viaje de Willow. Sin duda, se telegrafió la noticia al comandante a bordo; tal vez hubo gritos de alegría entre el pasaje. ¿Prefirió Willow mantener un perfil bajo? Emprendí el camino de vuelta. Con una mano en el volante y una lata de Heineken apoyada en el portavasos, me entregué a mis reflexiones. Intenté meterme en el traje arrugado de Robert Willow aquella mañana del 4 de marzo de 1953, en el puente del *Liberté*. Estiraba el cuello para ver por encima de la hilera de hombros, contemplaba una última vez el *skyline* que se alejaba hasta no ser más que una franja almenada sobre la superficie del agua. En el barco hay niños de papá y también militares que vuelven de un permiso y se disponen a asumir un puesto en Berlín, en la zona de ocupación estadounidense. Han decidido hacer escala en París para comprobar la veracidad de las historias que les han contado: los que liberaron la ciudad en el cuarenta y cuatro hablaban de un burdel a cielo abierto. Hay también turistas ricachones con abrigos de forro de piel, hombres de negocios y niñas de buena familia envueltas en capas de lana. Robert Willow observa a sus compatriotas, que huelen a jabón fresco. Piensa: he aquí a los americanos. De entrada, no se cuenta entre ellos; le requiere un esfuerzo, y entonces da un respingo: «Yo soy americano». Los observa y ve a un pueblo extraño y demasiado reciente, bebés gordos, rosados y mofletudos que huelen a polvos de talco y a aceite de baño. Les falta algo. Quizá una derrota fundadora que los empuje a una introspección colectiva. El sentido de lo trágico. Les falta el sabor a ceniza en la boca. Willow conoce bien ese sabor, tiene la sensación de haber nacido con él. Se asoma de nuevo. Ahora, el *skyline* es un trazo apenas perceptible, al cabo de un minuto se confunde con la línea del horizonte. A Willow se le encoge el corazón. Se pone derecho, respira vigorosamente. No llorará. Nunca ha ido a Europa, pero tiene la impresión de estar volviendo a casa.

Su padre sufre neumotórax, no sabe si lo verá más. Su madre bien podría morirse de pena cuando reciba la carta que Willow franqueó horas antes de zarpar en una pequeña oficina de correos de la calle Ciento treinta y nueve. Se marcha a Francia. Viaja a contracorriente de la historia, a contracorriente de los flujos de energía que convergen hacia el nuevo centro gravitacional del mundo. Abandona el continente de las posibilidades para recalar en el Viejo Mundo que se ha inmolado no una sino dos veces, se incorpora a la tierra antigua que ya no es el centro del mundo sino una Atenas, un testigo, un mojón al que no le queda más misión que la de encarnar una prueba de la locura de los hombres. Su madre lo pasará mal, ella, tan medrosa, tan poco aventurera. Musitará «*God bless him*» en los bancos del templo baptista. Su padre también lo pasará mal, aunque de un modo menos perceptible. En cierto sentido, su hijo ha dejado de existir para él: murió por primera vez cuando Robert declaró que no regresaría a la Howard University, y por segunda vez cuando anunció por teléfono que era miembro del Partido Comunista y segundo trompeta en una orquesta *amateur*, y que se había manifestado junto a W. E. B. Du Bois contra el imperialismo y por la paz mundial; que se había manifestado para salvarle el pellejo a los Rosenberg, esos rojos que vendieron la seguridad de América. Willow había dicho todo esto y su padre se había quedado callado al otro lado de la línea, y entre padre e hijo se alzaban ahora los treinta y seis mil muertos estadounidenses de la guerra de Corea, se alzaba América, se alzaban los recios valores de trabajo y esfuerzo y decencia, se alzaba el préstamo contraído en plan Chevy Chase para costear las desorbitadas tasas de matrícula, los intereses implacables arrancados al sudor del padre, las deudas que son la promesa de una generación más próspera con sus laureles académicos y sus automóviles y sus casas en U Street. Entre los dos se alzaba el pequeño capital de respetabilidad pacientemente acumulado, tan frágil, malogrado por el hijo. Más frágil aún, decía el padre, porque *nosotros* somos diferentes. Para *nosotros* es más complicado y siempre lo será, acostumbraba a decir George Willow cada vez que abordaba el tema. Era raro que lo hiciera, y en esos casos su voz descendía una octava, como si temiera un oído indiscreto. *Ellos* pueden permitirse cosas que *nosotros* no podemos permitirnos, la levedad y la incongruencia son lujos que *nosotros* no tenemos, no debemos llamar la atención porque *ellos* no nos pasarán ni media. Y todo esto lo pisoteaba con parsimonia el hijo.

Nada más volver a París, me abalancé sobre mi escritorio y narré la partida de Robert Willow en un largo capítulo que yo quería encarnado, vivo, casi novelesco. Un capítulo que cada vez se alejaba más de la narración biográfica, pero en el fondo tanto daba, yo también tenía cosas que decir; con sesenta y cinco años sentía nacer en mí fuerzas nuevas, fuerzas que jamás me había permitido experimentar, atrincherado como estaba tras la ascesis de la investigación científica y el rigor histórico. Me concedía una libertad creciente y extraía de ella un placer de carácter novedoso, duradero y fecundo.

Enfrascado en mi labor, no vi avecinarse el verano. El aniversario del día de mi nacimiento, cómodamente acurrucado en el corazón del mes de marzo, no representaba el obstáculo más difícil de superar. La costa escarpada, el accidente al que había que enfrentarse apretando los dientes, era el 15 de junio. Ese día no podía evitar contar los años que me separaban del concierto de la Bastilla: 15 de junio de 1985. Epifanía gloriosa de todos mis sentidos y sueños de inmortalidad. Aún quedaban unos días para la Fiesta de la Música, pero los calores de junio llenaban los cafés, se entablaban intrigas amorosas entre la juventud, las sexualidades incipientes se olfateaban intrépidamente y yo me hacía viejo. Había que ocupar como fuera tan dolorosa efeméride. Decidí hacer una peregrinación a Étampes para volver a ver la casa del poeta.

El cercanías me llevó directo hasta la pequeña localidad surcada de canales y adormecida desde hace medio milenio. Étampes se había salido de la historia en algún punto de finales del siglo XVI. El último acontecimiento notable fue el sitio de la ciudad por parte de las tropas del príncipe de Condé, que exterminaron a los notables católicos que tuvieron la genial idea de quedarse. Desde entonces, la antigua villa real, convertida en subprefectura del departamento de Essonne, había vivido tranquila, en el sentido de que no había sido escenario de ningún suceso importante, ni epicentro de epidemias, ni cuna de revoluciones estéticas; era, en conjunto, un lugar bastante apacible (salvo por una vuelta del *hype* a principios del siglo XX, cuando Louis Blériot montó allí su escuela de aviación). Las últimas décadas no habían invertido esta tendencia: habían aparecido barrios un poco problemáticos, pero nada para rasgarse las vestiduras. Había también un hospital psiquiátrico que soltaba cada mañana en el centro a criaturas que gorroneaban tabaco o empinaban el codo o buscaban cosas por el suelo como si siguieran una pista y como si los chicles y las colillas trazaran un mapa secreto cuyo sentido ellos tuvieran la gran responsabilidad de descifrar; esto formaba parte de las características que podía constatar el visitante de buena fe razonablemente observador. Y si dicho visitante ahondaba un poco en sus pesquisas, descubriría la existencia de cuatro iglesias del siglo XII y de un centro de ocio donde los críos podían, si tal era su deseo, hacer tirolina.

Recordaba la dirección que había averiguado en los tiempos de mis primeras investigaciones, allá por los ochenta. Nancy Holloway no estaba en condiciones de darme el nombre de la calle, recordaba solo que la madriguera de Willow se encontraba en el casco viejo, *downtown*, así que pasé horas en el archivo departamental de Essonne hasta dar con el nombre de Robert Willow bajo el epígrafe correspondiente al número 4 de la rue de la Queue du Loup. Nada más salir de la estación de trenes de cercanías, me encaminé hacia la casita. Era una construcción de dos plantas; habían recubierto los sillares con un espantoso hormigón proyectado color rosa palo. En la barandilla de las ventanas del primer piso, un letrero de la inmobiliaria Stéphane Plaza anunciaba que la vivienda estaba en venta. Figuraba un número de teléfono. Se me aceleró un poco el corazón: por fin se me brindaba la oportunidad de acceder a la guarida de Robert Willow. Marqué el número y respondió una operadora que me pasó con otra línea. Mi interlocutor tenía una voz joven y enérgica que redobló su entusiasmo cuando pregunté si la casa del número 4 de la rue de la Queue du Loup seguía en venta. Estaba claro que no había compradores haciendo cola en la puerta.

—Por supuesto, caballero. Ciento setenta y siete metros cuadrados, dos plantas, *family room*, con muchas posibilidades. El confort moderno con el encanto de lo clásico. Tengo un hueco a las dos para una visita. Es una verdadera joya. ¿Conoce usted Étampes?

—¿Se le han hecho obras? —pregunté por toda respuesta.

Esperaba secretamente que el decorado del maestro hubiera permanecido inviolado.

—Está intacto —reconoció el agente.

Almorcé una pizza *regina*, febril. ¿Y si descubría un altillo abarrotado de manuscritos inéditos? Estaba poseído por una agitación de chiquillo o de cazador de tesoros. Me imaginaba comprando la casa. Podría vender mi pisito parisino, endeudarme tal vez. Pasaría los últimos años de mi existencia contemplando los atardeceres que el autor describe en «Étampes y poemas». O bien crearía una fundación Robert Willow en pro de la amistad francoestadounidense; los turistas contemplarían los manuscritos originales del poeta asintiendo con la cabeza, embebidos.

A la hora convenida, me presenté delante de la puerta cochera. El agente inmobiliario era un joven atlético que no debía de haber cumplido aún los treinta. Traje satinado, zapatos de puntera cuadrada, camisa azul petróleo: no se había librado de la maldición estética que persigue a todo el que se lanza a la aventura inmobiliaria. Ostentaba una sonrisa forzada por la que se colaba la desesperación. Era evidente que aquella casa le estorbaba desde hacía muchos meses, quizá un año entero.

—¿Qué, vamos? —lanzó con un guiño.

Introdujo la llave en el bombín pero se detuvo, se volvió a medias y me susurró en tono de confidencia:

—Es una perla, pero hay que saber ver las posibilidades de futuro que tiene.

No cabía en mí de gozo; precisamente, yo no pretendía ver «el futuro» sino dar un salto hacia atrás en el tiempo, trasladarme a los meses del invierno de 1959-1960, aquel invierno glacial que fue el último de Robert Willow, a quien me representaba arrebujado en una gabardina vieja, extático, sin sentir siquiera el zarpazo del frío, llenando páginas sin molestarse en alimentar la estufa de leña. Escribiendo ya solo para sí mismo, sin esperanza de ser leído jamás, celebrando los siglos antiguos e inmóviles, a los aparceros del Gâtinais que empujaban su carreta desgranando el rosario. Robert Willow tejiendo sus baladas ingenuas.

Por fin iba a acceder a la guarida de Willow, al espacio creativo, a las cuatro paredes que generaron el eco de los versos sin duda declamados en voz alta por el poeta, para saborear su musicalidad. Pero en cuanto di los primeros pasos en el vestíbulo recibí un jarro de agua fría: moqueta a rombos de pelo largo y rizado, papel pintado saturado de monigotes estilo Keith Haring, falso techo; la casa había sido metódicamente destruida según los cánones imperantes en la Francia de finales de la década de los ochenta. Las ventanas eran de PVC.

—Como le decía: intacto. Todo esto hay que cambiarlo, claro. Hay presupuestos —añadió el agente, dirigiéndome una mirada suplicante—. Saldría todo por veinte mil, treinta mil tirando por lo alto.

—No está mal, no está mal —murmuré.

—Por entonces se ocultaban las molduras bajo falsos techos —se lamentó el agente—. ¿Damos una vueltecita?

—Preferiría quedarme un rato en el salón.

—Claro, claro, le dejo mirar. Le dejo que se impregne del lugar.

Contemplé la estancia. Bajo el caparazón atroz se hallaba aún la casa de Willow. Al otro lado del ventanal había un jardincito monástico, un cuadrado de césped pelado encastrado entre tres muros comidos por el salitre. Al este, la colegiata de Notre-Dame-du-Fort elevaba una aguja moteada por los siglos. Detrás de mí, el agente reanudó su discurso:

—Hay que imaginarse el cafecito de por la mañana con vistas al campanario; para morirse. La iglesia es de la Edad Media; bueno, creo. En la Wikipedia está todo explicado. Y ahora le enseño la *family room* y las dimensiones que tiene. Dimensiones así en Essonne se ven poco. Hay una caldera Frisquet, el Rolls Royce de las calderas, todavía está en garantía. El encanto de lo clásico. Yo se lo digo a veces al propietario: es una casa para un escritor.

—De hecho, hubo un poeta aquí. Un poeta vivió aquí.

Sentí la necesidad de contárselo a ese hombre, aunque se la trajera al fresco. Tenía que saber que Robert Willow había vivido allí, que había sufrido y encontrado una forma de sosiego entre esas cuatro paredes. No podía ser que aquella vida desapareciera de la memoria de los hombres. «Dad testimonio allá donde vayáis.» Yo era el apóstol de Cristo-Willow, condenado a abrirles los ojos a mis contemporáneos, a difundir su palabra.

—¡No me diga!

El agente parecía interesado. Olía al inversor chiflado, al ángel providencial capaz de poner cuatrocientos mil euros encima de la mesa.

—Sí. Robert Willow, nacido en Durham en mil novecientos veintisiete, fallecido en un accidente de tráfico en mil novecientos sesenta entre Étampes y Barbizon.

—Es increíble, increíble.

—Escribió «Étampes y poemas», «Cantos de amor», «A la que no me espera». Entre otros.

—Tengo que contárselo al dueño. Es increíble que el dueño no me haya hablado de eso. Y tiene guasa, porque justo yo le dije una vez: esta casa es para un poeta. Alguien que aprecie el encanto de lo clásico, el carácter. Pero literal, ¿eh?, qué fuerte, y ahora usted me dice que es que *fue* la casa de un poeta. ¡Poca broma! Son señales. Yo creo en las señales.

—Sí, cuéntaselo al dueño, cuéntelo por ahí. Dígaselo a todo el mundo, en realidad. Robert Willow. Era estadounidense. Durham, Carolina del Norte. «Cierto día, según me adentraba intranquilo / en el bosque denso / mi alma inconsistente y frágil / entonó un canto sedicioso.»

—Es increíble, pero también le digo que no me sorprende. Esta casa es que lo tiene todo. Le voy a contar una cosa; no debería, pero qué más da. Cuando entró la autorización en la agencia, le dije a mi mujer de pensarlo muy seriamente. Y nos lo pensamos, los dos, muy muy seriamente. Si hubiéramos tenido un dinerito guardado, la habríamos comprado. Esto entre usted y yo. Porque en fin, sinceramente... Este carácter, este encanto de lo clásico...

«El encanto de lo clásico.» Se aferraba a esas palabras como a una fórmula mágica, le habían enseñado a repetirla, y él la repetía con lágrimas en los ojos, esperando que me ablandara, que yo lo librase para siempre de aquella choza invendible con sus catastróficos diagnósticos energéticos, su estructura comida por los escarabajos carpinteros y su dueño que se negaba a bajar el precio. Estaba hasta la coronilla, le salía la casa por las orejas, ya no creía en poder venderla y los raros visitantes lo notaban.

Me sentí un miserable. Estaba jugando con los nervios de este hombre que no me había hecho nada, estaba cediendo a una exaltación de modistilla, al fetichismo. El culto a las casas de los escritores, manda narices. Qué insulto a la inteligencia. Eso eran invenciones de periodistas, de cazafantasmas, de idólatras prestos a postrarse ante la reliquia de un sacapuntas. Eso era amar mal la literatura. Era el culto adolescente por la rubia hitchcockiana a la que uno ni siquiera trata de abordar. Tenía sesenta y cinco años y me comportaba como un estudiante de primero de letras que cree haber descubierto la piedra filosofal al desempolvar un poema desconocido. Cuando no había piedra filosofal, nunca la hubo. Había siete mil millones de individuos obligados a abrirse camino por la existencia, algunos más dignamente que otros. De un hombre de mi edad se esperaba que fuese avezado, nostálgico si me apuras, pero no que se regocijara en sentimentalismos y perdiera el sentido común. Mi hija confiaba en mí. También mi ex, y mi amigo Marc. Tal vez fuera ya hora de actuar como un adulto. Tartamudeé:

—Perdone, no me encuentro muy bien. Voy a perder el directo a París. Me lo voy a pensar todo muy bien, es un proyecto que requiere reflexión.

El agente palideció. Ni siquiera había visitado la planta de arriba. Lo oí jadear a mi espalda.

—Claro, tómese su tiempo. Ya hablaremos. Estoy a su disposición cuando quiera hacer una segunda visita. El impuesto a la propiedad son dos mil ochocientos euros. Piénselo.

❊

Volví al tajo. La exaltación había decaído y dado paso a una alegría sana: escribiría una obra honesta y sólida sobre el poeta para darlo a conocer a un puñado de contemporáneos. Sentado ante mi escritorio, delante de mi ordenador, recobraba algo de serenidad. Por fin había puesto a mi objeto de estudio a la distancia adecuada: Robert Willow no era mi hermano de sangre, sino un autor injustamente olvidado cuyo trabajo yo apreciaba. No haría una hagiografía, mi mirada sería lúcida y precisa, expresaría una admiración mesurada. Sin duda, la prosa de Willow no estaba exenta de defectos. Sus primeros poemas, los de Saint-Germain, se resentían del ambiente desmadrado de las *surprise-parties*. Sus versos estaban aún parasitados por niñerías zazús, por un *jazz* empalagoso, por los juegos de palabras.

Mi corazón entero devorado os llama.
El vuestro late por el *Hot Club de France*.
Bebop a Lola, ah, vuestra suficiencia,
vuestro corazón mecánico funciona con biela.

Todavía no había sufrido bastante, y se notaba. En aquellos años, entre 1953 y 1957, se le puede reprochar su despreocupación, su insolencia desvergonzada. Y sin embargo había algo admirable en el hecho de manejar la lengua como lo hacía él, sin ser francófono de nacimiento. Es entonces cuando escribe sus primeros poemas en francés. ¿Lo aprendió de joven? Al fin y al cabo, el apellido de soltera de la madre de Robert Willow tenía ecos haitianos (figuraba en la pequeña semblanza de Philadelphia Booker Press). Tras mucho acosar al estudio notarial que gestionó la herencia del poeta, di con el nombre de una sobrina de Willow. Dory era hija de la única hermana de Robert, fallecida a primeros de los dos mil. Internet me reveló que trabajaba en una empresa de intermediación de préstamos para coches, en Baltimore; en la web figuraba su dirección de email. Envié un mensaje pizpireto explicando que deseaba escribir sobre su tío. Tiré de brocha gorda y escribí que era una «persona inspiradora». Halagué el espíritu de clan y la vanidad genealógica.

Al cabo de unos días, la mujer contestó dejándome su número de teléfono. Al otro lado de la línea, a Dory Macanan, de soltera Willow, no se la veía especialmente emocionada ante la idea de que un académico francés se interesase por su tío. Me obligó a deletrear mi nombre, como si planeara informarse más tarde acerca de mí. Le pregunté por la lengua materna de Robert. Ella rebuscó en sus recuerdos: «Mamá se crio a la vez que Bob, con pocos meses de diferencia. Nunca habló una sola palabra de francés. Eran de Washington, D. C., del Shaw Neighborhood, gente decente». Dijo *decent people*, dando a entender que el dominio de la lengua francesa era una especie de perversión. Aquella conversación no me descubrió gran cosa, aparte de que la marcha de Robert Willow a Francia dejó a la familia marcada por un profundo trauma. En la leyenda del clan, Robert Willow se quedó con el sambenito del *commie*, el comunista peligroso, traidor a la bandera, traidor a los sólidos valores de Estados Unidos, y ya más adelante se convirtió en una suerte de comunista francés, o sea, en un ser depravado de primer orden, necesariamente adicto al sexo y las drogas, tendente a los placeres improductivos de la controversia y la manifestación. Un tío elocuente y escandaloso al que se reprueba de manera oficial no sin extraer un íntimo orgullo de tenerlo en el árbol genealógico, como un diamante negro, eso era lo que representaba Robert Willow para su sobrina, que no llegó a conocerlo.

Intenté averiguar algo más y le pregunté si conservaba fotos o cartas del tío *commie*. Dory tenía un hermano, Warren, que trabajaba en el departamento de Educación, en Washington D. C., en un puesto importante. ¿Podía ella ponernos en contacto? ¿Conocieron Warren y ella a su abuelo George, el padre de Robert? Ella rehusó con sequedad: «Warren no le dirá nada más, está muy ocupado, tiene responsabilidades. George murió poco después de que su hijo se fuera a Francia. En mi opinión, de pena. No hay ninguna carta, no hay nada. Somos una buena familia americana, *mister* Roscoff. Creo que ya nos lo hemos dicho todo». Y colgó.

No era para tirar cohetes, pero su impaciencia furibunda me mostraba un atisbo de la familia Willow, una familia preocupada por la respetabilidad, de un conformismo puntilloso. *Decent people*, había dicho Dory, un adjetivo que contenía todas las neurosis americanas: la herencia puritana, el materialismo intolerante y el sentimentalismo barato. Era de esperar que las inclinaciones artísticas de Willow no hallaran en aquel ambiente un terreno favorable.

La escritura me tenía pegado a la mesa de trabajo seis horas diarias. Nada me distraía de mi tarea, o casi: había unas obras en la rue Archereau, al pie de mi edificio, que se eternizaban. Unos tipos estaban abriendo una zanja para acceder a las canalizaciones. Cuando el martillo neumático reanudaba su bombardeo, no valía la pena ni intentarlo; mi acristalamiento sencillo no estaba a la altura. Había una solución que consistía en escuchar Motörhead con los cascos para tapar el ruido de las obras, pero los berridos guturales del gran Lemmy Kilmister no eran mucho más propicios a la concentración y para colmo amenazaban con volver a sumirme en abismos nostálgicos (con veinte años, en plena preparación para los exámenes de acceso a la Normal, me compré el vinilo de *Ace of Spades* en una tienda de la rue Mouffetard y entre sesión de estudio y sesión de estudio lo escuchaba dando saltos como un desequilibrado, para desfogarme). Total, que agarraba la americana y daba largos paseos por París (mi médico alentaba esta práctica desde que le hablé de cierta sensación de pesadez en las piernas). Llegaba hasta el Ayuntamiento, miraba un rato a los bailarines callejeros. Observaba a un fulano que hacía pompas de jabón gigantes, durante más tiempo de lo razonable: el tipo recogía los bártulos y se largaba, vagamente incomodado. El verano estaba ya bien avanzado, París era un horno maloliente. Les echaba el ojo a las chicas; el vaivén del martillo neumático me alteraba un poco. El medio siglo transcurrido no había matado del todo al chaval priápico que llevaba dentro; todavía se revolvía de vez en cuando. Desde hacía un tiempo, había desarrollado una predilección por las turistas japonesas ciberpunk, con minifaldas de vinilo, botas militares y melena verde. Me recordaban a las chicas del espacio que me la ponían dura de adolescente en los primeros números de *Métal Hurlant*. Imaginaba que me acostaba con una de aquellas marcianas; debía de ser una experiencia única. ¿Cómo abordarlas? Desde luego, era un hombre solo, y totalmente libre. ¿Cuántas veces no me habría representado, estando casado, lo mucho que triunfaría si «liberaba al tigre»? Ahora que tenía carta blanca para cultivar la promiscuidad, hube de enfrentarme a una realidad menos seductora. El joven dandi con pelazo ya no existía. Algunos vestigios perpetuaban su recuerdo: labios carnosos, cejas pobladas y mirada azul horizonte. Por lo demás, no me hacía ilusiones. Yo era un sexagenario de piernas flacas y tripudo; morfológicamente, recordaba a un pollo africano. Me quedaba solo un nicho, el de las estudiantes de letras modernas deseosas de armar un escándalo en su mundo arrejuntándose con un viejo, o lo que es lo mismo, dejándose embaucar por el sofisticado encanto de un perdedor con aires de Droopy neurasténico (de esas que se pirran por Woody Allen). En la Universidad París VIII me había cruzado con más de una por los pasillos. Son bipolares y ardientes, les chiflan las películas de Gaspar Noé o de Béatrice Dalle, cuelgan en la puerta de su nevera adolescente el retrato que Carjat le hizo a Rimbaud y cuentan a quien esté dispuesto a escucharlas que morirán con veintisiete años. Son capaces de apuñalarte durante el coito para luego deshacerse en lágrimas y llamar a los servicios de emergencia. Algunos dirán que son unas tocapelotas; otros, que son «auténticas». Yo ya no estaba para esos trotes. En mi situación, lo ideal habría sido acordar un apaño económico con una mujer extracomunitaria que soñase con entrar en el espacio Schengen. Prefería abstenerme: bastante maltrecho estaba ya mi amor propio como para aceptar sin agravio que me amaran por mi pasaporte color burdeos. Me reconvine. ¡Ya basta de hacerte daño, Roscoff! ¡Ten un poco de dignidad! De vuelta a mi casa, evacué el asunto a golpe de muñeca y mandíbulas apretadas, frente al lavabo. Pensando en Agnès.

❖

Había reducido considerablemente el consumo de alcohol. Todavía bebía a diario, pero esperaba a la caída de la tarde para descorchar la primera botella. El resto del tiempo, carburaba con zumo de tomate. El brebaje, aderezado con mucho Tabasco, sal de apio y salsa Perrins, daba más o menos el pego. Estaba orgulloso de mi victoria y ansioso por relatarle a Agnès mi nueva vida. «Ya no bebo mucho», diría como de pasada, con desparpajo. Le hablaría de mis aplicadas jornadas. Me verá con otros ojos, me decía yo, y aquello me parecía una perspectiva extraordinaria. Era evidente que Agnès se había resignado conmigo desde hacía diez o quince años; me reconocía algunas cualidades, pero había renunciado a que la sorprendiera. Jean Roscoff era Jean Roscoff, académico fracasado y talentoso, padre intermitente, lamentable enamorado, egocéntrico, alcohólico. Pues se iba a enterar. Iba a mostrarle una faceta insospechada de mi personalidad, iba a transformarme en un hombre maduro de fuerza serena, un hombre sólido dotado de un sentido de la realidad, capaz de llevar a cabo un proyecto en cuestión de meses. Me había apuntado a un gimnasio, el Keep Cool, en el barrio del Père-Lachaise. Sudaba montado en una bicicleta elíptica varias horas a la semana mientras escuchaba piezas del Quintette du Hot Club de France para impregnarme del ambiente de los garitos de *jazz* de posguerra. La vida me sonreía tímidamente. En el fondo, tal vez las últimas décadas de mi existencia serían las más favorables. Le había cogido el gusto a la escritura y me veía con capacidad para entablar un intrépido compromiso con la creación literaria. Después del libro sobre Willow, escribiría una novela negra protagonizada por un detective flaco y paranoico inspirado en el archivista de El Havre. Saldrían chicas que no harían más que quejarse del calor, y persecuciones en coches de gran cilindrada. Cuando muy pronto me liberara de la cuestión sexual (como ya he dicho, en ese ámbito yo había iniciado un declive lento pero irreversible), repartiría mi tiempo entre la literatura y una pasión artesanal, la cocina tal vez. Mi cuerpo y mi alma por fin se fundirían en una armonía apacible; sería un vejete estiloso con camisas de cuello Mao de algodón y pantalones de lino, el prototipo de viejo libertario radiante al que le sientan bien las arrugas porque le confieren un aire de viejo pirata, un viejo libertario que parece recibir cada nueva etapa de la existencia entre sonoras carcajadas. Hasta puede que no me liberase del todo de la cuestión sexual y follisqueara de vez en cuando con una compañera sentimental. No era imposible que, durante esas pocas semanas de escritura, fuese feliz.

Es difícil datar un fracaso. El historiador que soy no cree en las fechas; la disciplina histórica se distanció del culto a las fechas hace mucho tiempo para dar preferencia al tiempo largo y las tendencias subterráneas (Marc Bloch y la Escuela de los Annales pasaron por ahí). Pero digamos que el año 1995 encarna en mi caso una baliza significativa. Si un universitario se decidiera a abordar la cuestión de por qué Jean Roscoff se convirtió en un académico de tercera y un borrachuzo, habría de remontarse necesariamente a 1995.

Fue el año en que publiqué mi libro sobre los Rosenberg, fruto de un lustro de tenaz investigación acerca del celebérrimo caso de espionaje que estalló en pleno apogeo del macartismo, en 1950. A Ethel y Julius Rosenberg, una pareja de neoyorquinos, los acusaron de ser espías soviéticos y de haber entregado a Moscú los secretos de la bomba atómica, lo que tuvo un papel determinante en la escalada de la guerra fría. Los esposos, declarados culpables por la justicia de su país, fueron ejecutados en la silla eléctrica el 19 de junio de 1953, dejando dos hijos huérfanos y una sensación de gran injusticia, de asesinato ritual cometido por una nación presa del delirio anticomunista. Durante meses se celebraron concentraciones multitudinarias para salvarles el pellejo, tanto en Estados Unidos como en Europa: en París, en el Velódromo de Invierno, la *intelligentsia* francesa se reunió ante un gentío inmenso para proclamar la inocencia de los Rosenberg, «héroes y mártires», condenados sin pruebas a resultas de un juicio político. Sartre hablaba de «sacrificio humano». Yo, espoleado por Agnès, trabajé como un loco para escribir un compendio que zanjara definitivamente la cuestión Rosenberg, una obra general y a la vez detallada, enriquecida con un análisis metódico de los pormenores del proceso judicial. Quería saldar cuentas con aquellos que todavía opinaban que cuando el río suena agua lleva. *Los Rosenberg: un escándalo americano* se anunció a bombo y platillo en la prensa. Decidí armar un libro a un tiempo enjundioso y accesible al gran público. No hice caso al decano de la Facultad de Historia, un especialista en el *Quattrocento* plagado de tics faciales que me aconsejaba que hiciera una tesis doctoral sobre el particular, un calvario de ochocientas páginas que me permitiera acceder por fin al estatus de catedrático. También Marc, el avispado Marc, me incitaba a ir por esa vía. No entendía que no sacara provecho a mis investigaciones para ascender el peldaño supremo. Pero yo no quería ser catedrático. Yo quería ser millonario. Un editor de Seattle había mostrado interés; yo incluso tenía contactos en la tele alemana para hacer un documental. Por fin iba a alzar el vuelo. Agnès y yo temblábamos de impaciencia, se barajaba hasta que me invitaran a un conocido programa de entrevistas.

Y entonces, el batacazo. Al día siguiente de que saliera el libro, la CIA desclasificaba y hacía públicos los archivos de una gigantesca empresa de descodificación de mensajes en clave procedentes de los servicios de inteligencia soviéticos. El paciente trabajo, denominado «proyecto Venona», fue llevado a cabo por el contraespionaje estadounidense entre 1940 y 1980. Veredicto: los Rosenberg, efectivamente, espiaron para la URSS. Telón. Mi libro, mortinato. Cinco años de minucioso trabajo, despachados por un comunicado de prensa lapidario y una sonora carcajada de la comunidad científica. La prensa de derechas se frotó las manos. Ya tenían a su tonto del pueblo, la enésima prueba de que los del otro bando negaban la realidad, olvidando especificar, de paso, que existía un consenso casi general sobre la inocencia de los Rosenberg antes de las revelaciones de la CIA y que conservadores como el mismísimo Mauriac sudaron la camiseta para salvar el pescuezo a la pareja. Absteniéndose de mencionar, sobre todo, que mi libro se esforzaba por demostrar que la pareja fue condenada sin pruebas al término de un juicio inicuo, algo que no invalidaban las revelaciones de la CIA: los Rosenberg fueron enviados a la silla eléctrica a partir de información clasificada como secreto de defensa a la que ni sus abogados ni por supuesto el público tuvieron acceso. Pero todo eso era inaudible: yo era *persona non grata*, un historiador grotesco, un payaso, el hazmerreír de la universidad francesa, el tipo del libro sobre los Rosenberg. Dos días después de que se publicara, la obra fue retirada del mercado.

Y sin embargo, como ya he dicho, no creo en las fechas. No creo en un suceso singular que modifica el cauce de las cosas. En cierto modo, mi fracaso de 1995 estaba programado. Halla su origen una década antes, el año en que, detrás de una valla de seguridad, a Marc le limpió el sable una joven activista que creía estar viéndoselas con una estrella del pop inglés independiente. 1985, el año de todas las posibilidades. Yo levitaba, ebrio de orgullo, incapaz de tomar las decisiones adecuadas. El horizonte estaba despejado. Podría, o eso creía yo, abrirme paso en prácticamente cualquier circunstancia. Mis razonamientos se articulaban con flexibilidad, sin esfuerzo. Decidí hacerme el listillo: en vez de decantarme por un objeto de estudio clásico, como mis compañeritos especializados en historia contemporánea, opté por volcarme en un nicho desatendido, el tema que nadie quería: la historia del Partido Comunista estadounidense. Y eso que un catedrático me previno de que era mejor estrategia estudiar el comunismo francés e italiano, es decir, el comunismo en países donde el injerto había agarrado, donde los afiliados se contaban por millones. Escogí la insignificante sucursal americana, que no llegó a pasar de sesenta mil miembros en su mejor momento. Yo hablaba un inglés muy correcto, herencia de los veranos pasados con una familia escocesa entre los quince y los dieciocho años. Estaba convencido de que tenía algo entre manos que los demás no habían sabido ver. Fue en pleno meollo de la investigación cuando me topé por primera vez con Robert Willow; abundaré en ello más adelante. Ese fue mi pecado original. Desde luego, por aquel entonces ya podía escribirse sobre el comunismo con bastante libertad, no había que trabajar con el freno de mano puesto; entre la intelectualidad más recomendable, el comunismo era objeto de un replanteamiento que no hizo más que intensificarse a partir de los setenta (Bernard-Henri Lévy y André Glucksmann, jóvenes lobos con la medallita de Nuevos Filósofos, contribuyeron a desacomplejar la crítica a la Unión Soviética). Pero ¡el comunismo americano...! Había que ser cenutrio, o un chiflado. Norteamérica no gozaba de mucho aprecio entre los historiadores. Desde la década de los sesenta, habían salido como setas los centros de investigación sobre América Latina, ese continente que exhalaba el perfume embriagador del romanticismo revolucionario y los habanos. Todo quisque quería estudiar las reformas agrarias de Sudamérica, el bolivarianismo, esas cosas. Norteamérica, en cambio, estaba menos en boga. El antiamericanismo, el miedo a pisarles su tema predilecto a los académicos de la Costa Este, el reducido número de vacantes de profesores-investigadores; todo eso disuadía a más de uno. En aquellos años, en Francia no había más que un puñado de grupos de investigación trabajando sobre el tema. Estados Unidos quedaba demasiado lejos y a la vez estaba demasiado cerca; decidirse por ese país resultaba vagamente sospechoso.

A mí todo eso me la traía al pairo. Tampoco es que yo pretendiera oposirar a una cátedra, ni transformarme en anacoreta, ni empollar como un loco rodeado como estaba de tantas chicas de piernas torneadas, el subidón de las manifestaciones, la *agitprop* y los «amigos» de SOS Racismo. Tenía su ingrediente de esnobismo: ser un titulado de la Normal sin plaza, en mi entorno minúsculo, era una rareza. Me imaginaba como un intelectual extramuros, libre y comprometido, un poco como esos licenciados de las escuelas politécnicas que se fueron a trabajar a las fábricas después de Mayo del 68. Mi propósito era confeccionar minuciosamente una trayectoria a mi medida, al margen de los caminos trillados. Decidí hacer la tesis en París VIII, en Saint-Denis. Aquella universidad gozaba todavía de un halo incendiario: era la heredera del mítico Centro Universitario Experimental de Vincennes, gloria del izquierdismo cultural de los setenta. Mi director de tesis, el muy desaliñado y locuaz Alessandro Bazarove, titular de la cátedra de civilización norteamericana, hablaba del asunto con nostálgica devoción: durante diez años, Foucault, Deleuze y varios más fueron los directores de orquesta de un desbarajuste genial cuyos participantes se empeñaban en mantener viva la llama del 68; los alumnos se tiraban en la moqueta color crema de los pasillos, iban a clases de psicoanálisis, practicaban el grito primal en el césped. Las clases magistrales se abolieron en pro de unos debates dirigidos por profesores fuera de toda norma, la flor y nata de la inteligencia francesa. Un día, un alumno irrumpió en pelota picada en una conferencia de Lacan, que no puso objeción. En poco tiempo, Vincennes se volvió ingobernable. Los alumnos follaban en el parque. En 1980, las drogas estaban tan omnipresentes, el campus tan degradado, que el alcalde de París, un tal Jacques Chirac, trasladó la facultad a Saint-Denis. La mudanza tuvo lugar durante las vacaciones, bajo la protección de los antidisturbios. Cuando desembarqué en París VIII, el astro de Vincennes todavía emitía un pequeño resplandor en Saint-Denis. La facultad perpetuaba el espíritu vanguardista. Alessandro Bazarove me dejaba trabajar a mi aire, no se interesaba por el estado de mis investigaciones, y cada una de nuestras raras reuniones degeneraba enseguida en un debate acerca de los respectivos méritos de Michel Platini y Alain Giresse, al que él veneraba. Su única preocupación era que no me saliera una tesis derechosa. Yo lo tranquilizaba a este respecto: consideraba que el Partido Comunista estadounidense, en virtud de su marginalidad, encarnaba una especie de pureza, máxime cuando había desempeñado un papel indiscutible en la lucha por los derechos civiles.

Yo, perezosamente encarrilado, distraído por la militancia, perdía el tiempo. Empezamos a espaciar demasiado nuestras citas. No me preocupaba lo más mínimo. Bazarove me había prometido que una vez defendida la tesis me conseguiría una plaza de profesor titular, incluso me dio a entender que heredaría la cátedra cuando él se jubilara. Pero el tiempo pasaba y la existencia misma de la cátedra se veía amenazada; Alessandro Bazarove perdió el olor de santidad cuando se destapó su camaradería intelectual con un grupo de negacionistas del centro de estudios indoeuropeos de Lyon III: su antisionismo lo llevó a orillas en principio muy alejadas de su tradición política. Se hundió, obedeciendo al nefasto axioma según el cual los enemigos de sus enemigos eran sus amigos. Yo corté por lo sano, asqueado por aquel descubrimiento. Deseoso, también, de no pillarme los dedos. Demasiado tarde: yo era ya un doctorando sin director de tesis y con el sambenito de pupilo del indeseable Bazarove. Aquel día me di cuenta de que no estaba inmunizado contra el fracaso. El tiempo pasaba, ciertas decisiones podían llevarme al paredón. Necesitaba encontrar otro mentor. Me percaté entonces de que me faltaba valor. Estaba hasta las narices del tema. ¡El comunismo estadounidense! El *fucking* Communist Party of the United States of America. Uno de los temas más anecdóticos sobre la faz de la tierra, el equivalente a una tesis sobre el budismo en la Rusia de Federico el Grande. Una incongruencia, un folclore, una broma.

Reorienté mi investigación hacia la caza de comunistas imaginarios, hacia el macartismo (fantasía esta muy real). Me autodeporté a la vía muerta de la guerra fría con sus centenares de libros publicados cada año, sus centenares de coloquios, sus centros de investigación, sus cátedras a tutiplén. Parí un libro de quinientas páginas sobre el matrimonio Rosenberg y dos días después de que saliera descubrí que me había caído con todo el equipo. Los Rosenberg pertenecían a esa especie rara, como el hurón de patas negras o el rinoceronte de Sumatra, no eran solo comunistas estadounidenses, sino también espías soviéticos estadounidenses.

Veinticinco años más tarde, este hundimiento era un caso cerrado. En él me había dejado las últimas papeletas para convertirme en mandarín, en un gazmoño sorbonés con su programa de radio en France Culture, su aura y sus estancias como *visiting fellow* en un campus bostoniano. Mi suerte quedó sellada aquel año, en el corazón de la década de los noventa. Los ejemplares de mi Rosenberg fueron destruidos. Una o dos veces al año se ponía en contacto conmigo algún colgado que seguía creyendo en la inocencia del matrimonio Rosenberg cuando hasta los dos hijos que dejaron huérfanos se habían rendido a la evidencia. Flipados que creían que Neil Armstrong no había pisado la Luna y tenían un fuerte olor corporal, jerséis navideños e historial psiquiátrico. A veces me llamaban por teléfono y yo los despachaba con cortesía; ponderaba cuán frágil, cuán fina era la línea que me separaba aún de ellos.

¡Aleluya! Ya tenía título: *El visionario de Étampes*, en alusión a un verso de los «Cantos de amor» («Vi su ojo único juzgar mis libaciones»). Cada semana me pasaba por la facultad para imprimir los borradores; me negaba en redondo a arruinarme en el locutorio del esrilanqués que cobraba la friolera de cuarenta céntimos por folio, alentado por una situación monopolística en el rincón del distrito XIX donde vivía yo. La Universidad París VIII estaba ubicada en el norte de Saint-Denis. Me había jubilado al término del anterior cuatrimestre, pero seguía rondando por allí a razón de una excursión semanal. Aparcaba el Toyota Prius en la avenue Stalingrad y me acercaba andando hasta los conocidos edificios. Durante casi cuarenta años había hecho ese mismo trayecto entre dos y tres veces por semana. El gres rojo del módulo principal no había envejecido demasiado mal. Habían surgido ampliaciones: la casa estudiantil, una construcción redonda recubierta de un armazón de metal plateado, era la más reciente. Desde hacía dos meses se había transformado en residencia y albergaba a una treintena de migrantes, sobre todo familias de sudaneses y eritreos. El ambiente era tenso: vivían bajo amenaza de evacuación desde que se habían diagnosticado varios casos de sarna entre el personal universitario. Delante del edificio, dos muchachos sentados en taburetes de plástico fumaban en silencio tabaco de liar. Con toda probabilidad, migrantes sudaneses: no tenían ni veinte años, pero el roce precoz de la muerte ya les había apagado la mirada. Con aire sombrío, tres estudiantes velaban celosamente su desdicha. Reconocí a uno de ellos, militante de la Federación Sindical Estudiantil, un monigote acneico que tuve en una de mis aulas, una especie de festivalero renés cuyo atuendo (gorra de marinero y pañuelo palestino) delataba una doble lealtad a Hamás y al movimiento autonomista bretón.

—¡Buenos días, señor Roscoff!

Me tenía en un pedestal desde siempre, convencido como estaba de que yo era un compatriota finisterrano. Le hice un gesto con la mano. Un antiguo compañero me había contado que la semana anterior apareció una pancarta de MUERTE A LOS BLANCOS colgada junto al centro de documentación, así como un creativísimo CALIFATO AUTOGESTIONADO. INTERNACIONAL ISLAMO-SITUACIONISTA. Presumiblemente, aquello no era obra de los migrantes sudaneses. ¿Sabían ellos lo que otros escribían en su nombre? Por un lado, el festivalero y sus amigotes prestaban una ayuda indiscutible a esos hombres que no tenían nada. Por otro, los utilizaban para ajustar cuentas consigo mismos: era un abuso de debilidad.

Saludé a unas pocas caras conocidas y fui directo hacia el pabellón B, sede de la Facultad de Historia. Nicole, la secretaria del departamento de Historia Contemporánea, me recibió en lo que duró un café junto a la máquina. Facciones enérgicas, pelo rojo, maquillada como una puerta y hecha un pincel: en el contexto de la Universidad París VIII, su emperejilada elegancia era un acto de resistencia. Con un enorme broche de fantasía prendido de la chaqueta de diseñador, luchaba para que un departamento de Ciencias Humanas funcionara con cierta normalidad, enfrentándose con valentía cada mañana a la hidra de la depauperación de la universidad francesa, a la reducción de los presupuestos de funcionamiento y a una incuria generalizada. Nos conocíamos desde hacía quince años.

—Te veo muy bien —me dijo, contenta de que yo desbaratara sus pronósticos.

Nicole fue testigo de mi naufragio tras el divorcio. Estaba convencida de que la jubilación acabaría de hundirme. «Su asignatura es lo único que le queda», la oí decir de mí un día al pasar cerca de su despacho. Tenía y no tenía razón. Sin duda, la posibilidad de disertar sobre el plan Marshall delante de un auditorio cautivo era una barrera contra el desplome total de mi personalidad. Yo había ocupado un lugar, modesto pero muy real, en la sociedad. Poseía una habilidad. La facultad era ese decorado familiar que me deprimía tanto como me tranquilizaba, el de los complejos de hormigón, la morgue intelectual, las retribuciones simbólicas, los cuellos vueltos, las publicaciones agudas, los simposios plagados de jerga, las fotocopiadoras averiadas, los juegos de poder invisibles, los ascensores vetustos con revestimientos de amianto, las capillas, el culto a los títulos, los escalafones, los estudiantes chinos timoratos, los acrónimos misteriosos, las cristaleras sucias, los sindicatos puntillosos, las cajas de cartón de octavillas reventadas y las pintadas traviesas en los retretes. La universidad era una vieja ruina de encanto inalterado. Yo había pasado allí casi cuarenta años; no me había abierto sus puertas tan de par en par como yo hubiera querido, me había defraudado, pero, en fin, era mi mundo, mi entorno natural.

Y la jubilación había creado un vacío. Pero no me había arrebatado mi carburante fundamental. Yo no llevaba la docencia en la sangre. A veces me cruzaba con jóvenes colegas vibrantes de entusiasmo: subían las escaleras con energía, silbando, intercambiaban emails con sus alumnos, colaboraban en la edición de manuales de referencia, todo ello sin descuidar sus labores de investigación. Yo en cambio perdí el fuego sagrado mucho tiempo atrás, y si bien fue un repliegue que se obró paulatinamente, podía datar más o menos una toma de conciencia en algún momento de primeros de 2003, antes del descanso del mediodía, mientras llegaba desde la avenue Stalingrad el rumor de la circulación. Fue un día en que hice una pausa en medio de una explicación sobre la doctrina Truman y me percaté de que perfectamente podría no terminarla jamás, que los alumnos no se darían ni cuenta; no hubo una crisis de fe tan espectacular como la que fulmina a los cristianos en las novelas de Bernanos, fue bastante banal y no tuvo ninguna consecuencia concreta aparte de que aquel día decidí despachar a mis estudiantes quince minutos antes de la hora prevista. El ruido de la circulación fue el elemento catalizador, en la medida en que evocaba un oleaje continuo, la idea del eterno retorno y de la vanidad y la indiferencia cruel de la naturaleza (por paradójico que pueda parecer, tratándose de la suma de un estruendo de motores emitido en una carretera de circunvalación). Ese día, durante el trayecto de vuelta a casa, rumié pensamientos sombríos. ¿Tenía algún interés real conocer la doctrina Truman? ¿Arrojaba en verdad algo de luz para la comprensión del mundo actual, treinta años después de la caída del Muro? La enseñanza de dicha doctrina ¿tenía algún objetivo, aparte del de permitir que las nuevas generaciones de profesores la enseñaran a su vez? ¿Era la vida un tiovivo desquiciado? El saber circulaba, estéril, en un espacio cerrado. La universidad formaba a docentes e investigadores que formarían a otros docentes e investigadores. Por aquel entonces, tenía la sensación de que los alumnos eran cada vez más tontos. Obviamente, se trataba de una ilusión, la señal de que mi paciencia y mi entrega llegaban antes a su límite.

✳

Nicole exageraba mi apego al mundo universitario, pero mi apego a Nicole... ese sí que era genuino. Siempre había sido una valiosa aliada. Me apoyó después de mi libro sobre los Rosenberg, cuando la facultad intentó relegarme a un rincón al mover mis dos únicas asignaturas al ingrato horario de tarde, a las siete, sinónimo de aula casi vacía. Me apoyó de nuevo cuando unos alumnos se quejaron de mi reiterada impuntualidad. Y luego alcancé la edad fatídica. Hace un año, pronuncié por última vez la frase sacramental con la que arrancaba todas y cada una de mis clases magistrales desde hacía casi cuarenta años: «Amigos de la diosa Clío, sedientos de saber, ¡buenos días!». Me jubilé.

Con Nicole y otros dos compañeros del departamento entrechoqué mi copa de plástico y bebí champán en el despacho del decano. Había también un paté *en croûte* industrial y ganchitos con forma de fantasma. Nicole ahogó un sollozo, conmovida tal vez por la partida de un profesor más accesible que los demás; asustada, sobre todo, por el tiempo que vuela. Yo pronuncié unas palabras preparadas sobre la pasión por la transmisión del conocimiento, dándole empaque a mi balbuceo con una cita de Jules Ferry que ya había oído en circunstancias parecidas. Y eso fue todo. En mi condición de mero profesor titular no podía aspirar al emeritazgo que permite a los profesores jubilados dirigir tesis tras la jubilación. En el fondo, tampoco es que me hiciera una ilusión loca. Con el apoyo de Nicole, cinco meses antes de la fecha fatídica pude rascar lo más importante: un ascenso al rango de profesor titular especial, lo que representaba trescientos euros mensuales extra en mi pensión. «Siempre será usted bienvenido en la Universidad París VIII», concluyó el decano a la vez que me acompañaba a la puerta. Así que le tomé la palabra y me presentaba regularmente en Saint-Denis para visitar a la heroica secretaria, charlar con algunos estudiantes y hacer uso de las resmas de papel del Estado francés. «No lo había visto», exhalaba Nicole, riendo, mientras yo hacía rugir la HP LaserJet 6950.

Agosto terminaba bajo un cielo gris lechoso que parecía estar tramando algo. Sentía que había una comunicación secreta entre las personas, como si los transeúntes deambulasen por la calle siguiendo una coreografía decidida de antemano, o como mínimo comulgasen con la misma angustia; y era un sentimiento dulce, pues me bastaba con salir de casa para sentirme menos solo. Iba bien encaminado. Había pasado todo el verano en París, salvo por dos o tres escapadas a Essonne (pasaba horas deambulando por las callecitas empedradas de Dourdan, que a mi parecer inspiraron «La hermosa arquería», aunque no pudiera afirmarse rotundamente; la hipótesis de Barbizon estaba también sobre la mesa). Agnès me llamó para saber cómo estaba. Después de la coexistencia pacífica, entreveía la Distensión con mi exesposa: Nixon y Brézhnev brindando con vodka en la cumbre de Moscú de 1972. ¿Y si no estuviera todo perdido? Le hablé de mis investigaciones, a lo que ella reaccionó dando leves muestras de curiosidad. Adopté una actitud afectada y me hice el misterioso. Me preguntó si estaba bien de salud: me mantuve evasivo y decidí no mencionar los achaques urinarios, cuya alusión me parecía que prestaba un flaco servicio a mi voluntad de reconquista. Después de que Agnès colgara, le envié por email, sin más comentarios, un enlace a la canción «Les divorcés», de Michel Delpech (durante dos años no fui capaz de escucharla sin berrear como un ternerillo). Alternaba las sesiones de escritura con mis paseos. Fiel al principio de la «deriva urbana» tan cara a los situacionistas, trataba de «dejarme llevar por las exhortaciones del terreno y los encuentros que le corresponden». Las más de las veces, la cosa consistía en seguir de manera inconsciente a una japonesa guapa hasta que se metía en un museo o en una boca de metro, o bien en entrar al azar en iglesias desiertas. A veces, las «exhortaciones del terreno» me hacían volver a Willow. Un día, cogí el metro hasta Porte d'Italie y me paseé por el barrio donde Jeanne y sus acólitas fraguaban el mundo del mañana. En una callejuela sin encanto, una placa en el muro de una vivienda informaba al paseante de que el poeta Aimé Césaire había vivido allí entre 1945 y 1993. ¿Habría coincidido con Willow? Sabemos que Willow admiró a Sartre, que a su vez admiró a Césaire. Como Willow, Césaire se desligó del Partido Comunista en 1956. Ese año, el informe Kruschev desvelaba los crímenes de Stalin: las deportaciones masivas, las detenciones arbitrarias, el culto a la personalidad. En su carta de ruptura a Maurice Thorez, primer secretario de la organización, Césaire denunciaba la ceguera del Partido Comunista francés en su obsesión por salvar las apariencias, «su inalterable autosatisfacción» y su reticencia a condenar abiertamente los métodos estalinistas. Los meses siguientes terminarían de desmantelar las últimas esperanzas de aquellos que todavía soñaban con un socialismo de rostro humano: Moscú enviaba sus carros de combate a Budapest para aplastar un levantamiento pacífico. Césaire colgó los guantes. Pero se desenganchó para engancharse mejor, con más fuerza: a la vera de los hombres y las mujeres que se alzaban en las colonias. Willow, por su parte, se marchó a cultivar sus versos y su jardín. Aprovechando una visita a la facultad, le hablé del asunto a Roger Dabiou, un colega de literatura moderna especialista en Aragon, y, por ende, sagaz conocedor del Partido Comunista francés. Me llevaba bien con aquel hombre de unos cincuenta años y afabilidad discreta. El pobre tenía una marca de nacimiento en forma de estrella que le había valido el mote de «Gorba», en homenaje al último secretario general del comité central del Partido Comunista de la Unión Soviética. Me informó amablemente:

—Sí, hubo muchas deserciones en el Partido Comunista francés en el cincuenta y seis. Pero la cosa llevaba diez años preparándose. En el cuarenta y siete, un tránsfuga de la URSS publicó un informe sobre el gulag que vendió quinientos mil ejemplares. El problema es que el tema fue tabú durante mucho tiempo en el seno de la izquierda. Nadie quería ser sospechoso de «hacerle el juego al anticomunismo». Algunos se sentían torturados por culpa de este dilema. Otros se obcecaban en la pura negación. Hablar de los campos era hacerle el juego a la burguesía y a Estados Unidos. Otros intentaron resolver la contradicción con una pirueta, diciendo que los gulags eran un mal necesario y transitorio.

¿Se cansó Willow de esta retórica? Me conocía la cantinela de no hacerle el juego al enemigo. Y me daba mala espina. Aquella tendencia triunfó en SOS Racismo, en las esferas a las que yo pertenecía. Llevó a hombres y mujeres a transigir en lo fundamental: por cobardía, por miedo, por cinismo. Recuerdo el caso del pañuelo en Creil en 1989. En un centro escolar, tres chiquillas se negaban a quitarse el velo. Escándalo nacional. En la sede de la rue Martel estábamos divididos. Era evidente que aquellas chicas vivían sometidas a una presión brutal. Estaban siendo manipuladas: detrás de ellas, los islamistas daban un empujón a sus intereses. ¿Le correspondía a SOS conchabarse con los barbudos retrógrados? ¿Acaso no éramos aliados naturales de las feministas y de su combate emancipador? Al final, decidió la junta: apoyo a las estudiantes de Creil, porque «no hay que hacerle el juego al Frente Nacional». Yo opté por no significarme; esto ocurrió antes del chasco de mi libro sobre los Rosenberg y por aquel entonces todavía tenía ambiciones académicas. Me arriesgaba a torpedearlas si levantaba mucho una voz discordante. Otros tuvieron más agallas. La abogada Gisèle Halimi dimitió con grandes alharacas y reprochándole a la asociación que sacrificara los derechos de las mujeres en el altar de la identidad. Yo le envié una pequeña nota de apoyo. Marc, por su parte, se mantuvo al margen.

A veces, mis sueños me llevaban por la carreterita nacional entre Milly y Barbizon. El platanero surge entre los dos faros, Willow se lleva las manos a la cara o bien recibe la muerte con una sonrisa extática. En esos sueños, yo era Robert Willow. Me despertaba medio segundo antes del impacto.

3. En palabras de Lou

—Este año he ganado cuatro millones de euros —comentó Marc.

Caminábamos por la playa de Wissant, en la Costa de Ópalo; Marc me había invitado a pasar la primera semana de septiembre en su casa, idealmente plantificada en primera línea de costa. Su mujer, que no me tenía ningún aprecio, prefirió quedarse en París. Avanzábamos despacio, de cara al viento. Casi teníamos que gritar para hacernos oír.

Cuatro.

Millones.

De euros.

Recibí aquellas palabras como un puñetazo en toda la cara, y lo peor es que quien me lo propinaba (mi amigo Marc, socio fundador del bufete W & W) lo hacía casi con dolor, sin deleite, lo decía porque no se podía no hablar del tema (la estrategia de desarrollo de su bufete de abogados) ocultando ese dato que iluminaba todo lo demás. No fardaba, incluso había hecho malabares para contestar a mi pregunta («¿Ha sido un año bueno, Marc?») sin ceder a la vulgaridad de una mera cifra, pero se daba cuenta de que si disimulaba aquella verdad tras el púdico velo de una respuesta vaga («no nos podemos quejar») no se le entendería, nadie captaría las dimensiones de su pasmoso triunfo. Y al hacerlo Marc no buscaba la admiración, sino más bien presentar de un modo concreto y elocuente las ventajas de la economía de mercado, esperando tal vez ganar acólitos. Porque, a pesar de todos sus defectos, Marc era un buen amigo, dadivoso, de esos que hubiesen preferido que todos sus amigos fuesen también ricos.

Mientras lo escuchaba narrar sus hazañas, me decía que mi relación con Agnès se basaba en un error de apreciación. Ella debería haberse ido con Marc. Habrían formado una pareja excelente: Agnès era dominante, reptiliana, poco dada a los arrebatos, pragmática, de humor estable y en absoluto soñadora. No podía no haber visto en Marc lo que yo ya veía siendo un joven militante: casas en el campo, un cupé, quizá incluso una criada inglesa. ¿Por qué me había escogido a mí? Sin duda, desde el punto de vista intelectual yo era un valor con mucho potencial, pero arrastraba una reputación de inestabilidad crónica, amén de (ya entonces) serios problemas con la bebida. Y, por encima de todo, era un capullín arrogante y verboso. Marc encarnaba una inversión más segura, él evaluaba el mundo desde la autoridad que le otorgaba su metro noventa. Estaba presente la noche que conocí a Agnès, cuando recibí en plena cara el doble gancho de sus ojos verdigrises y sus pechos volcánicos. ¿Intentó Marc ligar con ella? Mis recuerdos eran vagos, pero durante los últimos años de nuestra pareja me convencí de que así fue. Al final se convirtió en pura obsesión. Lo usaba como arma arrojadiza en cada una de nuestras broncas, con un ensañamiento destructor. Lanzaba insinuaciones pérfidas. Con cada reproche de Agnès, yo me escaqueaba murmurando que habría hecho mejor en quedarse con él, que no valía la pena que me dijera lo contrario, que yo sabía que en su fuero interno se arrepentía. Y luego me volvía loco, idiota de mí, la acusaba de acostarse con él; a fin de cuentas eran los dos de la misma ralea. En fin, una maniobra de lo más cómoda para evitar rendir cuentas y responder a sus preguntas legítimas: por qué me quedaba en la cama hasta la una de la tarde cuando no tenía clase, por qué el piso apestaba a tabaco revenido, por qué criticaba a sus amigos de Bain & Company con la excusa de que empleaban anglicismos, por qué era incapaz de sorprenderla haciendo algo que no fuera meter los exámenes de mis alumnos en la bolsa de esquí, por qué nunca jamás hacía un esfuerzo.

✳

El mundo de Marc era el de las anchas avenidas petrificadas de tedio, el de los desfiles a caballo con alfombra empurpurada, el de los *scooters* de tres ruedas, las cartas con membrete y papel mullido, las molduras y los muebles de diseño, los recaderos, los calcetines color parma, los zapatos de hebilla, las iniciales bordadas en camisas Charvet, los informes de gastos, los distritos de una sola cifra, los clientes tiránicos, los tacones de aguja y la pasta. Solo muy de tarde en tarde abandonaba ese mundo para hacer sus incursiones en el de los negocios públicos (canapés de gama media, banderas, botellas del agua mineral más barata, trajes a semimedida, Renault Vel Satis, bolígrafos Bic) o en el del palacio de justicia (secretarias judiciales ariscas, moqueta, falsos techos, gendarmes con pinganillos, ventanillas, insignias, despachos numerados, pequeños y atareados conciliábulos). Nos hicimos amigos en el regimiento de transmisiones de Montélimar, durante el servicio militar. Marc nos ganaba a todos en el concurso de gargajos; yo estuve a punto de dispararme con mi propio fusil de asalto. Solté un silbido:

—Cuatro millones. Eso es una pasada de dinero, Marc. Seguramente diez años de presupuesto operativo en el departamento de Historia de París VIII.

La neblina había levantado, ahora se distinguían los acantilados de Dover. En mar abierto, un ferri cruzaba hacia las costas inglesas.

Yo había terminado las cien primeras páginas. Me parecía que tenía ya algo presentable, algo que podría mostrarle a otra persona. Me había adelantado a Marc unos días; él me había prestado las llaves, en un intento por que me diera un poco el aire y, probablemente, de alejarme del bar Balto y sus tentaciones. Mi amigo se había reunido conmigo el sábado hacia el mediodía, eufórico, con un cubo lleno de langostas vivas. Acababa de cobrar unos honorarios «astronómicos» por lograr la absolución sin cargos de una empresa francesa enjuiciada por quiebra fraudulenta. Una vez más, yo había estado muy por debajo de las circunstancias; en vez de felicitarlo, señalé que el término quiebra estaba increíblemente desfasado, que remitía a la imagen de un senescal con bombachos, leotardos y gola, a un tipo como Jacques Coeur, en última instancia a un banquero con chistera del Segundo Imperio, pero desde luego no a una sociedad anónima con sede social en la explanada de La Défense; tiene gracia, concluí, como un imbécil. Marc no me lo tuvo en cuenta. Estaba de un humor inmejorable, y su buena fortuna lo llevaba a pensar a lo grande con respecto a los miembros de su entorno. «Qué maravilla lo de tu libro», me dijo. «Estoy orgulloso de ti. No dudes en probar suerte con una editorial grande, a mí me parece que tienes entre manos una idea genial.» Me levantó la moral a base de palmaditas en la espalda, a pesar de que yo me daba perfecta cuenta de que tenía la cabeza en otra parte, en la salida de su audiencia, cuando comentó el éxito delante de una prendada periodista. Se la sudaban Robert Willow y sus versos, él solo quería que yo fuera feliz, punto.

Había algo electrizante en Marc. Era un verdadero general, un torbellino asombroso. Sí, Marc habría preferido que todos sus amigos fuéramos tan ricos como él, pero ese deseo tenía pocas papeletas de hacerse realidad, él en el fondo lo sabía y ya había pasado el duelo correspondiente. Yo me había decantado por la carrera académica, lo que me había blindado contra cualquier enriquecimiento. Ya no estábamos a esas, ya no se trataba de ganar dinero sino de hacer algo satisfactorio, de remontar la pendiente.

—*The sky is the limit*, Jean. Yo creo en ese libro, creo con todas mis fuerzas.

Decidí seguir su consejo. Apuntaría alto, muy alto. Y apuntar alto en París era llamar a la puerta de Lou Basset-Dutonnerre.

La editora concertaba todas sus citas en el bar de algún gran hotel. Sin duda recordaba que los autores ingleses o americanos hacían lo mismo y le parecía que era elegante, que le daba un toque de ciudadana del mundo, de extranjera en su propia ciudad, presa de un *jet lag* constante, o de ninfómana misteriosa; un toque, a secas, y en términos generales un toque solo se adquiere (en este mundillo como en tantos otros) apoyándose en una costumbre hasta la caricatura y la monomanía, un TOC que se convierte en seña de identidad, en la prueba de una mente original e independiente. Por eso la muy gilipollas no hacía más que beber infusiones en bares de hoteles; llevaba treinta años haciendo lo mismo. Valiente zorra insoportable, pensé al empujar las puertas giratorias del hotel Raphaël, calentándome yo solo. La encontré junto al ventanal, sentada en el borde de una butaca de terciopelo rojo, terminando una llamada. Me acomodé frente a ella sin que se dignara mirarme y me puse a estudiar la carta para mantener la compostura. Le explicaba a su interlocutor (un tal Marco) que se estaba partiendo los cuernos en almuerzos en restaurantes de alta cocina para conseguirle un premio a su autor fetiche, cuyo nombre me resultaba vagamente familiar y que ella calificó de «complicado» y «conmovedor» y «más tonto que una maleta sin asa». Tenía cara de cansada y se la veía un poco ausente, con el piloto automático puesto. Cuando colgó, tecleó algo en el teléfono durante varios segundos antes de levantar los ojos hacia mí, como si acabara de descubrir mi presencia. Me alargó una mano flácida por encima de la mesa. Llevaba un suéter verde anís y un chal de seda estampada. Yo tenía calor.

—Llega diez minutos tarde —señaló la dueña de la editorial LBD.

Le expliqué que me había retrasado por culpa de un paquete bomba en la línea dos, enredando el embuste en un laberinto de digresiones que no hizo sino reforzar las sospechas de la editora. Cerró los ojos un instante, en una actitud de mártir consciente de que su noble profesión implicaba una parte de sacrificio, como el de recibir al autor menos rentable de todos los tiempos. La cosa arrancaba mal. Me dije que ni ella ni yo teníamos ganas de mantener una conversación, y que pese a todo esa conversación iba a tener lugar.

❊

Lou Basset-Dutonnerre era una pluriempleada de muy altos vuelos. Editora, tertuliana radiofónica y crítica en media docena de revistas, no se andaba con remilgos y explotaba esa multiplicidad de facetas con vistas a dar un empujón a los campeones de la escudería LBD. De ellos hablaba todos los sábados en el programa que presentaba en una radio pública, *En palabras de Lou*. Armaba sus campañas de publicidad a partir de términos escogidos: pronunciaba con regularidad fórmulas como «fábula moderna», «urbana» y «eléctrica», «sin concesiones», «pluma inquieta», «economía de medios», «relato coral», «mirada caleidoscópica», «himno a la vida», «pudor», «domeñar el dolor» o «poner palabras a lo inefable». Siguiendo el consejo de Marc, yo había escuchado varios podcast para preparar nuestra reunión, en los que la editora manifestaba una clara predilección por libros que daban testimonio de un trauma (incesto, accidente de tráfico) y siempre había cuidadores entre sus personajes. Era de lo más hábil: la idea era que siempre resultará indecente criticar formalmente, quiero decir desde un punto de vista literario, el relato de una persona a la que le amputan un brazo. Fuera de antena era más lúcida. Me pareció agotada. Se produjo un largo silencio, y carraspeé. Me lanzó una mirada ferruginosa.

❊

—He leído su manuscrito. Tenía cara de malas pulgas. Aunque era atrabiliaria, irascible al máximo, no pecaba de crueldad. Solo entraba a matar cuando era estrictamente necesario. Un viejo fondo de empatía había sobrevivido a cuarenta años de vida profesional. Por lo demás, nos había puesto en contacto Marc, que era el abogado de la empresa; no podía permitirse pisotearme.

—Imposible. Mi editorial nunca podrá publicar algo así. Ni siquiera sé por qué se ha tomado la molestia de mandármelo.

—Le falta ritmo. Lo sabía.

—Ni siquiera es ese el problema, Jean.

De pronto se puso mohína. Abrió la boca para decir algo y renunció: su frase mortinata desembocó en suspiro. Midió el espacio inmenso entre la realidad y la percepción de la realidad según Jean Roscoff. Estimó que no era su función explicarme cómo funciona el mundo. Ella dirigía un equipo de cincuenta personas.

—No es que sea demasiado radical. Es que es incomprensible. El tipo ese, la guerra fría, el cantar de gesta, su poesía *hortera*, a la gente todo eso se la trae al fresco. Creo que no ha entendido usted que hemos cambiado de *paradigma*, Jean.

Por más que al hablar de literatura sintiera debilidad por las palabras «fábula moderna» o «himno a la alegría», cuando se trataba de estrategias editoriales prefería el término «paradigma», junto con otros pocos, entre los cuales se encontraban «disruptivo», «impactar» y «antagonizar». La misma lengua que Jeanne, la novia de mi hija. Sentí mil años de cansancio sobre mis hombros. El mundo era una maraña de señales incomprensibles. Yo era un inadaptado. Sabía que el *paradigma* al que aludía Lou Basset-Dutonnerre era la hipocresía, el narcisismo. Como escribiera Musil, «la verdad acarrea siempre desventaja». El mundo era de los mentirosos y los artificiosos. El pausado afán, el recogimiento, la precisión, todas esas cualidades se habían convertido en virtudes de otro tiempo, el de los monjes labriegos. No me habría importado que un señor de la siderurgia me aplastara como a una cucaracha, que me machacase una regla dura fiel a su nombre (la ley del más fuerte), pero que me aplastara el tacón de esa viciosa era el colmo. Me levanté, dejé encima de la mesa un billete de cinco euros por el café y me dispuse a marcharme mascullando un hasta otra. Ella me puso una mano en el hombro, sorprendentemente cordial de repente:

—Mire, Marc me ha dicho que acaba usted de jubilarse. Debe de ser complicado, imagino. A mí eso ni me va ni me viene, yo moriré con las botas puestas, como Dalida. Pero aun así empatizo. En mi opinión, lo que usted necesita es encontrarse.

—¿Encontrarme dónde?

—¡Encontrarse a usted mismo! Encontrarse A USTED. Restablecer lazos con energías sencillas. Trabajar materiales nobles, por ejemplo. Hacer lo que hace la gente para encontrarse. Tomarse un año sabático para fabricar muebles, interesarse por nuevas espiritualidades.

Dos días más tarde, quedé con mi hija en un restaurante vietnamita para honrar nuestro ritual dominical. Léonie ingería su sopa *pho* haciendo un ruido de succión espantoso, pero no dije nada. Era probable que no hiciera lo mismo en presencia de Jeanne; debía de ser una regresión natural en presencia del padre, la prueba de que se sentía a gusto con él. O bien un síntoma de una profunda falta de respeto. Pero ¿cómo tenérselo en cuenta cuando ella nunca me había guardado rencor por nada? No me guardaba rencor por haber agarrado una buena cogorza delante de su novia, por haber quedado a la altura del betún en ese primer contacto en el Renaissance. Mi hija era verdaderamente misericordiosa. Santa Teresa de Lisieux y sor Emmanuelle debían de ser así, de una bondad que nunca se subrayaba a sí misma, que jamás era lastre para quien se beneficiaba de ella. Saqué el tema de mi altercado con Jeanne.

—Tu chica es estupenda, pero un poquito sectaria.

—Jeanne ha despertado, papá.

—¿Cómo?

—Que ha *despertado*, está *concienciada*.

Lo dijo en voz baja, como si Jeanne fuera a irrumpir entre nosotros, en majestad, al pronunciar su nombre. «Despertar», «concienciada». Léonie articulaba estas palabras con una reverencia religiosa. Evocaban en mí, precisamente, la conversión a una secta anabaptista. Y, sin embargo, había que leer entre líneas y trascender mi desconfianza superficial hacia ese vocabulario de iluminados. No quería mandarla al cuerno, como hizo su abuelo conmigo en su día. En 1974, desde la altura que me otorgaban mis catorce años, declaré con audacia ante mi padre que me había hecho situacionista (sin saber muy bien de qué iba aquello; lo único que tenía claro era que su líder era un dipsomaníaco serio). Él se partió de risa y me contestó que yo no era más que una mierda pinchada en un palo. Ocho años después, cuando me puse a pegar carteles de Mitterrand (más condescendiente con la propiedad privada), mi padre ya no se reía pero tampoco es que me dirigiera la palabra. Las meras palabras «solidaridad», «cambiar la vida» y «Mitterrand» lo ponían tenso y le provocaban una mueca de asco. Temía que una discusión que pusiera esas fórmulas sobre la mesa lo arrastrase a un lugar sospechoso donde no le apetecía nada aventurarse. Ahora bien, mi padre era un hombre de orden. Avanzaba por la existencia tanteando el suelo que se desplegaba ante él, con circunspección, con su cayado de señor tradicional. Prefería los caminos trillados: nada le gustaba más que reconocer algo ya visto y constatar las presencias inmemoriales. «Mira, ese roble ya estaba ahí cuando yo tenía tu edad», me decía con satisfacción señalándome un árbol en un recodo del camino durante algún paseo.

Yo no quería repetir ese esquema. Yo no era un hombre de orden. Era un hombre de izquierdas que dejaba las puertas abiertas a los vientos nuevos. Pregunté a Léonie, imprimiendo a mi voz una calidez amable:

—¿A qué te refieres? Yo es que soy un dinosaurio, ya me conoces.

—Jeanne ha despertado. *Woke*. Ha tomado conciencia de que, como mujeres no racializadas, nos beneficiamos de una serie de ventajas invisibles y sin embargo muy reales con respecto a los individuos racializados. Jeanne tiene un enfoque interseccional, más complejo. Se trata de decir: yo, mujer lesbiana no racializada, soy a un tiempo agente de opresión (en cuanto blanca) y víctima de opresión (en cuanto mujer y homosexual). Su ciencia era novísima, y se notaba. Repetía la lección como un mono erudito. Hablaba con una falsa familiaridad, pero le faltaba práctica. Las convicciones requerían práctica, había que saber formularlas; había que amoldarlas, igual que se amoldan unos zapatos nuevos. Yo me sentía incómodo. En SOS, la consigna era más sencilla: todos juntos contra el racismo. Había oído hablar de esa nueva corriente *made in America*. Había folletos sobre el particular en el tablón de corcho junto al despacho de Nicole, la valerosa secretaria. Recordaba algo sobre —cito de memoria— «la invisibilización de las personas racializadas en el espacio público». París VIII estaba a la vanguardia en esos temas. Desde hacía unos años se impartían *black studies* y *gender studies*, asignaturas nuevas que ambicionaban deconstruir los estereotipos de raza y género mediante un enfoque multidisciplinar. La cosa atañía más bien a mis colegas de sociología y filosofía, como mucho quizá le hubiera tocado la china a algún compañero historiador especializado en descolonización, pero yo me había mantenido al margen de todo eso, criogenizado en mi vieja guerra fría, con sus misiles intercontinentales, sus coros del Ejército Rojo y sus asesinatos selectivos. No había ahondado yo mucho en la interseccionalidad. A decir de Léonie, no solo la sociedad se estructuraba merced a relaciones invisibles de opresión, sino que esa compleja maraña coexistía a veces en un mismo individuo. Sin duda era cierto, pero ¿era necesario examinar minuciosamente cada uno de esos compartimentos identitarios? Era un pelín masturbatorio. Y aparte estaba ese vocabulario del despertar que me recordaba a la China de Mao. Pero una cosa no quitaba la otra, y yo no quería ofender a Léonie. Aproveché que llegaba un cesto de bambú con empanadillas al vapor para llevar la conversación a mi terreno predilecto: yo mismo. Le conté cómo avanzaba mi proyecto y le relaté mi desengaño con Lou Basset-Dutonnerre.

—No estaba en tu karma y punto, papá. No hay nada que lamentar. Yo conozco a alguien.

La salvación me llegó, pues, a través de Léonie. Ella fue quien me puso en contacto con el tío de una amiga del colegio: Paulin Michel, director de la editorial Dialogues. Me cayó bien de entrada aquel hombrecillo regordete que me recibió en un despacho minúsculo en Bourg-la-Reine, en el bajo de una casa de piedra moleña. Paulin Michel hacía alarde de un estilo peculiar a la hora de vestir en el que cada elemento, saltaba a la vista, estaba muy medido. El suyo era un conjunto compuesto para crear un personaje fácilmente identificable al que Michel sería fiel durante toda su vida. Los ingredientes eran inmutables: pequeño fedora morado, chaquetas y pantalones desparejados en tonos vivos (fucsia y ciruela) sobre los que caía un fular interminable cual estola de sacerdote católico apostólico romano. Con este envoltorio lograba que uno olvidara su espantosa fealdad, a lo que ayudaba una mirada penetrante que encerraba una viva inteligencia. Léonie me dio algunos datos sobre el personaje. Había ganado «bastante dinero» (cuánto, imposible saberlo; aquel era un concepto eminentemente subjetivo que en boca de una chica como Léonie podía designar una suma que un *trader* de derivados consideraría un peculio despreciable); en definitiva, había amasado un sólido capitalito vendiendo vallas publicitarias luminosas a agencias inmobiliarias. Una vez hecha su fortuna, Paulin Michel se propuso dilapidarla en una actividad incompatible con cualquier noción de rentabilidad económica: la edición independiente de ensayos sobre poesía. Compró la editorial Dialogues a través del tribunal de comercio. Siete años después, todavía no sabía lo que era un ejercicio equilibrado. Su única colaboradora era su esposa, Claudia, una rumana exuberante a la que había conocido por internet y que simultaneaba las funciones de asistente de dirección, secretaria, responsable de prensa y asesora editorial. En su página web, la casa Dialogues desplegaba mucha ambición, nada menos que la de «hacer dialogar las literaturas, tender puentes, tirar abajo los tabiques de la imaginación». En general, esa clase de jerigonzas no auguraba nada bueno. Sin embargo, bastaba con charlar diez minutos con Paulin Michel para comprender que el tipo sabía lo que se hacía. «Esta editorial no es un divertimento», me advirtió, adelantándose a mis reservas. «Es la pasión de mi vida.» Los libritos en los que despilfarraba sus recursos económicos eran verdaderas joyas, meticulosos, suntuosos; auténtica orfebrería de perverso maniático, de bibliómano. «El problema es que no sé limitar los costes. Siempre escojo el papel de gramaje más caro y me gasto una fortuna en derechos para conseguir las mejores fotos. Y no puedo repercutir eso sobre el PVP, porque yo quiero que todo el mundo pueda comprarlos; es una cuestión de principios. Esteta y demócrata, un dilema irresoluble. He optado por tirar por la calle de en medio y eso me sale caro, carísimo.» Me escuchó hablar de Willow. No cargué las tintas en las rencillas con Sartre: de nada servía asustar a ese hombre de progreso. Le hablé del destino truncado, de la poesía *jazzy* que hacia el final se inmovilizó en una firmeza solemne, la de las vidrieras y la heráldica. Los ojos le hicieron chiribitas. Mordió el anzuelo.

—Estaré encantado de publicarlo. Ahora hablemos de las cuestiones más incómodas. Somos una editorial pequeña, prácticamente un taller; una cosita familiar, vamos. El tema del adelanto va a estar complicado. No tenemos un kopek, nos hemos quedado sin un chavo, *niente*. Pero imagino que esto no lo hace usted por dinero.

Me extendió un cheque de trescientos cincuenta euros y me acompañó hasta la puerta, otorgándome un discreto gesto con el sombrero.

❊

Terminé el manuscrito al cabo de unas semanas, bajo la égida lejana de Paulin Michel; era de esos editores que dan total libertad y que aspiraban a ser lo menos invasivos posible, como Bazarove en sus tiempos. Solo que esta vez había una fecha de entrega. Cuando hube mecanografiado la última línea de mi texto, me concedí una pequeña recaída. No había hecho un mal papel, me dije. Pensé en llamar a Marc, pero imaginaba que mi amigo se metería en el papel de perro guardián. Veía ya su mueca crispada ante mi cuarta copa. Esperaría a la quinta para permitirse un primer comentario, y poco después no habría ya discusión posible. Marc no diría nada pero exhibiría una cara de dolorosa *pietà*, sufriría en silencio y dejaría de escucharme, obnubilado por mi ingestión de alcohol. Me sacaba de quicio de antemano. Comprendí con una intensidad nueva la rebelión de los viejos a los que sus hijos les prohíben autodestruirse. Era infantilizador e hipócrita, la clase de injerencia que delataba el egoísmo más fanático, el de los hijos que quieren dormir «tapaditos» y a pierna suelta sin oír la voz singular del anciano, su necesidad profunda de salirse de su cuerpo por unas horas. No tenía nada de malo pillarse una cogorza esporádica cuando uno había ganado la batalla del alcoholismo cotidiano; era hasta sano. Marc habría hecho bien en reflexionar acerca de su propia incapacidad para levantar el pie del freno. No lo llamé, pero me cabreé tanto como si la conversación hubiera tenido lugar. Tocaba la partitura de cabeza y me crispaba yo solo. Por otra parte, tal vez Marc tuviera razón, pero, aun así, ¿qué pensar de una sociedad cuya única obsesión es mantener a los individuos en buena forma física, a qué coño venía esa obsesión higienista, esa dictadura higienista de mierda que no estaba al servicio de ningún proyecto? Me acordé de lo que me dijo Bazarove en el verano de 1986 (estábamos viendo un partido del Mundial en una terraza) en el momento en que atacaba el sexto Picon-Bière: «Por lo menos, en la propaganda fascista de entreguerras la salud de los cuerpos se enmarcaba dentro de un proyecto. Era una exigencia al servicio de la colectividad, no una exigencia del individuo hacia sí mismo». En ese momento, me partí de risa. No supe ver que el comentario prefiguraba su deriva intelectual, me dije sin más que desbarraba y que era un cachondo mental. Lo que no quita para que las más recientes derivas de la sociedad le hayan dado la razón: esa exigencia higienista sin proyecto era tanto menos comprensible cuanto que la propia sociedad animaba a los individuos a embrutecerse en masa y subvencionaba las pastillas que se distribuían en los centros escolares para desaprender con más rapidez aún el recogimiento y la ascesis de los textos; el apoltronamiento intelectual se maquillaba hábilmente bajo las alabanzas a la agilidad mental, mis huevos morenos. Mantenerse en forma para uno mismo era atribuirse demasiada importancia. El alcoholismo no era un tema apasionante, de hecho no tenía ningún interés, pero los que no conocían ese vértigo hablaban de ello a media voz, como de una especie de semidemencia, convencidos de que en cuanto dejas de beber se solucionan todos tus problemas.

Bajé yo solo al Balto y pedí una pinta de cerveza de abadía. En la avenue de Flandre, las hojas habían adquirido un tono leonado. Yo había terminado mi libro, lo había conseguido. Cómo me habría gustado brindar con Robert Willow, el renegado. «El tenebroso, el viudo, el desconsolado.» Traidor a su raza, la de la buena sociedad del Shaw Neighborhood, la que se agolpaba los domingos en el templo baptista, esa muchedumbre de moños rizados y zapato plano. Traidor a esa otra (no menos devota) que depositaba sus ofrendas al pie del maestro en la rue Bonaparte. Traidor a su lengua en los últimos años de su vida, cuando compuso en francés sus rondós. Tan solo, siempre, en las *surprise-parties* de la Vieja Europa, en los agotadores coloquios donde se pavoneaban unos cretinos demasiado inteligentes. A esas alturas yo estaba ya casi seguro: la lengua existencialista nunca tocó el corazón de Willow. Al humanismo por decreto de Sartre, Willow prefirió la fraternidad de Camus; más concretamente, una fraternidad sentida. Porque en Camus «la justicia es a la vez una idea y un calor del alma», y entre los egresados de la Normal de la rue Bonaparte no había ningún calor. Willow, el vaquero solitario. Lo imaginaba desconfiando de las mentes privilegiadas. Camus mejor que Sartre, y Louis Armstrong mejor que Thelonious Monk. En uno de sus primeros poemas, vapulea el *bebop*, un *jazz* de técnicos virtuosos que sacaba de quicio a este romántico:

> Dizzy Gillespie saboteaba un solo a golpe de contranotas
> y mis ojos te buscaban
> por Massachusetts Avenue.

Willow prefería el *jazz* de Nueva Orleans, que desgarra los corazones como una cortina vieja. El corazón mejor que el cerebro: ese era mi Willow. Eterno tránsfuga, incómodo, insatisfecho, que desertó de su lugar en el sol para adentrarse por una senda solitaria. No existía ningún archivo de vídeo del poeta, ni siquiera una entrevista por escrito, nada. Apenas un puñado de fotografías y una alusión en prensa por parte de un crítico de *jazz* neoyorquino, que lo cita entre una cuadrilla de excéntricos que reventó un concierto en el Minton's Playhouse, el templo del *bebop*, al grito de «*We want to dance!*». Y los poemas, naturalmente. De modo que yo devanaba el hilo de sus poemas, los cotejaba con las fotos y la silueta se perfilaba, alta, flexible y aristocrática. Me agradaba imaginarlo cínico, pero de un cinismo por el que se colaba a cada instante el lamento silencioso de un corazón generoso. Eso que Nancy Holloway denominaba «su locura». Su cinismo era ante todo los golpes que se asestaba a sí mismo, fustigando un corazón demasiado grande. Sí, Willow tenía un corazón grande que el ejercicio cotidiano del cinismo no logró necrosar. Diríase que, hacia el final de su vida, ese corazón rompió las barreras. Se entregó por entero; pero ¿a qué? ¿Quién era ese «emisario de alta frente que guía a su rebaño entre los brezales del Gâtinais» que aparece en «Étampes y poemas»? ¿Se trataba en verdad de Jesucristo? Puede que fuese un Dios inventado, conocido solo por Willow, una luz vislumbrada únicamente por él: un Dios hecho a medida, como el que se fabrican los creyentes, y el de Willow debía de ser un *jazzman* negro con hábito flordelisado.

Insistí en que la edición incluyera unas cuantas imágenes de Willow en forma de anexo fotográfico. Tras debatirlo con Paulin Michel, nos quedamos con tres, las mismas que figuran en las pequeñas antologías de Philadelphia Booker Press. Yo las había descrito en mi libro. O, más bien (me doy cuenta ahora; por lo demás, fue eso lo que precipitó mi caída), las había interpretado.

«La primera imagen está tomada en H. En ella, Willow posa con el uniforme del Saint Henry Community College, tiene dieciocho años y sonríe mostrando toda la dentadura, tieso como una estaca, con el jersey de cuello de pico con doble ribete blanco, el pantalón claro y la chaqueta con el escudo estampado; no oculta su deleite y lo brinda al objetivo con un júbilo desbordante, puramente infantil, posando en la escalinata del vetusto edificio neogótico. Ha guardado cola para retratarse delante de sus padres, abotagados de orgullo, y su madre le ha puesto bien el cuello con un gesto seco, reprimiendo los sollozos que amenazaban con brotar en bochornosa cascada, él aturdido por la ceremonia y el sol estival (porque era verano, época de "graduaciones"). Intenta en vano concentrarse mientras sus compañeros, fuera del encuadre, lo chinchan sin maldad. Los cimientos del rostro están ya ahí: la frente ancha, la boca ancha y el hoyuelo en el mentón que por entonces le vale más burlas que éxito entre las mujeres, el hoyuelo que ríe de antemano por la revancha que se tomará. La foto solo expresa banalidad, relata los pobres sueños de millares de americanitos a los que rápidamente se tragará el principio de realidad, la vida que va a su decepcionante ritmo, sofocando las carcajadas bajo las luces blanquecinas de los despachos, en enlaces matrimoniales demasiado precipitados.

»Este tipo de foto es muy habitual.

»Habla más de América que de Robert Willow.

»La segunda, en cambio, retrata ya a un hombre.

»En la vieja edición de la Philadelphia Booker Press, el pie de la segunda fotografía especifica que se tomó en París, en el club de *jazz* Le Lorientais, a mediados de los años cincuenta. Willow aparece, de rodillas y de perfil, a los pies de una joven rubia repantigada en una silla, una joven belleza cabizbaja, seguramente ebria. A su alrededor, cuatro músicos conforman un semicírculo con sus trajes elásticos y sus pantalones de pinzas y talle alto. Tienen cara de universitarios fiesteros imitando a un grupo de mariachis, y puede que esa chica no se sintiera muy a gusto en medio de tanto muchacho brillante, los príncipes de Saint-Germain, de los que no sabía muy bien si rendían homenaje a su belleza o si estaban tomándole el pelo. Están satisfechos de su pose picarona, paródica. Acaso al segundo siguiente se dispersaron y dejaron plantada a la chica para acercarse a una mesa y escuchar a algún pedante disertar acerca de las reformas agrarias de Nehru o la guerra de Corea, acaso la dejaron tirada sin más contemplaciones, pero entre la cuadrilla chacotera hay uno que la observa de veras, con mirada rapaz; es Robert Willow. Tipo alto de anchas espaldas, nuca dura y luminosa, la desea seriamente, es el único de la estampa que muestra concentración. Y eso lo distingue de los demás, hato de vocingleros, aves nocturnas que se esfuman con un batir de alas, inconsecuentes.

»La tercera foto está hecha en el piso de la rue Bonaparte, el piso donde según Jean Cau, secretario de Jean-Paul Sartre, solían comerse espaguetis con tomate. Espaguetis precisamente, una sólida montañita, es lo que aparece encima del mantel encerado, en un apartamento demasiado angosto. Es casi una definición de la bohemia de Saint-Germain, una promiscuidad que es programa en sí mismo: fiestas en sótanos de techos bajos y abovedados, *parties* en pisos liliputienses, todo esto forma parte de la leyenda dorada de la *intelligentsia* germanopratina; se agitaban conceptos enormes, se besaba a la humanidad entera y se firmaban peticiones tempestuosas en rinconcitos de mesas con hules, en pisos oscuros que olían a cocina y a humedad y sobre todo al tabaco que extendía su dominio por doquier, amarilleando las paredes empapeladas. Hay una cuadrilla alegre apretujada alrededor del puchero rebosante de espagueti. Son seis o siete comulgantes. Entre ellos se encuentran el Castor y Boris Vian, así como el menos ilustre Jean Cau, y también Robert Willow. ¿Andaba por ahí Sartre, fuera de cuadro, afanándose en cebar la pipa? No podemos descartarlo de plano. El Castor está en pleno discurso, se dirige a Boris Vian y a Jean Cau y los demás se beben sus palabras con los codos apoyados en la mesa, embrujados por la máscara marmórea, los pómulos altos y los ojos rasgados, la máscara mongol que nada parece poder alterar. Escuchan hablar a la máscara. Con el rostro inclinado ya no son unos *enfants terribles* y escandalosos, no son los despertadores de conciencias, los clarividentes: son unos chiquillos escuchando un cuento. Y, en esta fotografía, la mirada de Willow delata su destino singular. Como en los cuadros de la última cena, en los que se identifica a Judas a partir de una mirada ausente o al menos absorta, se adivina en los ojos de Willow que él ya ha traicionado. Único presente entre los ausentes, Willow mira fijamente el objetivo. Único presente entre los ausentes, no atiende al cuento. Él ya se ha exiliado y mira con deseo los bosques tupidos del Gâtinais, y los discursos revolucionarios de esa juventud demasiado inteligente ya no le calan porque están tan secos como los chicles que él mascaba durante horas siendo adolescente mientras contemplaba los barcos surcar el Potomac. En esa misma mesa, otra persona alimenta tal vez su traición. Jean Cau escucha a Beauvoir, pero él también traicionará unos años más tarde. Él es el otro Judas. Tal vez rumiase ya la misma traición, pero los dos hombres nunca hablaron de ello, nunca se revelaron mutuamente sus secretos pensamientos. Y eso que tuvieron trato, tuvieron que tenerlo, puesto que Jean Cau era el secretario personal del gigante de la rue Bonaparte, donde Willow tenía libre acceso. Se trataron entre volutas de Gauloises pero ni uno ni el otro detectaron en su camarada la marca de los malditos. Ni uno ni el otro identificó al perjuro en su hermano.»

Aquí detuve mi pluma: esa clase de reflexiones me llevaría por derroteros por los que Paulin Michel no me seguiría. Por lo demás, ¿fue realmente un perjuro Jean Cau? Traicionó de un modo espectacular, es así, denunciando el sectarismo de la izquierda intelectual, la vanidad de sus «procesionarios» y de sus monaguillos, los «firmantes de manifiestos con dedos encallecidos» (pero conservando hasta el final su admiración por el Sartre hombre, el pensador fulgurante).

Conocemos sus páginas al respecto. Traicionó pero no dejó de ser político, panfletario, agarrotado de indignación contra los indignados profesionales. Se convirtió en un polemista de derechas. En realidad no cambió tanto, en cierto modo. Encadenado a Saint-Germain-des-Prés muy a su pesar, siguió rondando sus muros. Desde el coraje escribirá: «En vez de esconderme, pateaba el asfalto, [...] en el lugar mismo de mi crimen; en vez de revolcarme en el fango de mis delitos, bailaba como un sátiro sobre el césped». Pero tal vez también porque estaba demasiado intoxicado, porque pertenecía a ese mundo de un modo en exceso íntimo, el mundo de las rotativas rugientes y de los pisitos llenos de humo. Willow, en cambio, soltó amarras del todo. No abandonó las tribunas enfebrecidas para firmar las de enfrente. No se alineó en ningún otro bando, y bien sabe Dios que en esos tiempos apasionados si algo no faltaba eran bandos; prácticamente solo se cazaba en manada, y podría haber hallado refugio en otros pisitos estrechos donde se fumaban los mismos Gauloises y se llevaban a cabo sacrificios a otros cultos; podría haberse unido a Roger Nimier y Michel Déon, arracimados en torno a la estatua de otro comendador, la del tempestuoso Bernanos. En vez de eso, desapareció sin más, y se convirtió en un desertor vagabundo, espantosamente libre.

Tenía garabateadas casi doscientas páginas cuando de repente me dio miedo traicionar a Willow. Fue Agnès quien sembró en mí la duda.

—Entonces, aparte de Nancy Holloway, ¿no has hablado con ninguna otra persona que tuviera relación con él en vida?

—No.

—Y Nancy Holloway ya murió.

—Sí.

¿Había yo entendido bien lo que Nancy Holloway me contó hace cuarenta años? Habría estado bien completar su relato con otro testimonio de algún contemporáneo. Uno de los mariachis de la foto del Lorientais se llamaba Antoine Siemmens; su nombre aparecía en el pie, junto al de Willow. Lo localicé con ayuda de Léonie. Ella lo encontró en la guía telefónica online, con un número de fijo y una dirección en La Garenne-Colombes. Llamé, me dijeron que ya no vivía allí. Fui, llamé a unas cuantas puertas, alguien abrió por fin, una señora menudita, sí, conocía muy bien al señor Siemmens, pero el pobre ahora estaba en un asilo. No me sorprendió nada; debía de tener la edad de mi padre, la edad que habría tenido Willow si no hubiera muerto. Al final di con el asilo, a trescientos metros de su antigua dirección. El señor Siemmens estaba sentado en una butaca articulada. Sonreía sin razón. Le hablé despacito y le enseñé la foto, sin éxito. Transcurrieron cinco minutos. De pronto, su único ojo útil dejó de flotar y se quedó fijo. Espetó: «Ah, vaya, vaya». Acababa de regresar a la superficie, pero no parecía extrañarle mi presencia. Pronunció los nombres como quien recita una lección.

—Del nombre de la periquita no me acuerdo. Teníamos buen gusto, no se puede negar. Los demás: Joseph, el Nalgas, Saint-Dié y el yanqui.

—¿Quién?

—Pues el yanqui. El americano.

—Se acuerda de él. ¿Lo conocía?

—Poco. Sustituyó al segundo trompeta de nuestra pequeña orquesta una noche que el titular estaba indispuesto. Pero no era un habitual. Por aquel entonces estaban los amigos y luego los que aparecían de vez en cuando para echar unos tragos. Él era de la segunda categoría. El yanqui, vamos. Como era diferente, todo el mundo se fijaba en él.

Yo guardaba silencio; me daba miedo romper el hechizo. Aparecía un testigo, providencial, con los recuerdos intactos. Tenía casi miedo de que resolviera el misterio de un modo demasiado brutal. Siemmens hablaba de aquello con una ligereza sacrílega: ¿Robert Willow solo era eso? Yo había apostado tanto en el libro, y me había imaginado tantas cosas... Estaba pendiente de cada una de sus palabras.

—Aves así no se veían todos los días, por aquel entonces. Luego se quitó de en medio. Se peleó con toda su pandilla de rojeras. A mí los politiqueos me traían sin cuidado, a mí lo que me gustaba era el *jazz*, y punto. Sus amigos lo acusaron de hacerle el juego a los anticomunistas y todo ese rollo. Un clásico en aquellos tiempos. De todos modos esa gente andaba todo el día como el perro y el gato. Nosotros también, eh, solo que nosotros reñíamos por saber si el batería de Dizzy Gillespie era un genio o un timador. A ese respecto, su muchacho era más bien de la vieja escuela.

—¿Puede ser un poco más específico?

—Sí, hombre, el *bebop*, que no era del gusto de todos.

—No, me refiero a más específico con respecto a Willow. Me acaba de decir que era diferente de los demás.

Siemmens no contestó; de nuevo sonreía a la nada.

✣

Salí de la residencia de ancianos tan frustrado como después de la conversación con Dory Macanan. Aun así, me quedé algo más tranquilo. No había errado el tiro. Las deserciones de 1956, la fetua del Partido. Llamé de nuevo al asilo una semana más tarde y me informaron de que Siemmens había ingresado en cuidados intensivos. Pregunté al recepcionista si podían facilitarme la lista de sus visitas, por si entre ellos se contaba algún viejo amigo que también hubiera conocido a Willow. Me explicaron que la institución no podía facilitar esa clase de datos. «A menos que sea usted de la policía», añadió mi interlocutor. Por la tarde, me crucé con la portera cuando esta se disponía a hacer una excursión al Carrefour Market. Le dije hola, pero no contestó. Caminaba muy despacio, a la escucha de los movimientos secretos de su cuerpo. Hay que decir que la mujer había sufrido un síncope vasovagal la semana anterior. La adelanté pero no me vio; no veía a nadie, escudriñaba los chirridos de su cuerpo desfalleciente, espiaba la aparición de los primeros síntomas. No quería que la próxima vez la pillase desprevenida. Solo tenía tres o cuatro años más que yo. Me acordé de Siemmens, que aguardaba el claquetazo final entre efluvios de amoniaco. Había agotado su modesto capital. ¿Qué me quedaba a mí? Me aferré entonces a la idea de que tenía un padre, como si la existencia de mi progenitor me protegiese; a las personas que aún tienen padre todavía no les incumbe nada de esto, me dije. Lo que no quitó para que aquel pensamiento me persiguiera durante una parte de la jornada.

La publicación de *Robert Willow. El visionario de Étampes* (19,90 euros, ed. Dialogues) se programó para el mes de enero. Mi editor me había prometido que salir a mediados de año, al margen de la gran carnicería de la *rentrée* literaria, me brindaría una forma de visibilidad, aunque insistió en que por visibilidad no había que imaginar nada que se pareciera ni remotamente a una cobertura mediática, por supuesto. Estábamos hablando de un ensayo sobre un poeta al que no conocían ni en su casa a la hora de comer y que a nadie le importaba un carajo, algo que, por lo demás, entraba dentro de lo normal. Quería decir con esto que podíamos esperar que la obra mereciera una o dos reseñas en la prensa especializada, *La Revue littéraire*, *L'Albatros*, *Catastrophes* y alguna más. En última instancia, si los astros se alineaban (críticos mano sobre mano, devolución de favores retribuidos, chantaje emocional), podría colocar un artículo en el suplemento *Le Monde des Livres*, un artículo dedicado a Robert Willow a modo de reparación *post mortem*. Del mismo modo que Chirac había reconocido la responsabilidad del Estado francés en el régimen de Vichy, yo me imaginaba a la república de las letras pidiendo perdón a Robert Willow por haberlo despreciado, y entonces mi vida sobre la faz de la tierra cobraría sentido, sería yo el hombre que rehabilitó a Robert

Willow, una especie de coronel Picquart de las letras, y desde luego era del todo consciente de que la metáfora era de un mal gusto supino, pero me gustaba, qué le vamos a hacer; además, al instante siguiente apenas me dejaba un regusto amargo en boca. Todo aquello era un esperpento, sería Robert Willow el rehabilitado y no mi persona, y entonces caí en la cuenta de que Robert Willow era un pretexto que yo utilizaba para lograr mi propia rehabilitación, para tirarme el pisto.

Diciembre. En París VIII, los sudaneses pensativos miraban caer unos copos como puños a través de las ventanas del centro de documentación. Me crucé con Dabiou, que se apeaba de su Citroën Picasso arrebujado en un anorak de esquí y con un gorro ruso encasquetado en la cabeza. La nieve, la avenue Stalingrad, el hormigón, Dabiou y su gorro ruso: se me representó un cuadro de gran formato titulado *Escena de la vida cotidiana en la RDA*. Lo saludé desde lejos y me encaminé hacia el despacho de Nicole, intranquilo. Todavía tenía en mente las advertencias de Paulin Michel, preocupado al verme acariciar demasiadas ilusiones. Yo había comprendido que no debía esperarme una avalancha mediática. Debía apostar más bien por saraos modestos, y si no me invitaban a saraos modestos, tendría que crearlos yo mismo. Claudia, la mujer de Paulin, estaba de trabajo hasta arriba; gestionaba la contabilidad, hostigaba a los distribuidores, llevaba personalmente a correos los envíos de prensa, se ocupaba de la web. No podía pedirle que me organizara una agenda de actos. Paulin Michel me había dado a entender que no había que apretarle mucho las tuercas a su esposa. Traducido del delicado lenguaje del editor, eso significaba: «Vas a tener que menear un poquito el culo, muchachote. Bienvenido al mundo de la edición independiente». Vi a Nicole en la puerta del edificio de la cafetería, dando caladas a un Dunhill de doble click como si le fuese la vida en ello. Aproveché para soltarle la propuesta de un simposio en la facultad. Al fin y al cabo, yo era de la casa. Todavía formaba parte del mobiliario. Bastaba con sentarse a pensar un par de minutos para dar con un tema integrador y sexi. ¿«Harlem en Essonne»? ¿Algo más clásico: «*Jazz*, comunismo y literatura»? Incluso se podría ampliar, invitar a algún colega de filosofía que hablara de los existencialistas. Un simposio no era una cosa muy complicada de montar. Si yo me encargaba de todo lo relativo a la organización, tal vez Paulin Michel accediera a aflojar algún dinero para comprar unas cuantas botellas de espumoso.

—Claro que sí, Jeannot. Te lo apañamos, cariño mío.

Dos días después, cenaba con Léonie en un sitio pretencioso y con unos precios desorbitados que servía «empanadas reinterpretadas». Yo iba la mar de elegante, me había puesto el jersey de cuello vuelto nogalina con coderas y una gorra de cazador sobre la mata de pelo blanco, con la esperanza pueril (ahora me doy cuenta) de que Léonie le contara a mi exmujer que me había visto muy bien, muy estiloso, y que Agnès sospechara algo, una aventura con una bailarina del Bolshói, por ejemplo, algo que la volviera loca de celos y la arrojara a mis brazos, con los labios ardientes. Tal vez la gorra fuera un tanto excesiva, constaté al verme reflejado en el espejo de los aseos.

Léonie estaba como unas castañuelas, acababa de dejar atrás un infierno, me anunció, había estado a punto de «perder a Jeanne» a raíz de una discusión particularmente acalorada sobre un tema doctrinal peliagudo: como feministas radicales, ¿debían aceptar a las transexuales en el foro en línea que ella moderaba? Como es lógico, mi hija apostaba por la apertura. Jeanne le replicó, muy seria, que las trans podían ser los caballos de Troya del patriarcado masculino si se infiltraban en el foro. Mi hija empleó la palabra tránsfoba y estuvieron una semana sin hablarse. Al final, Jeanne le pidió perdón. Reconoció haberse dejado llevar por un reflejo poco loable, perpetuando una concepción esencialista del feminismo que ya no tenía razón de ser. Feliz de haber evitado la ruptura, Léonie no paraba de disculparla.

—Hay que entenderlo, estaba un poco obcecada en una lógica TERF.

Enarqué una ceja con perplejidad. Ella agregó:

—*Trans-exclusionary radical feminism.* Para las TERF, una es mujer solamente cuando nace con órganos genitales femeninos. El sentir de la identidad de género no tiene cabida.

Me dio unos segundos para digerir la información, y al cabo añadió, pensativa:

—Fíjate, me doy cuenta de que a veces soy más *woke* que ella. Más inclusiva. Y me parece muy bien. Así ha de ser una pareja, un enriquecimiento mutuo.

Yo la escuchaba, debatiéndome entre el espanto y la admiración por esa generación de iras irrevocables. Por lo demás, no me disgustaba que mi hija hubiera enseñado los dientes: Léonie no se apoltronaría en el papel de la grupi encandilada.

Hablamos un poco de la cena de Navidad. Léonie dijo que sería un detalle invitar a Jeanne y yo le contesté que probablemente no haría buenas migas con mi padre, en la medida en que él era capaz de lanzar una bomba atómica por segundo y no estaba muy metido en las luchas del movimiento LGBTQIA+ y la sororidad. Era de hecho extremadamente heteronormativo, y a mí ya me daba una buena trabajera, con su *ethos* de macho alfa. Podía haber mucha tensión. Lo suyo eran las justas náuticas de Sète, le apasionaban las fiestas de esa localidad, esos torneos en los que unas moles de ciento treinta kilos se enfrentaban en el gran canal a golpe de lanzas de hierro, según un ritual inamovible desde el siglo XVII; Jeanne jamás tendría la paciencia necesaria para escuchar la detalladísima descripción de las rivalidades entre los vecinos de Sète y los «ventriazules», los de Frontignan, que por las noches llegaban a las manos en las bodegas, cuando ya habían corrido hectolitros de uva picapolla. En fin, ya conoces a tu abuelo, concluí, pero Léonie insistió en que la cosa saldría bien. «Es otra generación», suspiró, a modo de absolución.

✳

Dos días después, Paulin Michel me pidió que me pasara por Bourg-la-Reine. El libro estaba listo: acaricié, conmovido, la cubierta color crema con un ribete granate. Este no me lo podrán quitar, murmuré. Paulin Michel apartó la mirada púdicamente, como si yo fuese una joven madre recién parida y él pretendiera dejar que «nos conociéramos».

Para la cubierta nos decidimos por la foto de Vian y Beauvoir, tras plantearnos otra opción más contemporánea. Claudia, la mujer de Paulin, había sugerido el trabajo de Oscar Reuter, joven artista plástico y valor en alza de la escena luxemburguesa. A primera vista, su *Placa de resina pintada de azul pato* expresaba un formalismo severo. Claudia tenía otra opinión: podía apreciarse en la pieza una invitación a observar «más allá de lo visible», algo que casaba bien con la misión que tradicionalmente se atribuía al arte poética. Paulin Michel escuchó a su mujer y acto seguido zanjó: «Necesitamos algo encarnado. No se cazan moscas con vinagre». Me tranquilizó oírle echar mano de ese tono trivial, contra todo pronóstico. El hombre quería vender, a pesar de todo.

Navidad en familia.

Veinte, treinta, cuarenta años de reproches acumulados alrededor de la mesa. Brindamos. Mi padre le pregunta a Léonie cómo le va en el trabajo nuevo y ella contesta que lleva tres años en el mismo sitio. Intercambio una mirada con Agnès y los dos pensamos: por lo menos el hombre hace un esfuerzo. Hace tres años no le dirigía siquiera la palabra. Su nieta sale con otra chica, esas zarandajas no forman parte de los avances que él pudo prever en la década de los cincuenta, cuando se recorría todos los bailes en pantalón de pinzas y el gobierno de Guy Mollet había mandado al contingente a Argelia. Sería exagerado afirmar que lo ha aceptado, pero digamos que ha entendido que él ya no tiene poder sobre su mundo. Sus fanfarronadas ya no cuajaban, éramos prácticamente sus últimos allegados en el mundo, así que podía vociferar lo que le diera la gana, que no cambiaría gran cosa. Paciente, Léonie le explica su trabajo en el sector del *coaching* para empresas. Está claro que le habla en chino: mi padre tiene noventa y tres años y la idea de que se celebren seminarios para aprender a comunicarse mejor en el entorno laboral le queda muy lejos. Con suma paciencia, Léonie le explica el concepto de «riesgo psicosocial». El anciano asiente con la cabeza, se queda callado, pero aunque pille poca cosa no es difícil adivinar lo que piensa: esas monsergas del bienestar en el trabajo son chiquilladas que jamás habrían existido en una empresa de obras públicas, y menos aún en la que él había dirigido durante cuarenta años. Lo que no quita para que una vez más mi padre haga un esfuerzo y le pida a Léonie que desarrolle los términos; pregunta incluso qué es eso del «acoso sistémico» y escucha la respuesta con paciencia. Conmigo, pensé, ese esfuerzo no lo hacía.

Jeanne ha sido invitada. A pesar de la poca gracia que me hizo que alterase la rutina de mi cita dominical con Léonie, le agradecía que estuviera presente aquel día de Navidad. Su presencia era una brisa fresca en aquella liturgia trasnochada. Los parientes políticos, salvadores de las familias. Agnès le lanza miradas intranquilas. ¿Se lo estará pasando bien? No conviene espantarla. Tampoco conviene renegar de nosotros mismos; tendrá que acostumbrarse, si la relación dura. Agnès se deshace en atenciones, le sirve más blinis. Me percato de que mi exmujer es la única capaz de reunirnos todavía a mi padre y a mí. Sin ella, soy un pájaro desalado.

Hincamos el diente al marisco. Mi padre ha traído una botella de champán nauseabundo.

—Ya veréis, es un champán que da muy bien el pego. No os voy a decir dónde lo he comprado porque os echaríais las manos a la cabeza. Es el único que compro ya, no tiene nada que envidiarle a vuestro Ruinart.

Levanto los ojos hacia el cielo mientras Agnès sonríe con educación a su suegro. Habrá que descorcharlo. Típico de mi padre: en vez de reconocer la superioridad de ciertos productos considerados demasiado caros, se decanta por denigrarlos y tacharlos de falsos valores, de engañabobos sobrepreciados —en el fondo un jamón industrial no tiene nada que envidiarle a vuestros bellota y vuestros pata negra, viene a decir—, y así transforma su racanería en sabiduría oriental. Los estetas quedan relegados a la categoría de almas de cántaro, o de esnobs.

Mi padre entabla conversación con Jeanne, está ávido de nuevos interlocutores, sobre todo de los que todavía no han tenido oportunidad de escucharlo hablar sobre las justas de Sète. Impotentes, observamos cómo se cierra la trampa sobre la joven. Él aguarda su momento y entonces le lanza el ataque de las justas, haciendo muchos aspavientos para describir el espectáculo de esos colosos que se embisten por encima del gran canal, arriesgándose a perder un ojo, y todo ello en el contexto de un torneo de aficionados, especifica con ojos chispeantes. «Esas son las cosas que deberían salir en *vuestro internet.*» Jeanne lo escucha con cara de palo. Agnès se ensaña con un caracol de mar con una agresividad sospechosa.

Ritual de los regalos. Agnès ha organizado un sorteo. Léonie regala una corbata club a mi padre, que refunfuña porque no quiere que le hagamos regalos, ya lo dijo el año pasado, y sin embargo su nieta va y le ofrece un paquetito. Masculla un gracias, deja la corbata junto a su plato; quizá se le olvide adrede al marcharse, como el año pasado. Agnès abre un fular de seda, levanta los ojos e interroga con la mirada a todos los comensales. He sido yo, digo. Se sonroja un pelín y me lanza un beso con la punta de sus dedos delicados. Es obvio que estaba un poco fuera de lugar: yo quería vestirla para seguir formando parte de su vida. Un libro de fotografía habría quedado más neutro, menos intrusivo. Se ata el fular alrededor del cuello, sobre el impresionante vestido entallado de terciopelo azul noche que lleva. Ha cogido algo de peso, pero los kilos de más son un incentivo novedoso y los luce con una gracia insolente, abrazando la cincuentena con armonía, dispuesta a explorar tanto sus tribulaciones como sus ventajas. En nuestros dos últimos años como pareja, ya no nos acostábamos. Bastó con que desapareciera para que me resultara de nuevo deseable. Ah, qué puta mierda. Lo había mandado todo al cuerno, y ya era demasiado tarde.

—Te toca, papá.

Era mi turno. Desenvolví el paquete oscuro que había encima

de mi plato. Era un libro de Aminata Diao, *Guía del buen aliado antirracista*. *Pequeño manual de una afrodescendiente para uso de sus amigos blancos*. No hacía falta investigar de dónde procedía el tiro. En la otra punta de la mesa, Jeanne esbozó una sonrisa socarrona. Le devolví una de oreja a oreja e incliné la cabeza en señal de gratitud. «Aligató», le lancé, a la japonesa. Léonie soltó una risilla nerviosa, lanzándome una mirada de soslayo. El mensaje era cristalino y decía: «Te voy a meter en cintura, viejales».

—Para ponerle el broche a la conversación del restaurante —apuntó, contenta.

Curiosa forma de poner el broche a un capítulo: vertiendo un chorreón de alcohol sobre los rescoldos. Lo que no quita para que ella tuviera la última palabra. Era un tanto agresivo, pero estaba bien traído. Le gustaba el conflicto y se le notaba. Yo vislumbraba los mimbres de una relación espinosa, articulada en torno a guasas y confrontaciones políticas, que podría servirnos de terreno de entendimiento. ¿Por qué no? Las siguientes Navidades, si todavía sigue entre nosotros, le daré de su propia medicina, le regalaré *La fábrica de cretinos digitales*, o la biografía de John Wayne. Con Jeanne no se aburre uno; Maeva, su predecesora, era menos aguda.

—¿Me pasa alguien los gasterópodos? —preguntó Agnès a nadie en particular.

Iba a conjurar la mala suerte, el mal de ojo que me perseguía desde hacía casi treinta años. *El visionario de Étampes* sería mi renacimiento, «el primer día de mi nueva vida». Iba a hacer una última apuesta, a reinventarme en un registro más discreto, pero menos peligroso. El día en que el libro llegó a las librerías, procuré mantenerme ocupado. Ordené meticulosamente mi piso y luego salí a hacer recados por los comercios de la zona. A raíz del divorcio, tuve que marcharme del muy elegante barrio de Montorgueil para establecerme en el distrito XIX, en una callecita paralela al canal de l'Ourcq. Me compré un pisito de dos habitaciones, espacio más que de sobra para mi nueva vida de soltero. Los precios todavía eran asequibles, pero el barrio estaba categóricamente empantanado en un proceso de gentrificación: los talleres del centro artístico Centquatre fueron la cabecera de puente de la burguesía en aquella zona, que durante mucho tiempo resistió al invasor *bourgeois-bohème*. Los ejecutivos pusieron reparos durante largos años a anidar allí: hay que decir que la rivalidad entre las zonas de Riquet y Cambrai garantizaba una estadística de uno o dos homicidios al año desde principios de los noventa. Pero la presión inmobiliaria pudo más y los promotores acabaron logrando aquello con lo que llevaban soñando mucho tiempo: la destrucción de las horrorosas torres de la rue Archereau, que dieron paso a un amplio solar en una urbe donde no se había hecho ninguna obra de envergadura desde que se plantaran los edificios de los alrededores del antiguo parque Martin Luther King, en la linde de Batignolles. A los camellos de Riquet y de Cambrai se les rogó que fueran a asesinarse a otra parte. En vez de rascacielos, crecieron como setas unos bloques risueños y vegetalizados a los que se abalanzaron ejecutivos y jubilados que ya no podían aspirar a fijar su residencia en distritos de una sola cifra; solo un puñado minúsculo de franceses, de hecho, podía permitírselo aún. Yo compré sobre plano un piso en uno de los edificios más atrevidos: un inmueble con forma de termitero desmoronado, puro producto de la escuela del «biomimetismo total» que diera su fama al arquitecto chino Yun.

Paré en la carnicería. La diversidad de cortes en el mostrador era un espectáculo apaciguador, sobre todo teniendo en cuenta que cada pieza podía cocinarse de dos o tres maneras distintas. El equipo de carniceros era una cuadrilla de apasionados, de obsesos de la carnaca, y eso también era una constatación apaciguadora; desde luego no lo suficiente como para darme fuerzas para levantarme cada mañana pero aun así, formaba parte de esas pequeñas cosas que importan. Compré unas chuletillas de cordero y pedí asesoramiento al profesional con vistas a un futuro. Me había prometido que invitaría a Léonie y a Jeanne a cenar en casa, como gesto de buena voluntad. ¿Tendría él alguna sugerencia? Precisé que todavía no había instalado el horno. El hombre caviló unos segundos y me señaló los jarretes de ternera. ¿Qué mejor que un osobuco para enterrar el hacha de guerra? Me alejé asintiendo con la cabeza. Habría que preguntarle a Léonie si su novia tenía restricciones alimentarias; no podía descartar que fuera vegana, sería incluso bastante coherente. A Léonie se la veía enamorada hasta las trancas, y yo tenía un miedo cerval a que Jeanne la alejase de mí. Hasta me había imaginado por un momento invitando a mi exesposa, antes de desechar la idea al recordar la gigantesca mancha de humedad que dibujaba el mapa de Brasil en la pared de la cocina; mi orgullo se ponía en guardia solo de pensar en Agnès contemplando esa mancha. Yo sabía que ella jamás habría tolerado (al menos, sin pelear) la presencia de ese estigma mural en su domicilio, como tampoco vivir con un microondas y unas placas eléctricas, sin sacar de la caja el horno Bosch entregado hacía tres meses, que seguía envuelto en papel de burbujas; a buen seguro, estas visiones le recordarían de un modo brutal (en el momento en que yo sentía, creía, que su determinación se debilitaba) que había hecho bien en pedir el divorcio.

Espanté estos pensamientos sombríos como quien dispersa a golpe de balines un escuadrón de grajos. ¡Arriba los corazones! Al fin y al cabo, enero se anunciaba fastuoso: la publicación, la cena, el simposio. Unos días antes, había pasado la Nochevieja sin lamentar grandes daños, con ayuda de la casa Bombay Sapphire y de un CD con las grabaciones más memorables de Bessie Smith. Decidí que el nuevo año sería un gran reserva. Pero ¿puede uno decidir ser feliz? Consulté el móvil febrilmente, por si acaso algún amigo, o sea, mi amigo Marc, tenía la buena idea de felicitarme. El buzón de voz estaba vacío. ¿Y si llamaba a Paulin Michel? Sin duda le habría correspondido a él llamar, o enviarme un mensaje, unas pocas palabras de ánimo, o algo de información acerca de su estrategia editorial. ¿Le lanzábamos la caña a *Le Monde des Livres*? ¿Habían leído el libro los periodistas que lo recibieron? Robert Willow merecía que alguien descubriera su existencia. Saint-Germain lo había olvidado y había que lograr que Saint-Germain lo resucitara. Decidí darme un pequeño paseo por las calles por las que vagaba Willow. Cogí el metro, bajé en Mabillon. Aparte de Le Caveau de la Huchette, la escena *jazz* prácticamente había desaparecido de la orilla izquierda. Si Willow hubiera recalado en París hoy en día, habría tenido que tirar más al norte, o al este (Pantin, Montreuil, esa clase de sitio) para escuchar un conjunto de calidad. En la rue

Saint-André-des-Arts, los turistas americanos martilleaban los adoquines con sus gemelos gordos enfundados en calcetines de deporte. En otras circunstancias, los habría mirado con todo mi odio; en cambio, hoy me sentía feliz, magnánimo. El único pero era que me habría gustado compartir mi júbilo con alguien. Caminaba solo, hendiendo la niebla que había caído sobre la ciudad. Me detuve delante del Café de Flore. Un camarero me señaló una mesa al fondo, debajo del gran espejo. A mi lado, una pareja muy joven reía por lo bajo, inclinados los dos por encima de un teléfono. El muchacho, una maricona con pintas, leía la perorata histórica en la parte de atrás de la carta y espetó un: «Ponte, que te saco una foto en plan como si fueras Simone de Beauvoir y subimos un *story*». La chica contestó «Real» pero a continuación reflexionó unos segundos y lo mandó al cuerno: «Paso, si no sé ni quién es la Simone de Beauvoir esa, pa qué quieres que haga un *story* en plan Simone de Beauvoir».

Me incliné tratando de exhibir un aspecto de orador simpático y les solté con una sonrisa maliciosa:

—Tiene gracia que mencionéis a Simone de Beauvoir, tiene gracia: resulta que acabo de perpetrar un libro sobre un hombre que la conoció muy bien, pero que no tuvo su notoriedad. Un poeta que se llama Robert Willow, antiguo músico de *jazz*, y...

—¿Quién está hablando contigo?

El chico me miraba de arriba abajo, mitad agresivo, mitad vacilón. Me arrinconé en mi banqueta. Me había convertido en uno de esos jubilados que beben solos y se acoplan en conversaciones ajenas; esa era la pura verdad. Hundí la cabeza entre los hombros. Casi le guardaba rencor a Robert Willow por no haber peleado, por su pose por encima de la refriega. Me había dejado tirado con tres poemarios inexplicables. Sartre le hizo *ghosting*, como diría Léonie. Hasta su amigo Richard Wright lo *ghosteó*. Y hoy los fantasmas de Sartre y de Beauvoir ocupaban su sitio debajo del gran espejo, en la famosa mesa donde recibían a sus discípulos en delegación. Me asaeteaban con su mirada irónica. Encaramado a un taburete de la barra, Richard Wright bajaba los ojos, espantosamente abochornado.

*

Los días siguientes, nada. Ni un breve en la revistilla más modesta ni en la página web más recóndita. Mi única intermediaria en el mundo de los nuevos medios de comunicación era mi hija Léonie: con la amabilidad que la caracterizaba, me informó de que había *bookstagrameado* el libro, o sea, que había publicado en sus redes sociales una pequeña puesta en escena con el libro, en el suelo de linóleo de estampado baldosa de cemento, rodeado de velitas y pétalos de rosa. Jerry, su gato, dormitaba acurrucado junto al ejemplar. «He tenido siete *likes*», me dijo, encantadora. Intenté que no me afectara y me puse a tomar notas para mi proyecto de novela policiaca. Los preparativos de la cena con Jeanne y Léonie me distraían algo, aunque no conseguía concretar ni un solo detalle para acelerar su realización. Cuando le preguntaba a Paulin Michel si le habían llegado comentarios de los libreros, adoptaba un aire contrito: «La poesía, Jean, la poesía».

Presa de un arranque masoquista, me planté en la Librairie de Paris. Pregunté a una dependienta si tenían *El visionario de Étampes*. Le di mi nombre, fingiendo dudar sobre cómo se escribía. La chica engurruñó los ojos e hizo un esfuerzo colosal para rebuscar entre los cimientos menos visitados de su memoria antes de arriesgar un: «¿Roscoff...? Tiene libros sobre pesca, ¿no?». Salí, derrotado. Yo esperaba que pasara algo, que *El visionario de Étampes* fuese objeto de uno de esos frenesís que propician una modernidad saltarina e impulsiva. Deseaba que diera que hablar. El origen de Willow, su conversión (que podría haberse calificado, en pro de las necesidades de la causa, de reaccionaria), su muerte prematura lo justificarían. Con una buena dosis de cinismo, se lo podría haber convertido en una especie de James Dean. Imaginaba una contraportada embaucadora y putañera, un escándalo, y luego me echaba atrás: no habría nada, nada aparte de la indiferencia total; ni siquiera *omertà*, ni rechazo, nada. Estábamos hablando de poesía, de un hombre que no era portavoz de una palabra clara, que no proclamaba una rabia específica, que no exhibía ninguna herida infantil. Estábamos hablando de un tipo que lanzaba al viento un puñado de palabras melancólicas. «Robert Willow escribía como tocaba la trompeta: con sordina», había escrito yo en la página 52. Con eso no iba a conquistar a Jean-Marc Morandini ni a Léa Salamé. No, no habría nada. Robert Willow sufriría un nuevo *ghosting*, era su destino trágico; y yo había encadenado el mío al suyo.

—¡Joder! —suspiré.

El simposio universitario podría reanimarme, pero aún tardaría largas semanas en llegar. Para reconfortarme, Paulin Michel organizó lo que pomposamente denominó «un aperitivo de lanzamiento» en El Lagarto Rabioso, un bar militante presentado como meca de la edición alternativa. El garito estaba a tiro de piedra de mi casa, no muy lejos del canal de l'Ourcq. En el pequeño *flyer* pegado a la cristalera, mi apellido aparecía con una sola efe. Aparté los cascabeles de la cortinilla de la puerta. El tintineo perlado se prolongó varios segundos después de mi entrada, el número exacto de segundos que fueron necesarios para llevar a cabo una rápida inspección de las fuerzas presentes: tres mesas desparejadas, el doble de butacas de teatro destartaladas y una barra de zinc iluminada por bombillas de filamento. Había una pequeña fauna turbia y mal ataviada. Paulin Michel hizo las presentaciones. El primero en estrecharme la mano fue Thomas, un tipo alto y escuchimizado con unos ojos de marfil marmolados de venillas rojas. Los dientes de arriba, podridos, quedaban al descubierto en una sonrisa que desvelaba una imbecilidad total, irremediable, una noche del espíritu más desgarradora que la ceguera de un invidente, en la medida en que lo

ausentaba por completo del mundo a la vez que le confería una
especie de nobleza. Luego fue una enana que se llamaba Élodie.
Encaramada a un taburete de la barra al que debía de haber
trepado a costa de una peligrosa escalada, sostenía entre las
manos una cerveza más o menos como un hombre de estatura
media habría sostenido un balde. Tenía la cara arrugada como
una uva pasa. Munir era un armario ropero que manipulaba
un trapo sucio. Sus manos inmensas podrían haber reventado
la cabeza de la enana tan fácilmente como una nuez, pero la
mimaba con la mirada respetuosa y abúlica de un mastín gordo.
Junto a la única ventana, una señora mayor empujaba un carrito
de supermercado lleno de carpetas viejas. Iba fajada en cuatro o
cinco capas de ropa y se parecía al personaje de Ginette de *Los
visitantes*; se presentó como poetisa y precisó con gallardía que
había conocido bíblicamente a T. S. Eliot. Aquel era mi pueblo,
los míos, pensé, un poco emocionado y asustado. Aprendería a
amarlos. Todos ellos vilipendiaban una época a la que achaca-
ban sus fracasos personales. Tal vez pudiera hacerme un hueco
en ese dudoso inframundo. Podría encontrarme como en casa
con bastante rapidez. Alguien había colocado en una mesita
baja varios ejemplares de *El visionario de Étampes* y una botella de agua Cristaline. Paulin Michel me invitó a sentarme y
me presentó con un discursito muy rebuscado. Despachó mi
libro con unas palabritas cordiales y se centró sobre todo en los
desafíos de la edición alternativa, «una edición de combate»,
repetía. La enana asentía enérgicamente. Al cabo de poco, los
carraspeos de la máquina de café silenciaron la voz del orador.
Paulin Michel me hizo una seña con la cabeza; era mi turno. Me
aclaré la voz y dije unas palabras sobre Robert Willow, sobre su
vida, que seguía siendo un misterio, sobre su obra dispersa. La
concurrencia se sumió de inmediato en una modorra desgana-
da. Me fijé entonces en una quinta persona, un hombre de cara
alargada y angulosa que se había quedado de pie en el marco de
la puerta. Era el único que me escuchaba de veras. ¿Llevaba allí

desde el principio? Tenía la misma mirada que Jeanne, desconfiada y dolorosa. Tomaba notas en un cuadernito de espiral. Más que escucharme, parecía concentrado en las modulaciones de mi voz, como si tratara de descifrar un código, algún sentido oculto.

Me dispuse a leer varios poemas de Willow. Ginette se levantó entonces para decir que ella había conocido muy bien esos tiempos, recordó que había sido íntima de T. S. Eliot y se puso a hablar de su propia poesía (contenida, al parecer, en las carpetas que abarrotaban el carro de la compra). Insistió en leer unos fragmentos. Era evidente que repetía el número en todos los actos, indiferente al tema del día. Paulin Michel hizo amago de interrumpirla pero yo le indiqué que la dejara: aquella vieja que defendía su idea contra viento y marea despertaba mi afecto más sincero. Había metido todos sus sufrimientos en un carrito que paseaba por todas partes, ofreciéndolos a quien quisiera llevárselos. Me dije que Willow también la habría amado. Leyó varios poemas seniles y desgarradores, como era de esperar. Yo retomé la palabra para leer unos versos de «Cantos de amor». Concluí diciendo que estaría encantado de responder a las preguntas que hubiera.

Se produjo un silencio incómodo, hasta que Cara Larga levantó un dedo autoritario.

—Nos ha dicho que Robert Willow era comunista. Nos ha dicho que más adelante se desmarcó del partido. Nos ha dicho que era un renegado. No nos ha dicho que era negro. ¿No cree que esto puede tener importancia? Y me refiero a una importancia decisiva. ¿Cree que es posible hablar de la obra de un negro americano, escrita en la década de los cincuenta, sin decir que era negro?

4. Accesoriamente negro

Tomemos el caso del gran escritor negro Richard Wright. Si solo consideramos su condición de hombre, es decir, de «negro» del sur de Estados Unidos trasladado al norte, concebiremos enseguida que no pueda escribir más que de negros o de blancos vistos por los ojos de los negros. [...] Por tanto, si un negro de Estados Unidos se descubre una vocación de escritor, descubre al mismo tiempo su tema: es el hombre que ve a los blancos desde fuera, que se asimila la cultura blanca desde fuera, y cada uno de cuyos libros mostrará la enajenación de la raza negra en el seno de la sociedad norteamericana.

JEAN-PAUL SARTRE, *¿Qué es la literatura?*, 1948

El caso Roscoff nos confirma algo: la historia de lxs escritorxs de la diversidad deben hacerla lxs propixs interesadxs.

Blog de Aminata Diao, 7 de febrero de 202...

Negro.

Robert Willow era negro.

Por supuesto, sí. Mestizo, diríamos en Francia, según la terminología francesa, pero no busquemos tres pies al gato, era negro, sí, innegablemente, en el sentido en que lo entienden los americanos, en el sentido en que Barack Obama es negro. Es así, y por lo demás figura en el libro; nótese que figura varias veces, cuatro veces por lo menos. Es un rasgo distintivo de su persona, no, no es eso lo que quiero decir, digamos que es uno de sus rasgos, un rasgo de su identidad. Eso, eso, ese es el término que yo buscaba, eso era lo que quería decir, es un rasgo de su identidad, qué duda cabe, habría que estar loco de atar para negarlo, sería una especie de (¿cómo decirlo?), de negacionismo, no tengamos miedo de las palabras, me dice usted que no tengo buen aspecto, en absoluto, vamos, pero en absoluto, es solo la sorpresa. No esperaba que me preguntaran sobre eso, cómo, que el «eso» denota desprecio, pues lo retiro *ipso facto*, achaquémoslo al calor, este bar parece un horno. Luego, aparte, perdone que se lo diga pero lo noto un poquitín agresivo, sí, ahora mismo, exacto. Está empleando un tono inquisitorial. Yo tengo mis referencias, que hablan por sí solas: participé en la marcha de los *beurs*, estuve en el escenario de la plaza de la Concordia en el ochenta y cinco, milité durante diez años, de modo que estoy al cabo de la calle. Pero hemos venido aquí para hablar de un hombre. Hemos venido aquí para hablar de Robert Willow. Así que no voy a dejarme amilanar y le voy a decir lo que pienso realmente, se lo voy a decir: ni siquiera estoy seguro, para ser del todo sincero (desde el punto de vista intelectual, se entiende), ni siquiera estoy seguro de que el hecho de ser negro sea un rasgo relevante de la identidad de Robert Willow. Pues sí, como lo oye. No me ponga esa cara. Sí, eso es lo que he dicho. Que no estoy seguro. Desde luego, se trata de un rasgo relevante de su identidad desde el punto de vista más objetivo, eso es indudable. Sí. ¿Quién podría negarlo? Estudió en la Howard University, la gran universidad negra del país, la primera. Antes estuvo en un instituto de secundaria negro, el Saint Henry Community College. Las fotos aparecen en el libro, se ve a Willow con sus compañeros el día de la entrega de diplomas. Todos negros, todos congregados en los mismos centros de saber porque los demás les están vedados. Porque América está jurídicamente segregada en el sur, y en el norte todavía lo está *de facto*, en buena medida. Yo conozco la historia de ese país, señor mío, la conozco incluso muy bien, modestia aparte. Sabrá usted que soy historiador. Willow se crio en una barriada negra de Washington D. C. Y repito, esto aparece en mi libro, negro sobre blanco, si se me permite la expresión. Y sin embargo, no estoy seguro de que sea un rasgo destacado de su identidad subjetiva. Me refiero a su sentir identitario, igual que existe una sensación térmica, por ejemplo. No estoy seguro de que Robert Willow (si le hubiera preguntado usted, si él aún viviera y usted se lo hubiera preguntado) se hubiera definido de entrada como negro. ¿Cómo que cómo me atrevo? Lo veo a usted muy indignado, cuando estoy diciendo algo de lo más normal. Robert Willow es comunista, Robert Willow es trompetista, Robert Willow es poeta, Robert Willow es sartriano y luego deja de serlo, Robert Willow es estadounidense, todo esto irriga y alimenta su prosa. Salvo la faceta sartriana, lo admito. Y su comunismo tampoco, no alimenta gran cosa, pero lo obligó a irse de América en 1950, porque su nombre figuraba en la lista del Comité de Actividades Antiamericanas. ¿Negro? Pues no lo sé. Sinceramente, cuando uno trata de analizar con honestidad su prosa, cuando uno lee sus poemas verso a verso, el hecho es que ese tema no aparece por ninguna parte. Es sorprendente, lo admito. Bueno, es sorprendente y no lo es. Willow creció en un barrio relativamente burgués, el Shaw Neighborhood, el Broadway negro, como lo llamaban. Creció en un barrio donde los negros hacían un esfuerzo terrible, obsesivo, para que la gente olvidara que eran negros. Me dice usted que Willow debía de ser consciente de ello cada segundo de su vida. Y tiene razón. Pero creo (y, tratándose de un hombre del que sabemos tan poco, solo podemos formular hipótesis) que en Willow ese sentimiento era una incongruencia. No le atañía. Bueno, únicamente le atañía en la medida en que era motivo de preocupación para sus interlocutores. De hecho, es posible que fuese motivo de preocupación para no pocos de sus interlocutores. Sabemos que durante un tiempo tuvo mucha relación con los existencialistas. Que Sartre y sus discípulos veían en Willow, artista negro, la encarnación del rebelde. Y exigieron de forma tácita que actuase como tal. Tenía que ser un portavoz. Una conciencia rebelde, como Wright. Pero Willow no era Wright. Willow no era una conciencia rebelde; vamos, yo creo que no lo fue. Lo he escrito, por lo demás, lo he escrito negro sobre blanco, está en la página... en la página... Espere, que lo busco, permítame un minutito.

❊

—Aquí, ya lo tengo. Página sesenta y tres. Para los que hayan comprado el libro.

Nadie se movió. El gigante Munir se crujió las cervicales.

—Voy a leer en voz alta porque ni hablar de que se me someta a una especie de juicio. Cito: «Sartre creía que el poeta negro debía celebrar el alma negra, que ese era el paso obligado hacia lo universal. Al negro le exigía lo que exige al judío en *Reflexiones sobre la cuestión judía*: autenticidad». Quedémonos con esta palabra, AUTENTICIDAD, «es decir, la aceptación lúcida de su situación, y el combate. Descubrirse en cuanto que negro, descubrirse en cuanto que judío. Lo escribió en su prólogo a la *Antología de la nueva poesía negra y malgache en lengua francesa* de 1948, su famoso *Orfeo negro*: el negro está "ligado a la autenticidad: insultado, esclavizado, se yergue, recoge la palabra 'negro' que le han lanzado como una piedra y se reivindica orgullosamente como negro frente al blanco". Para Sartre, es deber del poeta negro celebrar el alma negra. La negritud es un paso obligado, "el momento de negatividad" imprescindible para el poeta negro que desea alcanzar lo universal. Celebrar el alma negra hasta poder celebrar la de la humanidad completa: he aquí el mandato sartriano. Cabe adivinar que este pesó, y mucho, sobre los hombros de Willow, que se codeaba con el filósofo. Cabe adivinar que Willow el comunista, el Willow que se afilió al Partido Comunista estadounidense para huir del entorno estricto del Shaw Neighborhood, que prefirió fundirse en la masa gloriosa del proletariado para convertirse en Hombre entre los Hombres, ese Willow no vio con buenos ojos el mandato sartriano. Y tampoco la condescendencia (involuntaria pero muy real) de Sartre, que explicaba a los judíos cómo ser judíos y a los negros cómo ser negros. El Sartre que, so pretexto de dirigirse a los blancos en su *Orfeo negro*, explicaba con paternalismo a los negros el concepto que ellos mismos habían forjado. Que dice, en sustancia: "He aquí lo que quisieron decir Césaire y los demás". El Sartre cuya demostración impactante no disimulaba la desafortunada impresión de que *se interesaba* por el caso de la negritud, que se afanaba en volverla inteligible, en otorgarle la envergadura que solo él, Sartre, podía otorgar a las cosas. El Sartre que esperaba del poeta negro que despertara "los instintos inmemoriales que duermen en él". Que reconectase con los "gritos vudú" y se dejase "fascinar por los ritmos primitivos". Cabe imaginar que a Willow no le hizo ninguna gracia ese mandato». Sí, yo creo que Willow aborreció ese tono. Esto es lo que escribo en la página sesenta y tres de mi libro. ¿Cómo dice? ¿Que estoy haciendo exactamente lo mismo que le reprocho a Sartre, que hablo en lugar del hombre negro, trasladándole mis propias neurosis? ¿Que Willow fue *racializado* en la mirada de los demás? ¿Que esto lo definió en lo más hondo? Racializado, no conozco esa palabra. Yo es que nací en mil novecientos sesenta, ¿sabe? ¿Tal vez quiera decir con eso (aventuro a tientas) que se volvió negro en la mirada de los demás? Sin duda. Sabemos muy poco de su niñez. Vivía en un barrio negro, en Washington D. C. Forzosamente se encontraba bajo la mirada blanca de vez en cuando. En París, en los garitos de *jazz* de Saint-Germain, la gente se chiflaba por los negros americanos, *en cuanto que negros*, en calidad de negros, si se me permite, porque ellos encarnaban el *jazz* y la gente se inyectaba exotismo en vena. Los observaban con insistencia, y es probable que Willow viera esa insistencia en la mirada de los demás; no pudo no verla, es una obviedad. Pero de ahí a que eso lo definiese profundamente, lamento no compartir su punto de vista, menos aún sus certezas. Es un debate interesante, en cualquier caso.

Al día siguiente recibí una llamada de Paulin Michel.

—Estuvo muy bien lo de ayer —le dije, en tono inseguro—. ¿Verdad que estuvo bien?

Por algún oscuro motivo, yo pretendía no tanto quedarme tranquilo como reconfortar a ese hombrecillo amable y complicado.

—Sí, sí.

Se lo notaba preocupado, y carraspeó.

—Hay un artículo.

—Fantástico —exclamé—. Un artículo. ¿Un artículo sobre mi libro?

—En un blog. Te lo mando. No sé si hay razón para alegrarse.

❉

Publicado en un blog, el artículo llevaba por sobrio título: «El visionario de Étampes: Jean Roscoff lava más blanco». Justo debajo aparecía una foto de la cubierta del libro. Sigue el texto: «Vaya por delante que no criticamos aquí la loable intención de Jean Roscoff: el desconocido y talentoso poeta Robert Willow merecía un libro. La modernidad nos ha ocultado a este autor africano-americano nacido en 1928 en Carolina del Norte como a tantos otros de sus compañeros racializados. Huyendo de la América más segregacionista de principios de los años cincuenta, Willow confraternizó en el Saint-Germain-des-Prés de Boris Vian y Juliette Gréco antes de establecerse en Essonne, donde se consagra a su obra poética, la mayor parte de la cual escribirá en francés. Merced a una sorprendente paradoja, en la década de los cincuenta Francia se había convertido en tierra de adopción para no pocos artistas africano-americanos. Recordemos lo que eran entonces los Estados Unidos de América: un país racista donde los negros debían ceder el sitio a los blancos en el autobús, donde ciertos lugares públicos les estaban prohibidos. Un país donde aún linchaban a los negros, donde quemaban vivas a personas negras. El clima era tan extremadamente insoportable que algunos de ellos vieron en la Francia de René Coty (quien perpetraba a su vez el racismo de Estado en sus colonias) un lugar donde trabajar en un sosiego relativo. James Baldwin, Richard Wright y Robert Willow vieron en Saint-Germain-des-Prés una tierra de asilo. Entendámonos: en su libro, Jean Roscoff no oculta el color de piel de Robert Willow. A través de su pluma descubrimos que este último era hijo de una mestiza haitiana y de un pequeño empresario africano-americano. Descubrimos que entre sus mejores amigos había otrxs compatriotas racializadxs y expatriadxs en la capital francesa: Richard Wright, el autor de *Black Boy*, así como la cantante Nancy Holloway. Es innegable que el libro de Roscoff contiene estos datos. Y sin embargo, leyendo *El visionario de Étampes* nos embarga una sensación de malestar. Porque el autor despacha el hecho racial como una contingencia exenta de interés, como un mero dato biográfico "sin más consecuencias". Para el autor, se trata de un caso cerrado: Willow es comunista. Es su comunismo lo que le hace la vida imposible en la América de principios de los años cincuenta, la América de McCarthy y de la caza de brujas. Es su comunismo lo que le otorga esa sensación de ser un marginado, un paria. El Willow de Roscoff es comunista y *accesoriamente* negro. De esta manera, Roscoff silencia una caza de brujas que no necesitaba de ningún comité, una caza de brujas por lo demás más sangrienta, una caza de brujas cuyos monteros eran millones de decentes ciudadanos americanos: la segregación racial. El racismo endémico, sistémico, el racismo erigido en sistema, el racismo integral de la América blanca. El racismo cotidiano, descrito de manera desgarradora por Richard Wright en *Black Boy*. El racismo de una América blanca que "colgaba" a los hermanos de Willow con sogas de cáñamo, por placer, por diversión, para vengarse de una abolición de la esclavitud que no se había asimilado del todo. Pero, para Jean Roscoff, ese no es el tema. Curiosa negación la de Jean Roscoff, so pretexto de concentrarse en la obra poética, en la música. El color de piel del poeta parece una contingencia demasiado vulgar, una precisión inútil. El poeta, según Roscoff, es un ángel, un ser seráfico que flota grácil por encima de su tiempo. Pero ¿es posible separar una obra de las circunstancias en que nace? A ratos, esta negación se asemeja rabiosamente a la mala fe. Jean Roscoff se maravilla de ver a un americano manejar con tanta destreza la lengua de Molière. Ni se le pasa por la cabeza que Robert Willow recibiera esta herencia de su madre haitiana. Que no escogió el francés porque fuera la lengua del mundo sino porque era su herencia esclavista. Que era una desposesión más en la historia de una familia negra. ¿Negación, de veras? Es lícito preguntárselo. Jean Roscoff procede del ámbito universitario, es un gran conocedor de la historia estadounidense. Leímos su libro, le concedimos el beneficio de la duda y fuimos a escucharle hablar de él en El Lagarto Rabioso. No nos defraudó: Jean Roscoff ejecutó el truco de prestidigitación de hablar del autor durante media hora sin aludir ni una sola vez a su identidad negro-americana (africano-americana, mejor dicho). Al ser interpelado por servidor de ustedes, se dejó llevar por unas sospechosas digresiones en las que habló de "exotismo" y explicó que "en Saint-Germain la gente se chiflaba por los negros en cuanto que negros" (sic). Entre líneas: un poeta del calibre de Willow no puede ser un negro de verdad. Obligatoriamente negó su identidad negra para alcanzar la perfección. Metió en el fondo del armario sus "gritos vudú" y sus "ritmos primitivos", nos dice Roscoff tan campante, añadiendo con suma finura que está escrito "negro sobre blanco" (de nuevo, sic). Habla de la negritud de Césaire como de un "momento de negatividad" (sic otra vez) y concluye su comentario con una frase pasmosa que lo resume todo: "En cualquier caso, es un debate interesante". Sin duda, esa es su visión del combate por la igualdad: un folclore *interesante*».

Apagué el monitor, aturdido. Estaba desorientado, aterrorizado por no reconocer nada en aquel artículo: ni a Robert Willow, ni la obra de Robert Willow, ni mi libro, ni el acto de presentación, ni nuestra insignificante confrontación, ni a mí mismo. Era una película fallida, una mala recreación. En un primer momento, el efecto de la estupefacción me impidió ponderar las declaraciones en su conjunto y me concentré solo en los detalles. Willow no había nacido en 1928 sino en 1927. Cogí una libreta y lo anoté con rabia. Pensé: «Incorrecto. Lo siento, pero es totalmente incorrecto». Reflexioné, y añadí con idéntica rabia: «Sí, la madre de Robert Willow era de origen haitiano. Pero ni Bob ni su hermana hablaban francés en casa. Me lo dijo su sobrina, la entrevisté». Subrayé tres veces las palabras «dijo» y «entrevisté». Hice una bola con la hoja, la tiré a la papelera. Las demás palabras se abrían camino poco a poco. El «folclore interesante». La herencia esclavista. Las palabras de Sartre, que el bloguero presentaba como mías.

Negro.

Negro.

Negro.

Facha.

Facha.

Facha.

Negacionista.

Supremacista.

Empezaba a ver el cuadro en su conjunto. Todo era verdad y mentira. Estaba leyendo un acta falsificada. Mutilada con un propósito muy concreto. Por deshonestidad. Era deshonesto. Ese no era yo. Ese no era mi trabajo. Era lo más raro: no reconocerme a mí mismo, leer el retrato de un hombre que no era yo y que sin embargo se llamaba como yo. Intenté representarme al autor descrito en el artículo y vi a un villano de película con los hombros encorvados, una sonrisa solapada, satisfecho con su truco de prestidigitación, carente de escrúpulos, de honestidad intelectual. Era calvo, llevaba una chaqueta de cuello Mao, como Blofeld, el jefe de SPECTRE que se enfrenta a James Bond: de pie ante la tumba de Willow, cuya memoria yo traicionaba, reía a mandíbula batiente, demoníaco. Una recua de esclavos negros encadenados de pies y manos me plantaba cara. Yo, triunfante, los desafiaba: «¡Os he borrado de la vida de Robert Willow, y nada podéis hacer! ¡Nada! ¡Nada!». Imaginaba a Léonie topándose con el texto. Imaginaba a Agnès descubriendo aquellas líneas. El tono del bloguero era serio, no era el tono de un desequilibrado. Por un lado era un cerdo despreciable y por otro aludía a un malestar sincero; era posible, era incluso harto probable que ese hombre estuviera sinceramente ofendido. Yo estaba confundido, dispuesto a reconocer mis errores. ¿Hasta ese punto era inconsciente de mis defectos? ¿Me había conchabado conmigo mismo para no mirar de frente aquello en lo que me había convertido, a saber, un facha taimado y arrogante, por mis renuncias sucesivas, a fuerza de reírme de todo, a golpe de ironía cruel? Bebía tanto, y estaba tan solo. Pero ni por esas, no, no creo.

Afuera, el martillo neumático había despertado de repente. Me refugié en mi dormitorio y levanté el teléfono. Necesitaba un aliado, necesitaba oír la voz de alguien que hubiera asistido a la escena en El Lagarto Rabioso. Descolgó Paulin Michel. No le di tiempo a hablar:

—Los padres de Robert Willow no hablaban francés. Lo sé de buena tinta. Y Willow nació en mil novecientos veintisiete, no en mil novecientos veintiocho. No podemos permitir que se digan barbaridades semejantes.

—No me parece que la fecha de nacimiento de Willow sea el principal agravio que se comete contra ti en el artículo, Jean. De verdad te lo digo.

—Ya. Es cierto. De lo demás mejor no hablar. Pero la fecha de nacimiento demuestra que esto no es serio, que es una tomadura de pelo.

—El problema es todo lo relativo a... Vamos, a los orígenes de Willow. Y lo que insinúa. Y también el debate de ayer, las palabras sacadas de su contexto. No está bien eso.

—Publicamos una nota de prensa. Mandamos un comunicado a la agencia France Presse. Derecho a réplica. Joder, el tío ese me atribuye citas de Sartre completamente fuera de contexto. «Ritmos primitivos», «gritos vudú», ¡eso es de Sartre y está en el texto! No puedo permitir que se mancille mi trabajo.

—Jean, vamos a calmarnos. El blog este es una cosita ultra-discreta. Y tú no eres un personaje público. Esta historia es una gota de hiel en la nada.

—¿Me estás diciendo que no vamos a hacer nada? ¿Me estás diciendo que tengo que dejar que me injurien así? ¿Y la memoria de Willow? ¿Crees que hay derecho a que se tergiverse de esta manera el sentido de su trabajo?

—No estoy seguro de que se esté mancillando la memoria de Robert Willow por recordar que era negro. Esa es una visión racista.

—¿Qué...? ¿Cómo? ¿Cómo dices? ¿Conque tú también?

Le colgué en las narices, enervado. Envié el artículo a Marc. Paulin Michel era un buen hombre, un editor concienzudo, pero no era un guerrero. No le gustaba la sangre. Yo necesitaba oír la voz firme de Marc, que su agudo sentido de la realidad me arropase. Tal vez también necesitara que mi amigo más antiguo (digamos que mi único amigo) me confirmase mi identidad. Necesitaba que alguien me definiera. ¿Me había extraviado? Además, Marc formaba parte de la «Familia» socialista, fue él quien me metió, él participó en la marcha de los *beurs* a mi lado. Me devolvió la llamada una hora después.

—Tu editor tiene razón, es mejor que no hagáis nada. De lo contrario, te expones al efecto Barbra Streisand.

— ¿Perdón?

No entendía qué pintaba la actriz de *Tal como éramos* en este cacao. Marc me lo explicó:

—En dos mil tres, Barbra Streisand llevó a juicio a un fotógrafo que había tomado una imagen aérea de su villa californiana. La actriz pretendía limitar la difusión de las imágenes en cuestión, pero logró el efecto contrario: la demanda le valió una publicidad considerable a la fotografía, que se reprodujo cientos de miles de veces en la red. Eso es el efecto Barbra Streisand. El tiro por la culata que sanciona los ardores pleitistas.

Me calmé un poco. Marc ya no era el amigo, sino el abogado, protector y eficiente. No era un tecnócrata corto de miras sino un auténtico estratega, la clase de abogado al que no le duelen prendas en citar *El arte de la guerra* de Sun Tzu. De hecho, creo recordar que tenía en su bufete una reproducción en miniatura de una batalla de la Antigüedad, detrás de un cristal, acaso la batalla de Cannas, para impresionar a sus clientes y doblegar su voluntad cuando se resistían a pagar sus emolumentos de seis cifras. Por no hablar de que era un veterano del Partido Socialista que había moderado reuniones mano a mano con Julien Dray: llevaba en la sangre la faceta maniobrera o judoka de los *apparatchiks* socialistas. Marc era hábil. Tenía razón. El bloguero era uno de esos pobres diablos que rondan cualquier reunión pública, un liante ávido de notoriedad: esperaba precisamente que yo mordiera el anzuelo.

—De acuerdo, Marc. De acuerdo. No haremos ningún movimiento.

Dejé que se hiciera un silencio y añadí:

—Marc, tú eres amigo mío desde hace treinta años. ¿Puedo hacerte una pregunta?

—Claro, cielín.

—Yo no soy racista, ¿verdad, Marc? Tú me conoces.

—Pues claro que no. Qué cosas tienes. Participamos en la marcha de los *beurs* en el ochenta y tres. Clasificábamos el correo de la rue Martel, en SOS. Pues claro que no.

Colgué con una sensación ambigua. Aquella respuesta era justo la que yo esperaba, y a la vez demasiado facilona. La marcha de los *beurs*, SOS Racismo, nuestro comodín. Si Jeanne hubiera estado allí, me habría invitado a cuestionar los resortes más profundos de mi compromiso. ¿Por qué me comprometí con SOS Racismo, en verdad? ¿Por qué salí a la calle, en los tiempos en los que llevábamos el pelo largo, en los tiempos en los que la vida era un terreno de juego en el que yo entraba al son de unos clarines, ceñido en mi chupa de cuero?

Si he de hacer autocrítica, si realmente he de pensar en contra de mí mismo, como le pido a menudo a Léonie (de un modo, me doy cuenta, un pelín condescendiente), entonces he de reconocer que mi compromiso en las filas de SOS Racismo, entre 1984 y 1990, vino propiciado por factores múltiples y complejos. Una de las motivaciones era la creencia inquebrantable de que la Humanidad era una única gran tribu. Lo creía con fervor, sí, creía y creo con fervor en una igualdad entre los hombres y las mujeres que a la sazón no me parecía un fin en sí mismo, sino la condición *sine qua non* de una Sociedad Feliz. Condición necesaria y sin embargo insuficiente: el joven estudiante marxizante que era yo sabía que la existencia de derechos formales no bastaba para garantizar una igualdad real entre los hombres, y que solo el advenimiento del socialismo (incomprensiblemente encarnado por un carcamal ambiguo y envarado que respondía al nombre de François Mitterrand) podía traer consigo la Felicidad en la Tierra a los Hombres de Buena Voluntad. Esas nobilísimas motivaciones existieron. Hallaban su origen en mi niñez, en una rigidez de la médula espinal cada vez que oía hablar a mi padre de los «árabes» y los «negros», sin un odio particular, incluso con simpatía, pero en un tono que excluía cualquier destino común con nosotros. Ellos eran los árabes y los negros, y para él era absurdo, una insensatez, pretender compartir sus alegrías o sus penas, de la misma manera que era absurdo imaginar por un instante que ellos pudieran compartir las nuestras, salvo en casos muy puntuales, en un contexto limitado (su empresa de reformas, en la que daba empleo regularmente a jóvenes inmigrantes, era uno). Esa rigidez de todo mi ser, ese barrunto de un error de razonamiento forjaron mi conciencia política. Y la prueba de la realidad reforzaba a diario mi rebelión contra el «ellos» y el «nosotros», eso que Levinas denomina «la experiencia del rostro del otro»; yo siempre había tenido debilidad por Levinas, encarnación del Buen Sabio de sonrisa luminosa, un tipo al que solo es posible imaginar bañado en una luz vespertina en su sala de trabajo, recibiendo con amabilidad a un discípulo, interrumpiendo con gracia su labor colosal para prodigar consejos, en general esa clase de individuos nacen en aldeítas rusas de nombre impronunciable, hablan ocho lenguas, su obra es un muermo considerable, son santos y dedican su vida a analizar la cuestión de Dios; en fin, estoy divagando. Quiero decir que aquello no eran precisamente pajas intelectuales. El Otro tenía un rostro, y para mí era el de Toumi Djaïdja, un muchacho de mata de pelo rizado y ojos serenos al que la policía mandó al hospital; aquello ocurrió en el extrarradio lionés, en Minguettes, epicentro de la Marcha, a escasos kilómetros del barrio adinerado donde yo crecí antes de mudarme a la región parisina. Viendo por la tele las imágenes ponderé el azar absoluto que me había hecho nacer, a mí, en el lado correcto de la ciudad. *On the sunny side of the street.* Esas elevadas motivaciones existieron, como digo. Precipitaron mi decisión de empujar la puerta del pequeño local de la rue Martel, en el barrio de la estación del Este, un año después de la Marcha. Pero si quiero responder a la pregunta honestamente, lealmente, he de reconocer que esas elevadas motivaciones coexistieron con otras menos gloriosas: formar parte de una familia y asegurarme cierto confort intelectual.

Quería entrar en un corro fraternal que me autorizase a vivir por encima de toda sospecha. Gozar de un magisterio moral irrefutable, una renta moral provechosa que me autorizase a deambular por el universo de la facultad acorazado en una armadura de titanio. No quería necesariamente ascender en la jerarquía de la «Familia»: quien aspiraba a eso era Marc, que creo que ya en la marcha de los *beurs* olfateó, con su acostumbrada genialidad estratégica, la oportunidad insospechada de arrimarse a los círculos de poder mitterrandianos sin tener las llaves maestras de un diploma en la Escuela Nacional de Administración o de un papel dirigente en el seno de un sindicato estudiantil. Adivinó la apuesta de Julien Dray, que quería utilizar SOS Racismo como palanqueta para forzar la puerta del Elíseo, ese Dray obsesionado por la idea de hacerse imprescindible para el poder. El Dray que detectó el potencial del movimiento antirracista durante la marcha del 83, la peregrinación guiada por un cura de izquierdas y Toumi Djaïdja. Y Dray se comió vivos a esos dulces soñadores con su marcha pacífica, chupó hasta la última gota de sudor de aquellos hombres íntegros. Marc comprendía las relaciones de fuerza, me exponía sus sutilezas, fascinado por la genialidad del gran Julien, subyugado por su conocimiento de los medios de comunicación, de la triangulación y de la *agitprop*, adquirido como superdotado a la vera de Alain Krivine en las reuniones de la Liga Comunista Revolucionaria. Me explicaba las cosas que yo no veía. El modo en que Julien Dray utilizaba a Harlem Désir como cabeza visible, cuando era él quien dirigía la asociación solo, en autocracia. La explotación de los comités de provincias, el fraude de las elecciones internas, la obsesión por los golpes de comunicación. Todo eso a mí me la traía bastante al pairo. Yo solo quería formar parte de una familia que me protegiera si mi integridad moral sufría un ataque. Tal vez, de un modo confuso, me avergonzara de pertenecer a la casta dominante, de ser un Rostro Pálido amén de un burgués. Tal vez deseara establecer una alianza con aquellos que encarnaban el porvenir cuando yo era el pasado deshonroso y franchute, un retoño de «la Francia enmohecida». Que el prestigio de esos puños alzados repercutiera un poco sobre mi jeta descolorida. Tal vez; no podría afirmarlo con seguridad, estamos hablando de algo que sucedió hace treinta años. Por lo demás, esos pensamientos solo eran conscientes a medias. Pero creo que, por ciertas inflexiones de voz, por cierta sonrisa de Marc cuando yo le recordaba que había manifestación, una sonrisa miserable que no era la de Angela Davis ni la de Martin Luther King, que no era la del hombre que lucha por la dignidad de los suyos, por ciertos énfasis de Marc, ambos lo sabíamos. En nuestros semblantes juveniles se dibujaba entonces la sonrisa mitterrandiana, el rictus marchito y ambiguo del Patrón: «la máscara *poker face* del que hace saltar la banca», decía Jean Cau del presidente socialista. Y esa sonrisa quería decir «pues claro que iremos, evidentemente, forma parte de nuestro plan, es imprescindible para perfeccionar los personajes que hemos decidido ser, vayamos al encuentro de nosotros mismos, vayamos a purificarnos sumergiéndonos en el río sagrado y saldremos extáticos por haber visto nuestra propia imagen favorecedora y por habernos amado a nosotros mismos en las gloriosas figuras tutelares de nuestro movimiento» (¿quién no ha soñado alguna vez con tener el carisma luminoso de Angela Davis, de Malcolm X o de Martin Luther King?). Nunca verbalizamos nada semejante, pero sellamos un pacto mudo en torno al sentimiento agudo de nuestro interés bien entendido. Y ese pacto era nuestro secreto. En el fondo, lo sabíamos. Pero resultaba desagradable comentarlo, incluso pensarlo. Y ese secreto no corrompe todo lo demás, la sed de justicia, la fraternidad. Es más, seamos sinceros del todo. Observemos las cosas bajo una luz cruda. La razón profunda que me guiaba a mí, Jean Roscoff, a querer formar parte de una familia a toda costa se sostenía sobre unos cimientos sólidos e inconfesables. Y uno de ellos, el más importante, era este: yo quería follarme al mayor número de chicas posible. Cuantas más chicas mejor, cuanto más guapas mejor, a cambio de jurar lealtad a las fuerzas del progreso. En cualquier caso, esa esperanza pesó en mi proceder. Hay que reconocerlo. O tal vez no esté uno obligado a reconocerlo, pero entonces esa omisión debe tener cierta humildad a modo de contrapartida. Y bien sabe Dios que en esos años yo no fui lo que se dice humilde.

Sin embargo, esto es caer de nuevo en una presentación demasiado esquemática de las cosas. Porque la realidad era más compleja y a la vez más sencilla. Era caótica, simplemente caótica. La realidad es el caos mismo, una sucesión de sensaciones vividas una noche de 1984, unos meses después de la marcha de los *beurs*, y unas semanas después de las municipales de Dreux en las que el Frente Nacional se coló con un porcentaje del escrutinio superior al 15 %, una tarde en la que las ganas de echar un polvo culminaban en la indignación, se nutrían de ella, incluso, y la nutrían a su vez. Mi rabo enhiesto en medio del calor del verano parisino se alzaba contra las ideas de «la Francia enmohecida», y en mi joven cerebro el advenimiento del Frente Nacional estaba vagamente relacionado con la prohibición de follar. Jean-Marie Le Pen era un obstaculizador del sexo, un aguafiestas, un enemigo de la Gran Orgía General donde las jóvenes *beurettes* (sí, decíamos «jóvenes *beurettes*», eran los ochenta, tengo que emplear la terminología de la época si pretendo restituirla con fidelidad) tenían su lugar por derecho propio. Jean-Marie Le Pen era una Francia acartonada que yo asociaba con una forma de abstinencia obligada. Creo que algo de eso había. Desde luego, era capaz de articular con más firmeza las razones de mi militancia, pero también había algo de ese estilo. Una rebelión contra un impedimento mal definido, un impulso desordenado en pro de la mezcolanza de los cuerpos. En cierta manera, las modalidades de la lucha me seducían tanto como su contenido. Veía en la lucha antirracista una oportunidad de realizarme sexualmente, de suerte que, fuera cual fuera el de-senlace del combate contra el Frente Nacional, fuera cual fuera el resultado del combate a muerte entre las fuerzas de la Reacción inspirada en Maurras y las de la Virtud mitterrandiana, yo echaría un caliqueño en la batalla. Y soy consciente de que es una confesión terrible. Y soy consciente de que Léonie jamás me perdonaría semejante confesión.

Pero puede que esté razonando en exceso. Que categorice lo que no lo estaba. Esta presentación no hace justicia a la experiencia vivida: el calor que de golpe y porrazo cayó sobre París, la luz rasante sobre los tejados del barrio de la gare de l'Est y el sentimiento de una gran disponibilidad. Estábamos disponibles, Marc y yo, aquel día, cuando empujamos la puerta del servicio de guardia de la rue Martel. Disponibles para los acontecimientos, para la acción, para cualquier forma de agitación que viniera a distraer nuestro furioso anhelo de sexo; o, mejor aún, a brindarle una oportunidad para satisfacerlo. Conviene recordar lo que era SOS Racismo por aquel entonces. La gente lucía unas pintas horrendas: Harlem Désir era soberbio, había aprendido a mirar por encima de los objetivos de las cámaras de fotos, lo que le confería un aire crístico, un poco Mandela. Todavía no se había puesto la máscara hipócrita del político. Julien Dray era un boxeador que se estorbaba a sí mismo, de una comicidad absoluta, un universitario hirsuto que (eso creía yo) no era aún el barón negro, el *apparatchik*. Esos muchachos que no habían cumplido los treinta habían sido recibidos en el Elíseo, o estaban en proceso de serlo. Poseían el poder de seducción de los canallas y el prestigio de los visitantes nocturnos. Estaban Daniel Saada, Coluche, Simone Signoret, Guy Bedos... Miraras donde miraras había pelambreras revueltas y suéteres anchos. Marc llevaba una chupa de cuero pillada en una tienda de segunda mano; yo, los pies embutidos en unas Americana. Teníamos un vago anhelo de meternos en pelea. Las manifestaciones eran masas rebosantes de vida donde resplandecía una juventud sin complejos, una juventud orgullosa de ser joven, triunfante. Era una marea continua que desbordaba desde la Facultad de Letras y la de Humanidades, una marea irresistible. Nadie puede hacerse una idea. Tocábamos instrumentos de percusión y proclamábamos eslóganes de peso: «Todos somos hijos de inmigrantes». No eran eslóganes, de hecho; eran ideas sencillas y hermosas. Nos partíamos de risa sin dejar de avanzar de la mano: la idea de SOS Racismo era también rechazar el espíritu de seriedad, la morgue. Los caciques del Partido Socialista, los economistas de traje oscuro nos apoyaban, pero nos divertía dejarlos obsoletos. Éramos una izquierda extramuros y desaliñada, éramos una izquierda solar. Las manifestaciones de entonces eran realmente alegres. No se hablaba apenas del sida, en 1984 se vivían los últimos meses de despreocupación en ese sentido. Éramos una juventud enamorada de sí misma, cuando lo pienso. Sí, el narcisismo y la complacencia atravesaban esa masa jubilosa igual que un veneno invisible, y de vez en cuando una joven levantaba una mano de Fátima y empezaba a recitar: «Primera, segunda, tercera generación...». Y esa voz era cristalina y pura y redimía a la multitud en su totalidad, las intenciones ocultas, el confort intelectual. En fin, seguramente nada de esto quede muy claro.

✣

¿Quién podría haber escuchado esta confesión? Marc no tenía ninguna gana de hacer un descenso tan profundo, de ir a hurgar en la «miserable montañita de secretos». No estaba en su temperamento. Léonie no habría estado preparada para oírme hablar así de mi compromiso militante. Era joven aún, la vida todavía no le había enseñado que la pureza de intenciones era, si no inexistente, sí extremadamente excepcional. Jeanne, por su parte, podría haberlo entendido. Podría haber asistido mi parto. Pero se habría relamido al ver cómo me humillaba, cómo confesaba mis crímenes. Decidí guardarme esta introspección para un interlocutor más complaciente, alguien que combinara una sólida capacidad de escucha con cierto grado de corrupción moral; un viejo sacerdote pedófilo, por ejemplo, habría dado el perfil.

Marc me convenció con su efecto Barbra Streisand. No hice nada, y nada pasó en toda la mañana. Di un telefonazo a Nicole para organizar el simposio en la facultad. La cosa prosperaba, me había reservado un pequeño auditorio y una fecha a finales de enero; hasta el decano se pasaría para pronunciar unas palabritas a modo de presentación. El plan empezaba a cobrar forma. Por mi parte, había garabateado en Word un modesto *flyer* y se lo había mandado; Nicole se partió de risa y me sugirió que le pidiera a Léonie que me echara un cable para «maquearlo» un poco. Con respecto al contenido, optamos por un debate interdisciplinar: sería una oportunidad para hablar de las relaciones entre la poesía y el Partido Comunista francés. Dejé caer el nombre de Roger Dabiou; ¿qué mejor binomio que un especialista en Aragon, el poeta rojo en estado químicamente puro? Y, como en los simposios era conveniente crear oposiciones artificiales, podríamos presentar a Willow como anti-Aragon, para atraer parroquianos. En fin, era una idea como otra cualquiera. Para la copa de cortesía sugerí la compra de una caja de espumoso de Alsacia pero Nicole me contestó que eso lo hablase con mi editor, que el presupuesto provisional de la facultad ya estaba cerrado para todo el año. «Hay que andarse con pies de plomo», renegó la secretaria.

*

El martillo neumático se había callado por fin. Varias veces me
senté delante del ordenador para leer la lista de comentarios que
se desplegaba debajo del texto. La cosa empezó a animarse a
primera hora de la tarde. A las 13.07 se publicó un post firmado
por un tal MegustanlaschicasdeSaintTropez, sin relación directa
con el asunto: el comentarista alababa en términos vagos la calidad del blog y aprovechaba para invitar al público a visitar su
página, en la que exponía sus fotografías, básicamente retratos
de perros y de ponis. A las 16.31 aparecía un segundo post, obra
de BlackPowerdel74: una diarrea verbal en mayúsculas que invitaba a los negros del mundo a prender fuego a las instituciones
de la República francesa: «En nombre de todos los hermanos
masacrados por el estado francés con total impunidad y con la
complicidad de los bancos y las instituciones internacionales, todas cómplices». A las 23.17, se publicó un último post, firmado
por RaptorPercherónVsChusma, que respondía con sobriedad a
BlackPowerdel74 invitándolo a volver a su casa, «a tu país sub-
desarrollado a follarte a tu madre», antes de concluir con una
oscura profecía: «muerte a tu raza maldita pronto conocereis
el fuego y las yamas». Y eso fue todo. La noche fue espantosa.
No paré de dar vueltas en la cama, mortificándome. Internet me
tenía acojonado: demasiado grande, demasiado incontrolable.
Sin embargo, no había motivos para preocuparse. Si existía un
medio incapaz de desatar el frenesí de las masas, ese era un blog
sobre poesía. Cuando dieron las tres, me levanté para sacar una
1664 de la nevera. Repasé rápidamente los demás artículos del
autor; eran bastante buenos, con un sesgo muy pronunciado
por los «artistas racializadxs y comprometidxs en las luchas
interseccionales». Intenté recordar lo que Léonie me había contado a ese respecto el día del vietnamita, pero me fallaba la
memoria. Claro que yo no era un imbécil integral: entendía que
aquel vocabulario era el de la nueva lucha antirracista, pero

había conceptos que no manejaba. Estaba más familiarizado con los eslóganes de SOS Racismo o las categorías marxistas de «estructuras» y «superestructuras», de «desalienación», de «superbeneficio». Cara Larga me despertaba sentimientos encontrados; en cierto modo, era mi primer lector de verdad. Como suele decirse, me había concedido el honor de leerme. Yo ni siquiera tenía claro que Marc lo hubiera hecho, que mi hija lo hubiera hecho. Me habían dirigido felicitaciones genéricas, que habrían valido igual si hubiese ganado un torneo de Scrabble o hubiera superado el nivel 3 de buceo. Léonie se había conformado con una sarta de emoticonos en forma de aplausos, seguida de las palabras «¡ORGULLO DE PADRE!». Cara Larga, en cambio, me había leído. Pensándolo bien, me había tratado mejor que los periodistas que habían convertido el ejemplar de prensa en calzo para muebles, o lo habían revendido en eBay (ya había encontrado en línea varios ejemplares nuevos). Por lo demás, no se podía odiar a un hombre que tenía un blog sobre poesía, aunque fuera por motivos equivocados. Era una tarea de inadaptado absoluto, y por ello se merecía un respeto, como merecía un respeto la vagabunda con su carrito, porque eran personas resilientes y fieles que seguían un astro muerto como si aún iluminase el cielo. Eran tan respetables como todos aquellos que se entregaban a tareas improductivas y no remuneradas, del mismo modo que los monjes o los circasianos. Me ablandaba, pero entonces releía el artículo y la cólera me embargaba de nuevo, intacta. ¿Cómo era posible que se presentase mi trabajo de una manera tan insidiosamente fragmentaria?

Acabé sumiéndome en un penoso letargo. Me desperté en medio de un sueño desagradable: un hombre con cabeza de búfalo y armado con una lijadora eléctrica me perseguía por unos pasillos enmoquetados de gris que recordaban a la facultad de Vincennes, me acorralaba junto a una fotocopiadora y amenazaba con desollarme con la herramienta; yo quería suplicarle que se apiadase de mí, pero tenía la lengua pastosa e hinchada y de mi boca no salía ningún sonido, así que me llevaba la mano a los labios y descubría que tenía un enorme hocico de burro.

Sobre las nueve, levanté el teléfono y llamé a Marc. Estaba entrando en una audiencia. Exhaló un suspiro fatigado, como queriendo decir que algunos trabajaban.

—Mira, Marc, lo he estado consultando con la almohada. Le expliqué que comprendía sus argumentos, que le agradecía sus llamadas a la prudencia, con total sinceridad. Había entendido que había que hacer como el que oye llover, pero yo quería estar preparado, en caso de necesidad, si la cosa degeneraba, para poner una denuncia. ¿Se podía hacer algo, jurídicamente, se entiende?

—Sí y no.

—¿Cómo que sí y no? ¿Qué significa eso?

Estaba que me subía por las paredes. ¿Para qué quería tanto diploma del puto colegio de abogados y un *Master of Law* en la Universidad de Columbia, para qué tanto figurar en no sé qué clasificación de los mejores en lo suyo, si luego contestaba «sí y no»? ¿Qué clase de respuesta era aquella?

—Estás cabreado. No sé si estás en condiciones de atender a sutilezas.

—Perdona. Perdona por ser subnormal además de un esclavista, un discípulo del general Lee, un apóstol del segregacionismo.

—Mira, mejor te cuelgo, ¿eh?

—Perdón. Perdón. Te escucho. Eres mi único amigo. Mi único puntal. Sé que te exijo demasiado. Te escucho.

—Para presentar una denuncia, necesitas una base jurídica.

—Sin problema. Difamación. Lo que ha pasado es difamación.

—La difamación es el hecho de ser acusado en falso de un hecho concreto que atenta contra el honor y la reputación.

—No hay problema. El artículo me acusa de racismo. Yo no soy racista.

—Ser racista no es una acusación concreta. No es un hecho concreto.

—¿Cómo?

—Es un término genérico. Un juicio de valor. Si yo paro a un fulano por la calle y lo tacho de racista, eso no es difamación. A lo sumo, una injuria.

—¿Y uno puede ir injuriando por ahí al personal? Es decir, en Francia, ¿se puede injuriar a cualquiera? ¿Me estás diciendo que yo ahora puedo echarme a la calle y llamar hijo de puta al primer hijo de vecino que me cruce? ¿Puedo empuñar un megáfono, plantarme frente a las oficinas de mi editor y gritarle que es un cabrón y un inútil incapaz de vender unos pocos libros sobre un poeta mayor?

—Pues no. Las injurias están penadas por la ley del 29 de julio de 1881 sobre la libertad de prensa. Pero ahí tendrías otro problema.

Me estaba volviendo loco. Estaba perdiendo la cabeza y mi amigo hilando fino, tan ricamente. Tenía la sensación de que disfrutaba, de que gozaba enumerando todas las trabas que la Gran Congregación de los Hiladores Finos me ponía por delante. Yo naufragando, y él cascándosela a conciencia con su código penal. Me di cuenta de que siempre había aborrecido su gremio charlatán y perspicaz. Me contuve para no estallar.

—¿Otro problema? ¿Cuál, por lo que más quieras?

—El problema es que el texto no dice claramente que eres racista. Quizá se sobreentienda, pero la injuria no se castiga si está formulada como insinuación. La jurisprudencia de lo penal es clarísima a ese respecto. Por otra parte, en realidad el artículo no te acusa de racismo. Te acusa de apropiación cultural.

Apropiación cultural.

Jamás había oído esa fórmula. Con sesenta y cinco años, me daba cuenta de que estaba ya tocado y hundido. Al albur de una desilusión personal descubría lo que parecía ser un concepto fundamental para comprender el estado del racismo en mi país y en el mundo. No hay forma de expresar el vértigo de quien constata que ya no está en la onda. Algunos individuos de mi generación compensaban ese vértigo con el hecho de tener responsabilidades. Todavía tenían influjo sobre algo: un trabajo, una tribuna, un compromiso asociativo. Desde el punto de vista económico, desde el punto de vista del poder, participaban aún en el juego. En el *game*, como diría Léonie. Marc, socio de un bufete de abogados de negocios, miembro de la dirección nacional de un partido político (que perdía fuelle, de acuerdo, pero menos daba una piedra), estaba en el *game*. Jeanne estaba en el *game*. Agnès estaba en el *game*. Yo llevaba ya mucho tiempo en el banquillo de los suplentes, enfrascado en un proceso de marginalización. Al menos siempre me había preciado de seguir siendo un observador lúcido de los asuntos del mundo. Me veía como un Vikash Dhorasoo, ese jugador que se pasó el Mundial de 2006 grabando las bambalinas del torneo, a falta de disfrutar de un mísero segundo en el terreno de juego. Ahora entendía que no entendía nada. Me sentía abrumado en el ámbito donde creía haber adquirido cierta legitimidad en los años ochenta, hombro con hombro con Harlem Désir y Julien Dray. Era culpa mía, un pecado de orgullo y de pereza intelectual: el antirracismo es un combate que requiere flexibilidad y anticipación. Había que demostrar agilidad para poner al día los nuevos sesgos que tomaban los prejuicios racistas, siempre ingeniosos, obligados a serlo en un mundo donde ya no podían formularse abiertamente. Yo había pecado de suficiencia, como dicen los comentaristas de fútbol. Había pecado de suficiencia y me había llevado una sanción. Mis recientes labores de investigación no habían ayudado en nada. Me había pasado los últimos meses en el París de posguerra, con la cabeza metida en mis trabajitos de exégesis poética. Me había refugiado en ellos. Ahora emergía del garito ahumado de Le Tabou o el Lorientais, aturdido, y descubría el mundo. Me veía desnudo como la Venus de Botticelli (si bien menos apetitoso), ignorante del vocabulario más elemental. No dominaba las palabras de mi tiempo. Peor aún: ni siquiera las conocía.

Por prurito de enmienda, me tragué con glotonería diez artículos y vídeos sobre el particular. Los denunciantes de la apropiación cultural pertenecían todos a un movimiento antirracista importado de Estados Unidos. Esta nebulosa era calificada por sus detractores de «indigenista»; los defensores, en cambio, preferían hablar de pensamiento descolonial. Su visión nacía de una crítica del antirracismo paternalista, universalista, el que impugna el término de raza. El mismo por el que yo me había echado a las calles con Marc y los colegas. La crítica había surgido en los campus estadounidenses, y más concretamente en el cerebro de investigadoras en ciencias sociales como Peggy McIntosh, intelectual neoyorquina que popularizó en la década de los ochenta el concepto de privilegio blanco. En internet, una foto de Peggy McIntosh mostraba a una abuelita sonriente, la clásica solterona blanca y protestante, querida por todos, que vive en un casoplón rodeada de una caterva de gatos, lleva una taza de desayuno en la mano, y no se le caen los anillos por preparar mermeladas o *muffins* con chocolate a la vez que pare cada tres o cuatro años un mamotreto de ochocientas cincuenta páginas con un título rotundo, *White*, o *Fight*, o *Razas*, o algo por el estilo. En 1989, en un artículo publicado en la revista *Peace and Freedom*, McIntosh anunciaba una toma de conciencia: «Como persona blanca, me di cuenta de que me habían enseñado el racismo como algo que ponía a otras personas en situación de desventaja, pero me habían enseñado también a no pensar en una de sus consecuencias, el privilegio blanco, que me pone a mí en situación de ventaja. Creo que a las personas blancas nos enseñan con esmero a no reconocer el privilegio blanco, igual que a los hombres se les enseña a no reconocer el privilegio masculino».

Me rasqué la coronilla y abrí una cerveza, perplejo.

Para el gran público, la toma de conciencia tardaría un poco más en llegar. Habría que esperar a los dos mil para que la noción de «privilegio blanco» se instalara en el espacio público americano, favorecida por las redes sociales y las movilizaciones políticas (la del movimiento Black Lives Matter desempeñó un papel determinante). En Francia, la habían transmitido ciertos círculos militantes, de forma más discreta, hasta 2020. Ese año, la autora Virginie Despentes le daba carta de naturaleza en una célebre tribuna. Sociólogos como Éric Fassin y activistas como Aminata Diao seguían su ejemplo en los platós de televisión para combatir el racismo sistémico. Aminata Diao: su libro yacía encima de mi mesita de noche, ni lo había tocado. Estúpido orgullo. Desde hacía dos semanas, tenía el antídoto al alcance de mi mano, proporcionado por Jeanne, y no había leído ni una línea. Me tumbé en la cama y abrí su *Pequeño manual de una afrodescendiente para uso de sus amigos blancos*. En él, Diao definía el racismo sistémico. Era un racismo insidioso, del que los ciudadanos blancos eran los representantes inconscientes.

Hablemos de raza, escribía Diao. Hablemos con franqueza, no mareemos la perdiz. La noción de raza biológica es un disparate; sin embargo, resulta del todo pertinente en el ámbito de las ciencias sociales. Esto era, en esencia, lo que venía a decir Diao mientras se limpiaba los cristales de las gafas (seria, pausada, pedagógica). Los negros, los árabes, los asiáticos, los romanís son personas *racializadas*, es decir, «se relega a una pertenencia (real o presunta) a un grupo que ha sufrido un proceso a un tiempo social y mental de alterización en función de la raza».

Denunciaba el universalismo republicano como una hipocresía, un «pudor de gacela». Una invención de blancos que solo beneficia a los blancos, los únicos que pueden permitirse el lujo de no pensarse como tales. Diao, Fassin y los demás perseguían el inconsciente racista de todo un país. Era preciso que los blancos se percatasen del alcance de sus privilegios, que eran desorbitados. Que sus representaciones colectivas se modificaran, por la fuerza, en caso de necesidad: en 2019, se canceló la representación de una obra de Esquilo después de que el Consejo Representativo de Asociaciones Negras de Francia acusara a su director de «propaganda colonial». Se le reprochaba que hubiera caracterizado a sus actores como personas negras.

Se otorgaba una atención especial a las palabras, a la palabra. ¿Desde dónde se habla?, se preguntaban las investigadoras americanas, las dulces yayas de Connecticut, mientras abrazaban su taza ardiente. ¿Cómo situarnos racialmente?, preguntaba Aminata Diao. Todas las palabras eran significativas, estaban saturadas de sentido. Se examinaban con minuciosidad. ¿Se debe decir afroamericano, o mejor africano-americano? «El término afroamericano perpetúa una visión despreciativa de la identidad africana», suspiraba una amable abuelita a la vez que acariciaba a su gato, con los ojos puestos en la bahía del Hudson. «El primer elemento está recortado, y no es un detalle fruto del azar», completaba Aminata Diao. En términos generales, «nunca es un detalle fruto del azar», parecían apostillar todas ellas con una sonrisa. No existe el azar, existen fenómenos activos de racialización mires donde mires. Y los académicos de piel fina, con su taza con el escudo de armas de una universidad de la Ivy League, podían apoyarse en la realidad incontestable de un país donde la guetización era espeluznante y las discriminaciones, omnipresentes. Del mismo modo que en 1863 la abolición de la esclavitud fue sustituida por la segregación, la abolición de la segregación en 1964 no resolvió el fondo del problema. Los Estados Unidos de América eran una nación fundada, pensada y concebida por y para blancos protestantes. En Francia, afirmaba Aminata Diao como conclusión de un razonamiento más arriesgado, el sistema está pensado por y para hombres blancos de cultura católica; y cisgénero, añadía con un guiño malicioso.

Empezaba a comprender lo que había intentado decirme Jeanne en el Renaissance. Me acordé de la breve exposición de Léonie acerca de la interseccionalidad: la mujer no racializada homosexual es a un tiempo opresora (en cuanto blanca) y oprimida (en cuanto mujer y homosexual). Era todo bastante peliagudo. En ciertas situaciones, el joven militante descolonial ni siquiera sabía si tenía derecho a protestar. Las identidades oprimidas entraban en conflicto unas con otras. ¿Podía aspirar al estatus de víctima una mujer agredida por una persona racializada? Había que establecer prioridades. En líneas generales, el sufrimiento rey (la escalera de color, el que le cerraba la boca a todo el mundo) era el del individuo racializado. Ante un hombre cisgénero racializado, hasta un transexual blanco tenía que hacer una reverencia: sus propias penalidades de pronto se antojaban ridículas.

Amplié mi campo de investigación al análisis crítico del movimiento. Según ciertos observadores, quedaban incoherencias por resolver. La interseccionalidad desembocaba en conclusiones paradójicas: ¿cómo defender a los homosexuales sin nombrar *jamás* el nuevo rostro de la homofobia, el de ciertos jóvenes racializados que han mamado la cultura ultravirilista del rap *hardcore* y que no se lo piensan dos veces a la hora de agredir a un homosexual de vez en cuando? Los responsables del culto musulmán tampoco es que estuvieran muy por la labor de reconocer la identidad de género: ¿cómo defender los derechos de las personas afectadas sin cargar las tintas sobre una religión maltratada por la islamofobia de Estado? Preocupado por no «hacer leña del árbol caído», el feminismo interseccional prefería olvidarse de las mujeres y los homosexuales; con carácter provisional, precisaban sus portavoces.

Había escampado. Bajé al Balto, donde me zampé un filete ruso con un huevo frito. El local estaba vacío, salvo por una señora que mascullaba comentarios hostiles hacia el gobierno. R., el dueño, estaba viendo un partido de la liga. Yo discurría a la vez que masticaba las últimas patatas fritas. Lo que acababa de leer despertaba viejos recuerdos: el caso del velo de Creil, con los colegas de la asociación alineándose con los barbudos islamistas. Aminata Diao y Jeanne eran hijas de nuestras transigencias. La misma cantinela de siempre, repetida hasta la saciedad: cualquier cosa antes que hacerle el juego a los «cabronazos». Lo he dicho ya: es una brújula muy aproximada. «Los enemigos de mis enemigos son mis amigos», la idea falaz que llevó a Bazarove a la perdición. En ese juego, al final uno termina siempre renunciando a sus opiniones. Diao, pese a ser una feminista proclamada, había llegado a firmar una tribuna en contra de la penalización del acoso callejero por miedo a que la medida estigmatizara «a las poblaciones que ocupan el espacio público, que a menudo pertenecen a los sectores más pauperizados y racializados». El mundo al revés, estallaba un periodista.

Y sin embargo, los silogismos del antirracismo *new age* eran implacables, de una coherencia letal. Era un sistema de explicación del mundo tan eficaz como el marxismo-leninismo. Más eficaz, de hecho, pues se nutría de la experiencia vivida y de algo aún menos impugnable: la experiencia sentida. En este sentido, retomaba la idea desarrollada por Sartre en sus *Reflexiones sobre la cuestión judía*: el judío se descubre judío en la mirada del otro. Al igual que los marxistas se burlaban de la ineficacia de los derechos políticos, Aminata Diao y las investigadoras de piel fina desconfiaban de los avances jurídicos en pro de la igualdad de derechos: no porque se decrete la igualdad cesará la vieja dominación. Hay que estar al quite de los lapsus y los gestos fallidos, hay que estar al quite del inconsciente racista, hay que sondear las miradas, cual psicoanalistas. ¿Son o no son miradas racializantes? Cualquier acontecimiento social podía leerse a la luz de esta nueva lucha, que dejaba obsoleta a la de la burguesía y el proletariado. Que la pulverizaba, incluso. El obrero agrícola languedociano que ganaba una miseria ya no era un condenado de la tierra, ya no podía afirmar que no tenía nada, pues gozaba del privilegio blanco.

*

Pagué la cuenta, absorto, incapaz de captar el sentido del comentario que articulaba la boca de R. mientras me daba las vueltas (me llegaban las palabras «pronóstico» y «sistema de juego» y «Bayern de Múnich» y «paliza», muy debilitadas, como ecos lejanos). Volví a mi piso y reanudé la lectura en el ordenador, con los ojos enrojecidos. Estaba fascinado. Todas estas cuestiones se habían vuelto complejísimas; yo no recordaba controversias tan violentas en nuestras filas, en mis tiempos de activismo. Las controversias se producían con el otro bando (ese que, con un escalofrío de indignación, nosotros denominábamos «la derecha»). Sí, había rencillas, rivalidades feroces. Me acuerdo de

Dray despotricando contra los tipos del Movimiento contra el Racismo y por la Amistad entre los Pueblos, al que él llamaba «los estalinistas», insulto supremo para el extrotskista. Tuvimos que abrirnos paso a codazos para establecernos como el referente del antirracismo, lo que suscitó los celos de movimientos que estaban ahí antes que nosotros. En el seno de SOS reñíamos a cuenta del conflicto palestino-israelí y los *beurs* acusaban a los de la Unión de Estudiantes Judíos de acaparar cargos en la junta nacional. Se notaban las tensiones en las asambleas generales. Pero nada parecido a una fractura tan profunda.

Me daba un poco de miedo la exigencia nueva de estos militantes. Desconfiaba por instinto de la noción de raza, pero tal vez se tratara de un pudor hipócrita. Un viejo atavismo me ordenaba no emitir *a priori* ningún juicio negativo acerca de una innovación en las ciencias sociales. Yo era un hombre abierto, un hombre de progreso. Aunque me había desmarcado de SOS Racismo, decepcionado por la instrumentalización política del movimiento, estaba orgulloso de mi combate en aquellos años. A principios de los noventa, devolví el carné de miembro con la sensación del deber cumplido. Hemos hecho lo más duro, pensé entonces; ahora, la historia se ocupará del resto, ahora los más jóvenes tomarán el testigo. Nosotros habíamos puesto en marcha una dinámica y yo, que no había hecho un mal papel, estaba en mi derecho de dar un paso atrás. Me equivoqué. Estaba dispuesto a darles la razón a Cara Larga y a Aminata Diao, a los universitarios de jerséis rasposos: no atajamos el mal de raíz. Protestábamos contra las manifestaciones visibles del mal (las violencias contra minorías étnicas, la discriminación en los procesos de contratación), pero no aislamos el mal, que, era evidente, estaba en la mirada de la gente. Y es probable que también en la nuestra.

Había, sin embargo, algo que se me escapaba. ¿Qué crimen había cometido yo? Aun dando por sentado el conjunto de prolegómenos del antirracismo moderno, ¿qué puto crimen había yo cometido, que justificara mi sacrificio? Precisamente, había posado una mirada no racializante sobre el objeto de mi investigación, Robert Willow. Lo había *desracializado*. No había visto, no había querido ver más que al poeta hermano, a mi hermano melancólico. No había visto al negro. ¿Acaso no era ese el objetivo último que perseguía este movimiento? Y la historia esa de la apropiación cultural ¿qué tenía que ver conmigo? Yo no había saqueado la cultura ajena con el casco de colono bien calado. En uno de los artículos que había leído sobre la apropiación cultural se vilipendiaba a Kim Kardashian por el expolio cometido contra la comunidad negra al lucir un corte de pelo afro en la portada de una revista. Su hermana Khloé había cometido la torpeza de ponerse un tocado amerindio durante un festival de música pop. ¿Qué tenía yo que ver con esa gente? Robert Willow era un poeta. No era patrimonio de nadie; mejor dicho, era patrimonio del mundo entero, de todos aquellos, hombres y mujeres de buena voluntad, que tuviesen a bien interesarse por su obra. Me restregué los ojos, embrutecido por el cansancio. No, yo no tenía nada que reprocharme (salvo en el supuesto de que esos nuevos mandamientos se aplicaran retroactivamente y yo los hubiese infringido hace cuarenta años, la noche de octubre de 1983 en la que empujé las puertas del Palace disfrazado de jefe cheroqui, con motivo de una fiesta organizada por el crítico punk Alain Pacadis). Eran las diez de la noche y me había pasado el día entero navegando del libro a mi pantalla. La introspección era un ejercicio agotador, y por hoy ya había tenido suficiente. No pediría perdón por nada. Estaba siendo víctima de un complot injusto y deshonesto. Poco después, me quedé dormido, reconfortado. Yo era inocente.

❊

Mientras devoraba mi tostada matinal, descubrí el mensaje de ALLCOPS_ARE_BASTARDS: «Tiembla, basura reaccionaria».

Aparte de eso, calma chicha en la red. Paulin Michel tenía razón: el artículo era un petardo mojado. Por teléfono, Agnès estaba ligeramente sofocada. Eran las nueve y acababa de salir de su clase de *muay thai*. Le hablé de la velada en El Lagarto Rabioso y del artículo.

—No has entendido nada —suspiró.

—Explícamelo, entonces. Oh, tú que has visto la Luz.

—El problema es lo que has escrito y lo que eres. La suma de ambos.

—¿Lo que soy? «Yo soy el viudo, el desconsolado»...

—No, Jean. Eres blanco.

Lo dijo con un tono de obviedad. Con su sagacidad habitual, Agnès señalaba con el dedo el auténtico problema. Las tinieblas se disiparon de golpe: por fin comprendía el verdadero sentido del artículo de Cara Larga. Vi el propósito oculto que rezumaba de cada uno de sus ataques. El problema no era tanto lo que decía el libro: el problema era la identidad de su autor. Mi color de piel.

Blanco.

Blanco.

Soy blanco.

Protesté:

—¿Qué tiene eso que ver con la literatura?

—No hablas solo de literatura. Narras la vida de un hombre.

—Precisamente. De un hombre.

—De un hombre negro.

—¿Y?

—El mundo cambia, Jean. Estaría bien que te dieras cuenta. El verano pasado, en Estados Unidos, una escritora tuvo que pedir perdón a las comunidades latinas, que no soportaron que una mujer idéntica a la señora Ingalls de *La casa de la pradera* relatase la vida de una víctima del cartel mexicano.

—Nada nos obliga a ser igual de gilipollas que los yanquis.

—Qué cansino eres, Jean. En el fondo, lo que te pasa es que estás cabreado.

—¡Pues claro que estoy cabreado! Que te tachen de blanco, ¡vamos, hombre! ¿Así es como vamos a solucionar el problema del racismo en este país? ¿Poniendo a la gente en contra unos de otros? ¿Hablando de raza, a estas alturas de la película? En SOS la cagamos en un montón de cosas, no te lo niego. Pero eso no quita para que dejásemos la raza para nuestros adversarios.

—Tu cabreo tiene un nombre.

—Ah, ¿sí? ¿Y cómo llamas tú a mi cabreo?

Me percaté de que también Agnès había dedicado varias horas a ponerse al día. Después de tantos años, seguía maravillándome. Pero mi orgullo me impedía decírselo.

—Se llama fragilidad blanca.

—¿Eso qué coño es?

—Es un fenómeno clásico. Te señalan que eres blanco, una realidad objetiva. Solo que a ti te han educado en la idea de que las cuestiones de color no iban contigo.

—Precisamente. Yo creo que todo el mundo debería poder vivir en ese estado de inocencia.

—Ya, pero no es el caso. Los negros y los árabes lo saben. Se les niega esa inocencia. Tú, en cambio, has podido vivir en la inopia. En la impunidad, incluso. En la comodidad. Para colmo, te habías involucrado en la lucha. Por tanto, en tu cabeza tú no eras realmente blanco, vamos, que no eras como los demás blancos. Y cuando te ponen por delante esa realidad, te sientes agredido, te embarga el pánico y te cabreas.

Estaba rabioso. Las Nuevas Potencias tenían respuesta para todo. Desarmaban cualquier crítica volviéndola contra el adversario, estilo judoca. Integraban las objeciones en su matriz para reciclarlas en nuevos argumentos, en nuevas pruebas. «¡Mira cómo te enfadas!» Si me enfadaba, era porque había un problema. Aun así, aquello no me convencía.

—Ese rollo vuestro no lleva a ninguna parte. Los blancos que cuenten historias de blancos, los negros que cuenten historias de negros.

Hice memoria, buscando un ejemplo irrefutable. Jeanne lo habría denominado coartada.

—Mira, fíjate: James Baldwin escribió una novela corta (tal vez la mejor) en la que narra en primera persona las crisis de insomnio de un policía blanco racista, atormentado por una escena de linchamiento que presenció de niño. Baldwin es negro, y escribió esa novela. Creo que todo el mundo lo aplaude hoy en día; y con razón.

—Baldwin no se apropia del sufrimiento ajeno. Él explora las bajezas ajenas.

—El sufrimiento es universal.

—No. Comprender los resortes del odio, que vive agazapado dentro de todos y cada uno de nosotros, es una cosa. Pero el sufrimiento no es una emoción, es una experiencia. Y cada una de ellas es dolorosamente íntima. La prueba es...

Se interrumpió, asaltada por el remordimiento. Yo necesitaba respuestas.

— ¿Cuál es?

—Que has pasado por alto a tu objeto de estudio. Siento decírtelo, Jean. Has patinado. Y no es culpa tuya: un blanco no puede saber lo que siente un negro discriminado por el color de su piel.

Se hizo un silencio. En tono cansado, añadió:

—No estoy intentando convencerte, Jean. Hace años que renuncié a convencerte de nada.

Agnès creía que yo quería que ella claudicara. Era difícil tenérselo en cuenta; era lo que había hecho durante años, en nuestras discusiones. Yo tenía que prevalecer a toda costa. Pero esta vez era distinto. No era el orgullo lo que me llevaba a formular objeciones. Era el miedo, o la rabia, o algo por el estilo.

¿Y si ALLCOPS_ARE_BASTARDS tenía razón? ¿Y si yo me había convertido, por deslices subrepticios, en un reaccionario? No había cambiado de chaqueta de un modo espectacular. No había hecho un corte de mangas a la Familia, como Jean Cau. No había salido dando un portazo. Había ido dando pasos atrás, paulatinamente. Muchos se alejan de los principios de la Familia sin percatarse ni por un instante de que ya no forman parte de ella. Se meten a comerciantes de armas, a *cost-killers*, a defraudadores fiscales; pero que se atreva uno a preguntarles si pertenecen todavía a la Familia, que la respuesta indignada será: ¡Pues claro que sí! ¡Ellos participaron en la manifestación de 1995! ¡Firmaron la petición tal y cual! ¡Exhiben un viejo disco de vinilo de *Le Temps des cerises*! ¡Y votan! La Familia los tolera; sus cabecillas no tienen ninguna gana de ordenar grandes purgas; en el desarrollo de sus asuntos personales, todos han cometido artimañas contrarias a las ideas de Blum y de Jaurès. Prefieren mantener una ilusión colectiva: la de una Familia unida, fiel a la memoria de sus padres fundadores. Si todos siguen el juego, podrán evitar una confrontación demasiado brutal con respecto a la realidad. Podrán evitar eso tan desagradable que es resolver las propias contradicciones.

En mi generación, entre los que desfilaron entre République y Nation en incontables manifestaciones, entre todos los hijos queridos del mitterrandismo, muchos se habían derechizado por motivos fundamentalmente económicos. Engordaron, se compraron un piso, dos pisos, cuyo valor se quintuplicó a partir del *boom* inmobiliario. Compraron casas en el campo. Se alegraron cuando un hijo de obrero, un socialista austero y probo llamado Pierre Bérégovoy, liberalizó los mercados financieros. Compraron acciones, empujaron las puertas capitoné de los fondos de inversión, tenían cada vez más dinero y los matices se fueron colando en sus conversaciones: «existe un principio de realidad», «tampoco hay que llegar al extremo de desincentivar», «desde luego que creo en los impuestos, claro que sí, yo soy socialista; pero no en la fiscalidad punitiva». Y poco después: «la gente tiene que dejar de creer que todo el monte es orégano», «estamos obligados a observar lo que hacen los demás», «la competencia mundial es una realidad». Con cincuenta y tantos, y la piel marcada por los placeres, la piel surcada y erosionada, esos hombres y esas mujeres pronunciaron palabras como «el culto malsano al gasto público». Ellos lucían americanas ligeras sobre camisas azul celeste, sombreros, pantalones chinos. Satisfechos tras sus festines a base de carne, ahítos de carnicerías, aparecían en el palco de algún cliente en el Roland-Garros. Todos se parecían más o menos, en el porte, en general, en la impresión que queda cuando el recuerdo de un rostro se desvanece, a Dominique Strauss-Kahn. Ellas todavía estaban de buen ver: bajo el párpado caído, las pestañas son los aleros de un viejo hotel de Cannes. Las voces consumidas, literalmente quebradas por el tabaco; así son los hombres y las mujeres que desfilaron entre République y Nation, y que la vida ha colmado de bondades. A quienes la vida nunca les ha pedido cuentas. Cuando se les pone por delante una tribuna revolucionaria firmada de su puño y letra en sus años mozos, no dicen: «me equivoqué»; dicen: «era joven, era intransigente», llenos de amor hacia la imagen de su juventud marchita. Ponlos delante de un espejo, que no dirán: «he traicionado», sino «he aprendido, la vida profesional me ha dado un sentido de la realidad», llenos de indulgencia hacia los hombres y las mujeres maduros y plomizos en que se han convertido. Puede que Marc fuese amigo mío, pero no por ello lo tenía yo menos claro: él era de esos.

¿Era yo diferente a ellos? Yo no me convertí en defraudador fiscal ni he cultivado un bronceado cobrizo. Cierto que hasta el divorcio, gracias a Agnès, disfruté al máximo de la prosperidad material. Y sin embargo yo no era como ellos; no, no lo creo.

Lo mío era distinto.

Yo me fui de la Familia porque no cumplió sus promesas. No me devolvió el fervor que yo le había profesado. Yo me eché a las calles, pegué carteles de «¡Socorro, que vuelve la derecha!» durante las legislativas de 1986. Escuché con la debida gravedad los discursos pronunciados con la debida gravedad por mis interlocutores, reí con la debida connivencia las bromas pronunciadas con la debida ironía por mis interlocutores, y sin embargo mi vida fue un fracaso. La Familia sí correspondió a Marc y le abrió las puertas del éxito. A mí en cambio no me dio nada. Sin duda fui torpe, sin duda pedí *mal*. Marc sí tenía ese talento de saber pedir las cosas. Era una intuición que tenía en cualquier circunstancia. Pedir sin pedir realmente, lograr que le abriesen una puerta sin tocar jamás el timbre; y la puerta se abría indefectiblemente y él se sorprendía, él solo pasaba por allí, no tenía intención de entrar, pero ya que estaba... Era un don extraordinario, un talento de partero, de mayéutico, el de ayudar a otros a formalizar por iniciativa propia una proposición ventajosa para él, Marc. Lo hacía sin vulgaridad ni obsequiosidad, y si alguien se lo señalaba él negaba cualquier motivo oculto y se asombraba de su buena estrella. Daban ganas de creerlo. Yo en cambio no sabía hacerlo. No pedía nada, hervía de impaciencia hasta que reventaba y reclamaba groseramente lo que me correspondía. Nadie me puso palos en las ruedas, incluso puede decirse que me las arreglé yo solito en eso: la negativa a opositar para cátedra, Bazarove, el alcohol. Pero de un modo oscuro guardaba rencor a la Familia por no haberme llevado tan lejos como yo deseaba. Le guardaba rencor por no haberme defendido cuando lo del fiasco de mi libro sobre el caso Rosenberg. Por aquel entonces, los veteranos de SOS no se dieron ninguna prisa por apoyarme; de hecho, se quitaron de en medio en bloque, como un solo hombre. Marc fue el único que me prestó ayuda (si bien tímidamente, del modo menos público posible). Le guardaba rencor a la Familia por haberme llevado a error con sus peticiones desmesuradas y sus eslóganes, sus gritos de oráculo cuando denunciaba a propósito de los Rosenberg «un asesinato ritual», un nuevo caso Dreyfus. En el fondo era por Su culpa por lo que yo la había pifiado, pero Ella ya no estaba ahí para pagar conmigo el pato. Ella ya no estaba ahí para pedir perdón. Tuve que pedir perdón yo en su lugar, en Su lugar, en Su nombre. Esa gente jamás pediría perdón, es una cosa que comprendí con el tiempo. La Familia jamás pedía disculpas. Ella llevaba razón hasta cuando se equivocaba. «Más vale equivocarse con Sartre que llevar razón con Raymond Aron», se decía en los tiempos de sus justas titánicas. No pidió perdón por los tanques en Budapest en el cincuenta y seis, no pidió perdón por sus sucesivas cegueras, jamás lo haría, y a mí todo aquello empezó a tocarme los cojones, estaba hasta la coronilla de sus grandes chiringuitos y de su santurronería y de su morgue y de sus fetuas y de su gran guiñol y de sus chaqueterismos y de su circo repugnante y de su dureza y de su plasticidad, estaba hasta la coronilla y estaba cada vez más viejo y desconfiado, mis inclinaciones se dirigían hacia mentes más ingenuas o más lúcidas, se dirigían hacia Charles Péguy, el socialista convertido al catolicismo romano y fiel al socialismo, hacia su fraternidad incandescente y sin adulterar, hacia su amor por la humanidad, que adoptaba la forma del rostro de un capitán, hacia su obstinación porfiada y heroica, se dirigía a James Baldwin y a su realismo doloroso, el Baldwin que se niega a humillar al adversario, se dirigía a Camus y a su respeto caballeresco por el oponente, se dirigía a los viejos pensadores asquenazíes cargados de reparos, a los viejos pensadores que se corregían sin cesar, se dirigía a los sabios tímidos y luminosos, a los tartamudos y a los titubeantes. A los sedientos de justicia más que a los justicieros. Y se dirigía a Robert Willow, por supuesto.

La fecha de la cena con Jeanne y Léonie ya estaba fijada y decidí mantenerla pasara lo que pasara. Me parecía que cancelarla sería el primer acto de un proceso de desocialización sin posibilidad de vuelta atrás. Conocía mi tendencia a la hibernación. Demasiadas veces me había desparrancado con deleite al constatar que se acumulaban los problemas. En 1995, después del fracaso total de mi libro sobre los Rosenberg, estuve dos días sin hablar y sin comer. Potente y solapada fuerza, la de la soledad. Actuaba sobre mí luciendo agradables atavíos: la lectura bulímica de obras literarias. No por ello dejaba de ser una fuerza de zapa y destrucción. Desconectar el teléfono sería la segunda acción de retirada, la acción cobarde y exquisita. De la negación de los obstáculos a las sustracciones voluntarias, de las anulaciones a las procrastinaciones, de los silencios a los silencios, acabaría inevitablemente por convertirme en indigente. La cosa solo podía acabar mal: engulliría ansiolíticos a puñados y viviría en un piso transformado en un vertedero público, comiendo en los platos de la víspera y defecando en un cubo. Incapaz de organizar un exilio al estilo Willow, me pudriría en mi piso parisino, momificado en vida. No saldría a abrir cuando un funcionario de los servicios de higiene del Ayuntamiento de París llamase a mi puerta, alertado por unos vecinos superados por las vaharadas de hedor pestilente que emanarían de mi apartamento. ¿Y luego? Léonie o Agnès solicitarían un juez tutelar que a su vez designaría a un perito psiquiatra que me diagnosticaría un síndrome de Diógenes, fórmula púdicamente simpática para designar a los viejos chiflados y puercos. Me trasladarían por la fuerza a un establecimiento especializado, la venta de mi piso se confiaría a un órgano tutelar y me confiscarían las tarjetas de crédito. Acabaría mis días mudo ante programas de la tele que en realidad no vería. Léonie sería la única que de vez en cuando vendría a quebrar esta soledad, pero espaciaría progresivamente sus visitas, asqueada por el espectáculo de mi incontinencia y mi mirada vacía. Era inevitable esta concatenación de hechos; tal vez pudiera variar en los detalles, en los márgenes (no podía descartarse que una noche yo decidiera echar a andar por la autopista, en calzoncillos, lo que me evitaría pasar por la casilla de la tutela), pero, vamos, esas serían las fases a grandes rasgos. Semejante desenlace era dañino para todos: para mí, para una sociedad que debería soportar los costes de las medidas coercitivas y los cuidados psiquiátricos, pero sobre todo para Léonie, que no podría repartir la carga de un padre impotente con un hermano o una hermana, Léonie, a la que a veces asaltaría injustamente la culpabilidad, ella, tan buena, tan generosa. Por todos estos motivos, era importante que mantuviera en pie la cena.

❋

La visión de un Roscoff diogenizado perdido me había horrorizado. Me pasé el día ordenando frenéticamente el piso. Me había picado ese bichito viendo el programa de una presentadora japonesa famosa a nivel mundial, Marie Kondo. Nacida en Tokio en 1984, Marie Kondo se hizo gurú del orden con tan solo diecinueve años, cuando todavía estaba estudiando. Al hilo de una carrera fulgurante desarrolló un método para poner orden contraintuitivo y, digamos, revolucionario. Este partía de una sencilla constatación: los métodos clásicos que preconizan un enfoque objeto por objeto, o poco a poco, conducen inevitablemente a la acumulación de mierdas (marcos desportillados, gayumbos viejos) en todas las habitaciones de la casa. El método KonMari, por el contrario, promueve una ordenación por categorías. La joven recomienda ir por etapas, empezando por la ropa, seleccionada a partir de tres pilas (regalar, vender, conservar), luego los libros, los papeles, los artículos diversos y variados (*komono*), y por último los objetos que poseen un valor sentimental. Marie Kondo invita a conservar solo las pertenencias que apelan a nuestras emociones y a tirar las que ya no nos procuran alegría. Es el concepto de la *sparkling joy*. Pero, antes de desprenderse de ellos, conviene dar las gracias a cada objeto, algo que ella hace con una ceremoniosidad cien por cien nipona, como quien rinde homenaje a un antepasado o una divinidad. Marie Kondo era una de las criaturas más luminosas que yo hubiera conocido en toda mi existencia. Compartía podio con mi hija Léonie y con otra personalidad que resultaba ser, dependiendo de mi estado de ánimo, sor Emmanuelle o Angela Davis; siempre mujeres. Gracias a las claves de Netflix de mi hija, yo veía religiosamente cada nueva entrega de *¡A ordenar con Marie Kondo!*, donde la especialista ponía en práctica su célebre método en casas de familias americanas.

Con un óvalo facial perfecto y unos ojos rasgados que reían por la felicidad que sembraba en los hogares, Marie Kondo aparecía toda elegante, como una Mary Poppins caída del cielo. Marie Kondo, llena eres de gracia. Era en verdad bondadosa, y jamás juzgaba a sus interlocutores. Y bien sabe Dios que podría haberse enojado con los catetos que visitaba y que reaccionaban a su llegada con una bochornosa explosión de onomatopeyas o latiguillos del tipo *ohmygod* y *geez*. Marie Kondo, virginal, apaciguadora, descendía de su Olimpo monocromático y, sin despeinarse, ponía orden en el caos de aquellos materialistas acumuladores y neuróticos, incorregiblemente yanquis. Llevaba la delicadeza al punto de transmitirles la gratificante sensación de que eran actores de su cambio.

—Tu obsesión por Marie Kondo es una fantasía de viejo verde —había observado Agnès. Con su sagacidad habitual, se había percatado de que mi monomanía era tirando a malsana—. La figura de la japonesa de sonrisa inmutable, la obsesión por los interiores vacíos y las paredes inmaculadas, todo eso proviene de un imaginario fascista. Hay una fantasía de la virginidad y la pureza, un elemento verdaderamente malsano detrás de todo ese rollo. Y una visión degradada de la mujer, de paso. Te gusta Marie Kondo porque representa al ama de casa suprema.

Por supuesto, no se equivocaba. Yo no podía negar que hubiera tecleado en un motor de búsqueda las palabras «Marie Kondo» y «*naked*». Pero había algo más profundo también. Una vez cumplidos los sesenta, muchos de mis congéneres fantaseaban con una mujer asiática sumisa de sonrisa compasiva. La compasión les parecía una fuente más estable y menos fungible que el amor. Marie Kondo era la encarnación misma de la mujer cuidadora, esa con la que uno sueña para la recta final. La imaginaba arropándome, aseándome después de que yo hubiera manchado los gayumbos al despertar de un sueño erótico, desdramatizándolo todo con su gracejo natural. «Uy, abuelo, parece que alguien ha tenido dulces sueños, ¿eh?» Marie Kondo la misericordiosa. Marie Kondo la enfermera de almas. Qué no habría dado yo por oír su voz dulce y firme a través de la puerta.

«Abre, Jean», diría con voz serena. «Abre, que voy a ayudarte a poner orden en tu vida.»

En vez de eso, sonó la voz de Léonie: «Abre, papá. El timbre no funciona». Quité la cadena y abrí la puerta de par en par. Jeanne estaba a su vera, rígida como la justicia. Exhibía una sonrisa contrita: no me costaba imaginar sus súplicas a Léonie para escapar al calvario de la cena, o al menos para abreviarla al máximo. Me entregó una botella de Côtes-du-Rhône sin mediar palabra.

—¡Bienvenidas a mi pequeña tebaida! —exclamé con calidez.

✻

El osobuco quedó bastante rico: las tajadas de jarrete de ternera se derretían literalmente en el paladar. La conversación no era demasiado trabajosa; hubo incluso algunas risas alegres aquí y allá. Léonie estaba radiante, sorprendentemente femenina con su camiseta de los Babyshambles, los vaqueros de pitillo y las Repetto. Sospechaba que su novia la habría empujado a liberarse de los códigos *butch*, algo que no me desagradaba para nada: yo siempre había tenido la impresión de que su estilo de camionera no era tanto un deseo profundo por su parte como una transición necesaria, una manera de imponer de manera visible su identidad sexual; su «momento de negatividad» sartriano. Ahora que parecía haber encontrado una forma de sosiego a ese respecto, tal vez ya no hubiera necesidad de usar camisas de trampero canadiense y botas Timberland. Un disco de Fats Waller acompañaba nuestro parloteo. Léonie nos contaba sabrosas anécdotas sobre el curso de lenguaje corporal que había montado a instancias de un gran grupo de distribución: «Perdieron un contrato de varios millones de euros en Marruecos porque el negociador cruzó las piernas de tal manera que la suela del zapato quedaba orientada hacia su interlocutor. Eso, en algunos países del Magreb, se considera un gesto ofensivo». Yo le hacía preguntas, la felicitaba. Bien mirado, puede que su trabajo fuera interesante, no era una vendehúmos. El desencriptado del lenguaje no verbal resultaba incluso estratégico, y su dominio era susceptible de cambiar el curso de empresas humanas. Olvidé el artículo sobre mi libro; estaba dispuesto a absolver a todo el mundo, a comprenderlo todo. Côtes-du-Rhône mediante, Jeanne bajaba un poco la guardia. Estaba claro que, objetivamente, yo no presentaba ninguna de las señales distintivas del macho dominante, que no era ni Steven Seagal ni Lino Ventura. Mi hija me trataba como a una vieja amiga un poco alocada, y yo me metía encantado en ese papel que ella me ofrecía. Estaba

aprendiendo a querer a Jeanne, esa chica de facciones tan seve-
ras: ella también debía de haber sufrido mucho. En medio del
caos, se aferraba a los eslóganes del feminismo radical como a
un clavo ardiendo; ¿quién podía reprochárselo? Así fue fluyendo
la conversación, hasta los postres. Mientras yo dejaba los tres
moldes individuales de *crème brûlée* encima del salvamanteles,
Jeanne me preguntó:

—Y qué, ¿ha salido algún artículo?

Su mirada se veló imperceptiblemente. Supe que lo sabía. No
valía la pena disimular, me dije. Me apenaba tener que bajar
una octava, hacia los temas serios y polémicos, y salpicar el
buen humor que contra todo pronóstico se había impuesto en la
cena. Dejé las manoplas encima de la mesa. Adelante, hablemos
del artículo del blog, hablemos de apropiación cultural. Había
pasado una noche entera leyendo sobre el asunto, así que me
sentía preparado. En cualquier caso, más que diez meses antes
en el Renaissance.

—¿Lo has leído? Quiero decir: ¿has leído el artículo del blog?

—Pues sí. Lo he leído.

De nuevo la Puritana de Iowa, inflexible, sibilante. Abarcan-
do mis pelotas con la tijera de podar, exultante. Se tomaba su
tiempo, gozaba dejándome en ascuas. ¿A qué esperaba para
dar su veredicto? Quizá hubiera preferido que lo pronunciase
yo mismo. Me brindaba una última oportunidad de pronunciar mi propia condena, porque no bastaba con que expiase
mi culpa: tenía que ser también el agente de mi castigo. Me
irrité un poco:

—Dime qué te ha parecido, Jeanne, caramba. Imagino que
querrás decirme algo, ¿no?

—Sinceramente, ya que me lo preguntas, eres casi un caso de
manual.

—¿Un caso de...? Pero ¿has leído el libro? ¿Has leído el libro,
acaso?

—El artículo no escatima en detalles, me parece que puede

una hacerse una idea bastante aproximada al leerlo. Ojo, no digo que hayas escrito el libro con mala fe. Yo solo digo que te apropias de una figura negra americana de manera ilegítima. Es hipersintomático. Se la disputas a su comunidad de origen, que durante siglos ha estado desposeída de todo. Pero sigue siendo demasiado. Es necesario que Willow sea francés y, sobre todo, que no sea demasiado negro.

—Espera —suplicó Léonie—. Ya hemos hablado de esto. Es otra generación.

Estaba descompuesta. Por segunda vez, su sueño de un banquete fraternal se desvanecía.

—Qué fácil es escudarse en el desfase generacional. Lo mismito que repetían los defensores de Polanski: no podemos comprenderlo, eran los años setenta. Siempre trapaceando. Yo creo que se pueden pedir explicaciones a una generación. Yo creo que hay criterios morales intangibles.

—¿Y qué ordenan esos criterios? —balbucí. Les llevaba tres o cuatro copas de ventaja, que de pronto se hacían notar cruelmente.

—Que un blanco no relate la vida de un negro para distorsionarla.

Me estaba esculcando el alma. Me sentí desnudo, vulnerable. Acechaba hasta el fondo de mis ojos los secretos vergonzosos de una generación, quería inmolarme como represalia por siglos de patriarcado blanco. Me percaté de que, a sus ojos, en realidad yo me inscribía en una estirpe. Me disponía a hablar pero Jeanne me cortó:

—No me digas que no se te puede acusar de negrofobia. No me saques la baza de la legitimidad. Conozco tu generación, conozco a esa izquierda. Los blanquitos que se agolpan delante de los micrófonos para defender a sus hermanos racializados sin que se les pase siquiera por la cabeza que a ellos quizá les gustaría hablar con su propia voz. Por ellos mismos. Y tal vez hablarían mal de vosotros. Ay, sí, qué ingrato el negrito. No contento con querer expresarse, encima va y muerde la mano que le da de comer.

—Esas palabras no son mías. No pongas en mi boca palabras tuyas.

—Escúchame. Confiscaron nuestras tierras, nos robaron a nuestros hijos. Y ahora nos robáis vosotros la palabra, a nuestros artistas. Ah, se me olvidaba, sois universalistas. El comodín: U-N-I-V-E-R-S-A-L-I-S-T-A-S. Para vosotros solo hay hombres y mujeres libres. Me conozco bien la cantinela. El evangelio humanitario de pacotilla. Los derechos humanos: la perpetuación de la dominación blanca por otros medios. ¡Cuánta energía (toneladas de energía, millones de camisas empapadas) gastáis en demostrar que observáis el mundo con una mirada *colourblind*! Pero ¿sería posible que os olvidarais de vosotros mismos por un segundo? Los negros y los árabes os dicen que los tratan como a negros y como a árabes. ¿Sois capaces de escuchar lo que dicen y cerrar la boca un segundo? Vosotros. Sí, vosotros. Tu panda, vosotros y los demás. Y vuestra pretensión de saber. Es que disfrutáis. Y ahora que las luchas se hacen sin vosotros, flipáis en colores, os echáis a temblar, no paráis de lloriquear.

Yo troné:

—Según tú, las luchas no se hacen sin nosotros. Se hacen contra nosotros.

—Pues claro que se hacen contra vosotros. Porque sois vosotros los opresores del día a día. Tú en particular no eres racista, puede ser. Pero sois el vehículo del racismo. El racismo toma prestadas vuestras palabras grandilocuentes, la república y toda la pesca, cabalga sobre sus palabras grandilocuentes para moverse, para circular. ¡El racismo campa a sus anchas a lomos de sus principios republicanos! Y vosotros: pero ¡yo no soy malo! ¡Yo no quiero hacer daño! Os trae sin cuidado el daño que hacéis, solo os importa que quede bien claro que no lo habéis hecho adrede. Solo os importa no tener que sentiros culpables. Esa es vuestra gran preocupación. ¿Qué diferencia hay para la persona que sufre el racismo? Y a todo esto, sí, eres racista. A ti te traen sin cuidado los padecimientos de las personas racializadas, de todos aquellos que tal vez soñarían con ser ciudadanos de lo universal pero que jamás podrán serlo. Esos padecimientos solo tienen interés cuando acaparas tú la palabra para denunciarlos.

—Pero ¿y la convergencia de luchas? —aventuró Léonie.

Estaba al borde de las lágrimas.

—La convergencia de luchas es un intercambio de buenas prácticas, nada más. Luchamos junto a las demás minorías, pero no hablamos en su lugar. De negrofobia solo pueden hablar los negros.

—Pues precisamente el artículo le reprocha a papá que no hable de eso.

—Sí, y eso es más grave todavía. Es depredación identitaria.

La muy zorra tenía labia. Y rodaje; dominaba todos y cada uno de sus instrumentos de tortura y los manipulaba con destreza. Soltaba uno para empuñar otro, cada cual destinado a infligir una herida muy precisa. Me tenía acorralado, jadeando como a un cervatillo hostigado por la jauría. Debía contraatacar. Oía la voz de Marc citando a Sun Tzu ante unos clientes prendados mientras acariciaba el pedestal de vidrio que contenía a los soldaditos de plomo: «El que se defiende demuestra que su fuerza es inadecuada; el que ataca, que la suya es abundante». Contraatacar. No justificarse punto por punto; si me embarcaba en ese juego, acabaría agotado. La acusación de racismo sistémico, liberada de cualquier noción de intencionalidad, era un arma singularmente eficaz. La daga podía clavarse a cada instante. Yo buscaba una fórmula asesina, una defensa para acabar con el partido, pero no se me venía nada; mi cerebro no producía ningún pensamiento articulado, solo acusaba la sensación visceral de la injusticia. Espeté con amargura:

—Sois fascistas.

Jeanne se levantó de un salto, roja de ira. Clavó la mirada en la de Léonie. Mi hija lloraba en silencio, descuartizada por un espantoso conflicto de lealtad. Por segunda vez en su vida, dos seres queridos se destrozaban y le pedían que escogiera. Jeanne esperaba una palabra por su parte, esperaba que su compañera optara por su bando (el género contra el clan, la sororidad contra el padre), pero de su boca no salía ningún sonido. Jeanne recogió sin perder tiempo el bolso, sus cosas, y abrió la puerta.

—Te espero abajo. Te espero cinco minutos —fustigó, separando bien cada sílaba.

Sonó un portazo. Léonie estaba azorada, el pecho se le levantaba a sacudidas. Me agarré la cara entre las manos. Estaba agotado, la había cagado en todo y sabía que mi hija se merecía algo mejor que aquel desenlace atroz.

—Lo siento, Léonie. Lo siento muchísimo.

Dejé pasar unos segundos.

—Ve con ella. Creo que lo mejor será que vayas con ella.

Me había obligado a decirle aquello. Unos años atrás me habría hecho la víctima, habría añadido: «Deja a tu viejo padre, ya ves, no pasa nada por que sufra un poco». Hoy, por fin había llegado el momento de dejar de hacer daño a Léonie, atrapada entre dos fuegos desbocados, zarandeada por los acontecimientos en un mundo que no comprendía mejor que yo. La acompañé hasta la puerta y le di un beso fugaz en la mejilla. Se dejaba guiar, aturdida, con los ojos enrojecidos. Tachar a Jeanne de fascista: qué simpleza. Cómo no ver el sufrimiento detrás de su desmesura, de su agresividad. Yo le sacaba treinta años, me correspondía a mí cobrar altura. Tendría que haber dicho la verdad, simple y llanamente. Pero la verdad exigía el largo tiempo que requería una explicación titubeante, y no parecía que Jeanne tuviera la paciencia de escuchar una explicación titubeante. ¿Qué decir? Que Willow me había llegado al corazón, de un modo extraño, específico, que su «canto sedicioso» había hallado en mí una resonancia singular. Que su acto de secesión expresaba una serena resolución que yo siempre había echado en falta. Se había retirado en paz a su eremitorio, no se había largado obedeciendo a una rabieta, no había huido, sino que había tomado el camino sin más, y eso no lo convertía en un santo ni en un ser excepcional pero tal vez sí en un modelo, porque el Willow de los últimos años era un modelo para mí, sí. Puede expresarse así. Y tengo la desfachatez de decirte, Jeanne, voy a cometer ese sacrilegio, que pienso que comprendo mejor a Willow que tú. Te lo digo sin atisbo de arrogancia pero te lo digo sin sonrojarme: Willow no te pertenece.

Una granada sin el pasador yace fresca sobre la hierba. Los pajarillos pían, brilla el sol, alguien disfruta de un rincón de sombra. La vida es bella; al segundo siguiente, todo salta por los aires. Yo todavía no lo sabía pero estaba viviendo mis últimas horas de relativa despreocupación. Los transeúntes no me conocían y podía atravesar a diario los escasos metros que separaban mi domicilio del Balto sin que nadie me importunara.

Vivía fuera de los radares, manso. Marc me cansaba un poco con sus campeonatos de virtud. Los sarcasmos de Agnès me mortificaban, Léonie y su bondad que nunca exigía nada me angustiaban un poco, la hostilidad de Jeanne me apenaba. En el gimnasio, una máquina de bebidas defectuosa me estafaba unas monedillas. Los conductores de Uber me volvían loco cuando tomaban desvíos aberrantes para llegar al «punto de recogida». No soportaba a los gilipollas que cascaban un huevo duro en el tren, extendiendo un olor a perro muerto sin ninguna consideración hacia los demás viajeros. Tenía mi dosis de pequeñas agresiones, pero era el precio normal de la vida entre los hombres, el precio por lo demás muy razonable que había que pagar a cambio de unas ganancias inconmensurables: la proximidad de bares, las prestaciones sociales mínimas, las salas de espectáculos, el sostén del vínculo de la amistad, el intercambio de opiniones, el sexo.

Yo era un hombre tranquilo, y las contrariedades que me salían al paso eran del todo salvables. Hasta ese momento, vivía en la despreocupación. Tal vez el privilegio blanco fuera eso.

Al día siguiente del incidente, me pasé buena parte del día a remojo en un baño tibio y leyendo una novela negra de Jean-Patrick Manchette con unos personajes que hablaban poco y actuaban mucho, una novela sobre una toma de rehenes por parte de un grupo de anarquistas, sobre el asalto a una granja por parte de las fuerzas del orden pero también, aunque de manera soterrada, sobre el amor. Entretanto (lo descubriría más tarde), las fuerzas invisibles de internet trabajaban activamente. Centenares de vocecillas chillonas se acumulaban debajo del artículo de Cara Larga. Un millar de pequeñas conciencias se encendían en la noche, como fotóforos. Cada cual desea expresar su punto de vista, dar su opinión, elevar su grito por encima de los demás. Aquí alguien se burla sarcásticamente, con ínfulas de entendido e instruido. Allá otro se indigna, abre los ojos como lunas llenas, se asfixia. Acullá, hay quien esgrime una profecía terrible antes de callar para siempre. Ya un centenar de internautas ha entonado su insignificante cantar, pero cada nuevo tuit es el que pretende zanjar el debate, el más divertido, el más ingenioso, el más estupendo.

Fue el lumpenproletariado de la red el que rompió las hostilidades: los tuiterillos anónimos y masturbadores, militantes, justicieros, *haters* u *ofendiditos*. «El nota este es daltónico. Pero solo cuando le parece», cloquea Poneyponeyrunrun. «Pfffffff gravísimo esto, no se ha dicho suficientes veces que el autor era negro, estamos reviviendo las horas más oscuras de nuestra historia», ironiza SiJohnnyhazmedaño. En su cuenta, Devil33 publica un gif animado que muestra a un niño que se tapa los ojos, y lo acompaña con este comentario: «El momento en que consideras que la segregación es algo anecdótico en la vida de un negro en USA». «Lol, Roscoff es el detergente Omo de la literatura», se cachondea EmperorHaileSelassie. Streets_of_Paname, guasón, cuelga la foto de un alegre yupi neoyorquino que le dedica una peineta al objetivo: «Cuando tus antepasados se dedicaron al comercio triangular entre Brest y Martinica y tú pisoteas la memoria de la esclavitud». «El comercio triangular se hacía en Nante y La Rochelle no en Brest so capullo», corrige babyface_1944. «Hdp ponle una S a Nantes antes de dar lecciones», replica Streets_of_Paname antes de que un moderador elimine su mensaje. «Eres un mierda, te crees q con ese nick no canta a la legua q vives en un cuchitril de Seine St Denis loooool», suelta babyface_1944.

Los trotamundos de la web se baten cuerpo a cuerpo en los callejones oscuros de la red. Vuelan los improperios. Qué fácil es abrir las compuertas cómodamente agazapado tras un seudónimo; se entregan en cuerpo y alma. Los menos atrevidos se conforman con un pulgar hacia arriba, un *like* enarbolado como oriflama en la noche del alma. Y por cada mensaje, por cada *like*, hay cohortes de internautas silenciosos, la masa de *voyeurs*, la masa cretina que aparece en las fotografías de linchamientos, carialegre o abochornada, la masa eterna que se desplazaba para asistir a las ejecuciones cuando estas aún eran públicas. Ellos solo leen, pero no por ello le dan menos importancia.

Las fuerzas de internet trabajaban, pues, en crear un pequeño edificio de rencores, de ironía, de insultos, de calumnia, de histeria y de venganza a partir del artículo. Cada uno de los actores, más o menos consciente de estar participando en una obra colectiva, se afanaba en crear las condiciones para el fenómeno. No hubo efecto Barbra Streisand: la maquinaria echó a andar sola, a pesar de mi silencio, y eso que yo había seguido al pie de la letra los consejos de Marc y no había reaccionado. El depósito de pólvora estaba hasta los topes, el dispositivo de detonación, instalado; solo quedaba prender la cerilla. Faltaba únicamente un acontecimiento, un intermediario que permitiera que el debate cobrara una nueva dimensión.

⁂

Le había prometido a Nicole que yo mismo le entregaría en mano un ejemplar dedicado. Aprovecharíamos para terminar de concretar la organización del simposio. No hubo manera de aparcar en la avenue Stalingrad, así que me planté en una plaza del aparcamiento para profesores.

En el vestíbulo del pabellón B había un grupito de alumnos delante de una mesa donde podías matricularte para las asignaturas del segundo semestre. Una chica muy guapa repartía octavillas que llamaban al boicot a Israel. «Bazarove ha tenido crías», pensé lacónicamente. En la escalera que conducía al departamento de Historia me crucé con el joven activista granujiento que me tenía en un altar. Reaccionó con frialdad y poco le faltó para atropellarme. Me pegué a la pared para dejarlo pasar. ¿Qué bicho le había picado? En el pasillo me encontré a Roger Dabiou cerrando su aula con un sobre grande de papel manila debajo del brazo. Me lanzó una mirada por encima de las gafas de concha y yo intenté no desviar los ojos hacia su mancha de nacimiento. Él también estaba raro. Le pregunté dónde andaba la secretaria.

—Nicole está en una reunión. Inscripciones de matrícula.

—¿Le puedes dar mi libro? Le prometí que se lo dedicaría. O se lo dejo yo en el despacho.

Lo miró como si le hubiera ofrecido una pipa de crac. Tendría que haberlo sospechado: a los profesores de literatura no les gustaba nada que un colega historiador invadiera su terreno. Corporativismo, esnobismo y envidias; una vieja historia francesa. Pensaba que Dabiou estaría por encima de todo eso, que flotaba en el universo estalinosurrealista de la poesía aragoniana. Me llevé un pequeño chasco. Por lo demás, era fácil disipar el malentendido, pues yo contaba precisamente con incorporarlo al lanzamiento del libro.

—Por cierto, ¿te ha comentado algo Nicole del simposio? ¿Te cuadra? Pediré que te manden un ejemplar.

—Sí, me lo ha dicho —reconoció con la boca pequeña—. Me parece que lo tuyo no encaja mucho con París VIII. Háblalo con Nicole.

Y desapareció por las escaleras. ¿Qué estaba pasando? ¿Por qué no iba a encajar con París VIII? Al fin y al cabo, el «espíritu de Vincennes» era un prurito de apertura a todos los niveles. Ahí entraba perfectamente Robert Willow. Un ensayo un poco loco, un artista inclasificable, una obra incoherente: yo veía que todo aquello tenía su lugar entre aquellas cuatro paredes que habitaban aún sus fundadores iconoclastas. Llamé a Nicole durante el trayecto de vuelta.

—Nicole, te he dejado un ejemplar dedicado de mi libro.

Ella balbució unas palabras de agradecimiento. Se la notaba incómoda. Pero ¿qué demonios le pasaba a todo el mundo? Le pregunté cómo iba la cosa. Nicole refunfuñó un poco, aludió al periodo de matrículas, que se había complicado una barbaridad por culpa de un fallo en el servidor. Atrapé al vuelo la ocasión:

—Bueno, espero que sin consecuencias para mi simposio, ¿eh?

—Precisamente de eso te quería hablar, Jean. Están repartiendo octavillas. El chico de la Facultad de Ciencias de la Educación está muy molesto. Por lo visto se han publicado unos tuits contra ti en internet. Estas chispas saltan en dos segundos hoy en día, ya sabes. Estamos gestionando una ocupación, la prefectura que quiere expulsar a los migrantes, las matrículas, los sindicatos de estudiantes que son súper problemáticos... La gente tiene los nervios de punta. Va a estar complicado, Jean.

5. Gracias, señor Peuzet

1995, año etílico. Por la tele, el inenarrable Jacques Chirac invitaba a comer manzanas, paseando por los estrados su silueta larguirucha. Entre los suyos comparecía Balladur: altanero, con la papada atrapada en un cuello inglés. Yo no comía manzanas, precisamente. Bebía pintas enormes al salir de clase, a veces acompañado, cada vez menos acompañado. Fue ese año, tras el chasco del libro sobre los Rosenberg, cuando empecé a beber de verdad. Siempre había tenido cierta tendencia a empinar el codo, pero en 1995 el alpiste se convirtió en un compañero cotidiano y cada vez más exigente. Por supuesto, yo no bebía como se bebe en los libros publicados por Lou Basset-Dutonnerre, en un ambiente de descuidada elegancia, según códigos estéticos fijados por personas que jamás han probado ni una gota de alcohol y que se representan a los borrachos más o menos con las facciones gloriosas de Ernest Hemingway. Yo no era el alcohólico copa en mano apestando a pólvora con su mesita auxiliar que contiene el equivalente a un bar palaciego, el alcohólico vistoso que dispone con mimo sus preciosas botellas cuadradas, el alcohólico ceremonioso que se pasea envuelto en un batín de seda, el alcohólico que se ciñe a un único alcohol (un alcohol de destilería, preferentemente británica). El alcohólico que se respeta, vamos. Y añadiría: el alcohólico que se mira beber. Aquello no iba conmigo. Yo no era nada protocolario. Me dedicaba a estrujarme las meninges encaramado a mi taburete alto. Ya había adquirido sólidas costumbres con la casa Bombay Sapphire (ginebra con notas apimentadas, buena relación calidad-precio), pero no le hacía ascos a pimplar un poco de todo, y en ese todo cabían multitud de cervezas, con predilección por la 1664.

Me gusta la cerveza. Es el desparrame de proximidad. La pides sin pensar, como quien para un taxi. Una-caña-por-favor. Y reanudas la conversación. Una cerveza no es gran cosa. Conservas un aire desenvuelto, pero toda tu atención se concentra en el vaso que está en camino. La carencia, cruel, se hace notar: nada de sensaciones sofisticadas, apenas un agujero en lo más hondo del ser. Quien bebió, beberá; axioma implacable. Llega la cerveza. No olisqueas el recipiente, no se hacen mil y un mohines. No la catas. Te la trincas sin miramientos. La cerveza nunca defrauda. Recibes lo que andabas buscando: la frescura, el sabor a trigo húmedo y el alcohol que caldea la chola. No oculta secretos, lo que ves es lo que hay: el contenido dorado y helado en su continente ergonómico y ahusado. No hay necesidad de menearla haciendo círculos como un psicópata, ni de comentar nada. Agarras el vaso porque es agradable notar los cristales de escarcha en la palma de la mano. Te bebes la segunda y te invade un embotamiento muy leve. Te relajas, tomas posesión del lugar. De pronto las cosas se precisan, las cosas y las personas ganan relieve. Los colores son más cálidos, no mucho más, solo un poco. El cuerpo te pide lazos. Hablas con gente que no conoces. O bien saboreas en soledad ese agradable sopor. Llega el momento del combate. Sería conveniente arrancar. Intentas reunir fuerzas, buscas a tu alrededor una mirada en la que apoyarte. Estás a solas con tu terrorífica libertad. Sería conveniente arrancar de un salto y salir corriendo. Pero es preferible huir en el interior de uno mismo. Y pides otra. Tres, cuatro, cinco, seis. De perdidos, al río. Surgen mil excusas. Te enterneces. Siete. Ocho. Te has convertido en una mierda, sin aspavientos, en un viejo achacoso con aliento de dragón. Volvía a casa cuando el bar echaba el cierre, completamente cocido. Agnès, que todo lo ve, Agnès, que todo lo huele, no era tonta.

—He parado en el café para corregir unos exámenes —mascullaba yo intentando acertar en el gancho del perchero.

—Apestas a cerveza, Jean.

Un día, dejas incluso de dar la batalla y pides las siguientes sin vacilar. Cuando vuelves a casa ya ni te tomas la molestia de mentir y te acuestas con total naturalidad en el sofá del salón.

✻

Veinticinco años después, volvía a las andadas. Había recalado en un pequeño bar-estanco, el Cama Trineo. Nuevo escenario. En el momento en que mi precario equilibrio se tambaleaba, cuando más necesitaba atracar mi carraca en buen puerto, en una ensenada protectora, resultó que el Balto había cerrado. «Cierre administrativo», precisaba un cartelito pegado a la persiana metálica. Interrogué a la patrona de la panadería contigua, que se encogió de hombros: «Una visita de la inspección... Solo tenían declarado a un camarero de los tres que había, así que...». Me quedé sorprendido: R., el dueño, siempre había hecho gala de una postura cuasi crística de mártir de la reglamentación y los gastos: formulaba un chorreo continuo de protestas sobre eso, explicando que pronto ya no podría tener empleados, apuntalando ese oráculo con la simple constatación según la cual «un fulano al que pagas 10 te cuesta 20». Cualquiera que lo hubiera oído habría pensado que su escrupuloso respeto de la legislación laboral acabaría hundiéndolo. Sin embargo, a tenor de lo que decía la panadera, se limpiaba alegremente el culo con el texto.

Total, que localicé el establecimiento más cercano, donde me despacharon de mala gana. Me tomé una, que luego fueron tres, que luego fueron siete. Por lo menos no estaba solo. El plafón proyectaba sombras indecisas en las paredes. El dueño (un asiático seco y taciturno) se afanaba detrás del grifo de cerveza. Un chaval llevaba la caja; no cabía duda de que era el hijo. Como buen alumno de la Normal, me armaba mis teorías. Tras años de observación, había llegado a la conclusión de que el bistró parisién, la institución parisina del bistró, moldeaba el carácter de quienes servían en ella. Esos lugares inmutables determinaban una clase específica de grosería, de mala sombra y de desconfianza atávica. Durante mucho tiempo se creyó que eran rasgos propios del carácter del auvernés, el famoso *bougnat* que reinara tras las barras de zinc. Luego se identificaron, intactos, entre los cabileños que tomaron paulatinamente el relevo, al menos en las zonas orientales de París, a partir de la década de los cincuenta. En la década de 2010, los chinos se impusieron como los nuevos señores del juego y empezaron a adquirir negocios a diestra y siniestra. Los actores cambiaban, pero la actitud siempre era la misma: incomprensiblemente defensiva. Con los habituales, pase. Estos han sido domesticados poco a poco y ya forman parte del mobiliario. El nuevo cliente: he aquí el enemigo. Acarreará complicaciones, solicitará el pago con tarjeta, incluso pedirá algo que no se tiene.

Di un empujoncito a mi vaso vacío. El dueño tomó la delantera:

—¿Otra?

—Por favor. Pero solo hasta el borde.

—Mei, ¿atiendes tú al señor?

Qué dulce habría sido trabajar en familia, con Agnès y Léonie, regentar un negocio. La fuerza que infundía la ayuda mutua del clan era una cosa extraordinaria. La sociedad era un constructo demasiado frágil; solo la unidad familiar podía crear un vínculo sólido entre seres. Acicateado cada día por los míos, me habría sentido capaz de mover montañas. Cada mañana, me habría levantado con el canto del gallo para recibir a los repartidores y fregar los suelos con lejía. Habría enseñado a Léonie todo lo que sé de la vida, deslomándome en el trastero, empujando una carretilla, poniendo en marcha un montacargas. Habría besado a Agnès en el cuello al pasar por detrás para ir a servir a un cliente. La fabricación de objetos artesanales era otro camino a seguir. Empezaba a comprender a los personajes basset-dutonnerrianos y su obsesión por las materias nobles; sus ganas de adquirir un horno para cerámica y apañar un cara a cara con la materia, lejos de los hombres.

Todavía me duraba la conmoción tras la conversación con Nicole.

«El simposio se anula», me había dicho. «Órdenes del decano.» Según la secretaria, el chico de la Facultad de Ciencias de la Educación tenía muchos seguidores en redes. Y seguía a muchos también. Se había topado con uno de los misiles de odio y con el artículo de Cara Larga. Había leído mi nombre. Justo en ese momento se anunciaba el encuentro en la web de la facultad. El joven activista, que respondía al nombre de Fabien Le Guen, era un muchacho de un fanatismo austero que velaba por no dejar pasar ni una. Había metido la quinta y los sindicatos habían ido detrás. No, probablemente no había leído el libro, pero «esa no era la cuestión», había dictaminado Nicole.

—¿Y tú, Nicole? ¿Qué opinas tú?

Quería oír su juicio personal. De nuevo, «esa no era la cuestión». Por supuesto le parecían aterradoras esas cacerías humanas vía internet. Nicole era de mi generación, había bailado lentas de Whitney Houston y había sabido de Chernóbil por la tele. Era como yo, una persona completamente desfasada, pero había que tener presente la nueva realidad.

—Estoy convencida de que tu libro está muy bien.

—¿Entonces? ¡Tendrás voz y voto, digo yo! Tú, el decano de la facultad. Los adultos.

—Si lo mantenemos, se formará un cordón de activistas que te cerrará el acceso al auditorio.

Todo aquello olía a chamusquina. Estaba levantándome para

ir a mear cuando mi iPhone 6 vibró como un avispón viejo y belicoso. Una ristra de notificaciones apareció en pantalla.

Jeanne había abandonado el grupo de WhatsApp creado por Léonie para organizar la cena de la víspera.

Yahoo Noticias: Un tiburón blanco, grabado mientras devora a un rorcual en mar abierto frente a las costas sudafricanas.

BuzzFeed: El ganador de *Meet My Stepmother* perdona a su exnovia.

Figarovox: «Boicot a una conferencia en la Universidad París VIII: "Es terrorismo intelectual", declara el productor Gilles Peuzet».

Mi móvil empezó a sonar como un energúmeno. Número desconocido. Agarré el cacharro y tamborileé al azar, desplegando media docena de opciones, entre ellas la linterna, hasta que di con el modo silencio. Costaba creer que *El visionario de Étampes*, mi libro, y por consiguiente el poeta Robert Willow, se asociaran de alguna manera con el gran Peuzet, ese hombre de negocios que yo había conocido en Montpellier quince años antes. Era una asociación contra natura, y noté que me embargaba un malestar en forma de sensación de calor intenso. Había coincidido con Peuzet en un simposio organizado por el gobierno regional de Occitania y la Universidad Paul-Valéry de Montpellier en torno al imaginario de la guerra fría en el cine estadounidense de posguerra, uno de esos saraos de alto copete que atraen a una fauna diversa de jubilados, documentalistas de melena oxigenada y funcionarios con cargos imprecisos. Yo moderé un taller-debate con un autor de novela policiaca regionalista que poco tenía que ver con el tema central, y luego se celebró la impepinable comida con varios peces gordos, en la que me sentaron junto al millonario Peuzet, invitado en calidad de adjunto de la universidad y, sobre todo, de mecenas omnipotente de la cultura occitana. Midas del cine francés, productor de franquicias ultrapopulares (*Los pringados* 1, 2 y 3; *¡Vivan* *los novios!*; *Borrachos como piojos*), Peuzet era colaborador en el programa radiofónico de humor Les Grosses Têtes, en el que ofrecía una ensalada populista bastante eficaz que básicamente consistía en decir que había que «dejar de joder a los franceses». Era hijo de una época brutal y primitiva, y por eso mismo caía bien (mi padre le profesaba auténtica adoración). Pasé una hora y media en aquella mesa escuchando al gordinflón hablar de una receta de pollo con colmenillas en salsa *poulette*; no sin agrado: por lo menos no fingía interesarse por el tema del día. Él pasaba olímpicamente de Stanley Kubrick y Howard Hawks y no disertaba sobre los presupuestos de cultura como acostumbraban a hacer ediles y mecenas en circunstancias semejantes, sino que prefería hablar de la salsa *poulette* que ponían en un restaurante con estrella que él acababa de comprar en el céntrico barrio montpellerino de Écusson. Un hombre sabio debía probarla, afirmaba, y todo eso lo contaba mientras rebañaba su plato de pulpo con un currusco de pan con sésamo, limpiándolo metódicamente. En fin, pensé para mis adentros, un personaje más bien simpaticón. Conservaba un recuerdo bastante vivaz de aquel ágape. Y sin embargo, no me sentía del todo cómodo al verlo salir en mi auxilio. ¿Qué pintaban Peuzet y su salsa *poulette* en aquel espectáculo? Me agarré la cabeza con las manos. Me restregué los ojos. Sumido en mis pensamientos, había despedazado a conciencia los ocho posavasos de cerveza.

—Esto no es un taller de recortables —silbó el dueño dirigiéndose a mí.

No contesté. En el amplio espejo que tenía frente a mí, mi tez cerosa era la de un hombre acorralado. Aparentaba al menos setenta tacos. Era inútil tener cargo de conciencia. Se habían cometido errores, y estos habían sido sancionados. No podía quejarme de que el destino me hubiera tratado de forma injusta. Había pagado por mi inconsecuencia, mi narcisismo, mi pereza. Pero esta prueba era de otra índole: no me la merecía. No merecía ser un juguete en manos de otros, la válvula de escape de una serie de frustraciones que me eran ajenas. Yo no había hecho nada.

✣

—Es terrorismo intelectual —masculló.

Había hablado en voz alta. El dueño me lanzó una ojeada suspicaz. Los borrachines que hablaban solos no eran santo de su devoción; no era así como iba a atraer a los altos funcionarios, con su alto poder adquisitivo y sus significativas propinas. Yo repetía: es terrorismo intelectual, a la vez que miraba a mi alrededor con la esperanza de captar la mirada de un hermano humano disponible para recoger mi declaración de inocencia.

—Puto terrorismo intelectual, eso es lo que es.

Eran las palabras de Peuzet en su tuit. Yo las repetía y me consolaba oírlas resonar, tanto como saber que eran las palabras de otro, que no era yo el único que lo pensaba, que mi sensación de injusticia no era una jugarreta más de una tendencia segura al victimismo. Reconsideré el caso de Peuzet. El *businessman*-comentarista encarnaba un apoyo embarazoso, de acuerdo, pero al menos tomaba la palabra para defenderme, se echaba al fango para poner su manaza sobre mi hombro frágil. «Terrorismo intelectual.» Había dado con las palabras precisas para describir aquel complot atroz. Abrí de nuevo mi teléfono, leí sin leerlos realmente los mensajes en los que Paulin Michel me hablaba de «prudencia», de «mantener la cabeza fría», en fin, cháchara lenitiva y una nueva invitación a «ante todo, no hacer nada», los ojeé, como decía, igual que ojeé el mensaje de un desconocido del que solo retuve dos palabras —mi nivel de alcoholemia era el que era—, dos palabras que eran «periodista» y «reacción», total, un periodista que quería recoger mi reacción, y yo lo borré para no llamarlo de inmediato y derramar la oleada de pensamientos que caracoleaban en mi mente alterada por dos litros de Grimbergen. No estaba el horno para bollos. Ante todo, no hacer nada que fuese irremediable. Luego abrí enfebrecido la entrevista de Peuzet y la leí, esta vez me concentré para leerla de veras y lo logré, dentro de mis posibilidades, y era para llorar de gratitud: por fin había encontrado a mi defensor, un hombre que hacía barrera con su propio cuerpo contra la calumnia, un hombre capaz de ponerse en primera línea de fuego, no como Marc o Paulin Michel, que dejaban que me despedazaran sin mediar palabra, atemorizados por su propia sombra, paralizados ante la gran maquinaria de internet. Peuzet colocaba palabras largas y pesadas como quien coloca bloques de hormigón, decía fascismo intelectual, decía manipulación, decía juicios de Moscú, decía libertad del escritor, decía «Todos somos Jean Roscoff», decía «Jean Roscoff es un hombre sensible y un académico prudente», decía «Jean Roscoff es una de esas mentes que honran la institución universitaria francesa», decía que habíamos comido juntos y que yo era un hombre cariñoso (!), decía todas esas cosas que yo llevaba años sin oír, tal vez décadas. Pedí la novena. Había anochecido y el dueño, que empezaba a apilar las sillas, respondió con sequedad que tenía diez minutos. Le contesté que de sobra, y vacié el vaso de un solo trago a la salud de Peuzet, a la salud de la ciudad de Montpellier y de su teniente de alcalde. Era mi aliado. Me volvían recuerdos deliciosos de nuestra comida; tal vez los estuviera inventando, tal vez estuviera reinterpretando la historia, pero no por ello dejaba Peuzet de ser un buen hombre, un tío fuera de serie, un emperador occitano, y juzgarlo según los criterios en vigor en otros lugares, según criterios parisinos, estaba de más.

Me acordé de que Léonie me había creado una cuenta en Twitter. De hecho, me anotó las claves en un papelito que yo me había guardado en la cartera. Lo saqué y abrí una página de internet. Sostenía el teléfono a escasos centímetros de mi cara, como quien sostiene un objeto extremadamente misterioso, y tecleaba con un dedo en perpendicular. Las teclas se escurrían, puta catarata, tendría que ir a que me operasen o pedirle a Léonie que me instalara un teclado para abueletes, esos con unas letras inmensas y bien visibles. Accedí por fin a mi cuenta, a la cuenta Jeanroscoff que ninguna foto aderezaba, y seguí las instrucciones escritas por mi hija en el pedacito de papel. Encontré el mensaje de Peuzet, el mensaje leído ciento veintisiete mil quinientas siete veces, y me lancé a publicar mi primer tuit. Una respuesta sencillísima, tres palabras: «Gracias, señor Peuzet»; intenté añadir el emoticono que tan a menudo me enviaba Léonie, el del bíceps, pero iba demasiado beodo, no daba con él, así que me conformé con tres o cuatro pulgares levantados.

A la mañana siguiente, me despertaron unos timbrazos furiosos. Paulin Michel entró en mi piso en tromba, frotándose las manos, buscando un sitio para soltar la chaqueta de franela entre dos platos sucios. He de decir que yo seguía sin limpiar los restos del fiasco. Se quejó de que no conseguía localizarme; no podía ser que no hubiera manera de contactar conmigo en semejantes circunstancias, gemía. Yo me masajeé las sienes. Tenía el cráneo en pleno estado de fusión, el aliento cargado. Paulin Michel gimoteaba sin interrupción.

—Peuzet, malo, malo. No es la clase de apoyos que necesitas. Esto se está convirtiendo en un despropósito. Su tuit se está haciendo viral.

—No seas tan duro. Es un poco gañán, el típico productor que se emborracha y cuenta chistes verdes, pero tampoco es un apestado.

Me ardía el cuerpo entero. Gota a gota, en forma de transpiración, estaba rezumando todo el alcohol de la víspera. El editor explotó:

—¿Tú en qué mundo vives? Acaba de afiliarse a la Agrupación Nacional.

Me quedé de pasta de boniato.

—A todo esto, ¿de qué conoces tú a ese tiparraco?

Se mostraba suspicaz. Paulin Michel también formaba parte de la Familia.

—Comí con él en un simposio de chichinabo. Hace ¿quince, veinte años? Por aquel entonces era de Chirac o, vamos, algo así.

Empezaba a comprender el beso de la muerte, la instrumentalización, el horrible *quid pro quo*. Veía ya los juicios apresurados y las síntesis que era inútil tratar de desbaratar. La trampa se perfilaba con claridad. Se ponía en marcha el preciso sistema de relojería del falso silogismo. «Todos los gatos son mortales. Sócrates es mortal. Ergo, Sócrates es un gato», afirma el cretino, solo que hoy los cretinos eran legión o bueno, no tanto cretinos como seres sedientos de venganza. Y un hombre sediento de venganza no se muestra muy escrupuloso con la presunción de inocencia, habría dicho Marc en su jerga de jurisconsulto. La pregunta, para este hombre, se respondía sola: Peuzet pertenece a la Agrupación Nacional, Peuzet defiende a Jean Roscoff, ergo Jean Roscoff es simpatizante de la Agrupación Nacional. Estoy muerto, me dije con estupor. ¿Quién le había dado vela en este entierro a ese desgraciado? ¿Necesitaba yo acaso su apoyo? Yo había participado en la marcha de los *beurs*, me repetía como un mantra. París, 3 de diciembre de 1983. Y luego el concierto de la Concordia. Coluche, Simone Signoret. Presa de la desesperación, Paulin Michel colgó la chaqueta de la falleba de la ventana.

—Vamos a intentar ver lo que esto puede tener de positivo. Y pensar que te animé a abrirte una cuenta en redes sociales para hacer un poco de promoción... Menos mal que no me hiciste caso. Estas historias son de lo más violento, ¿sabes?

—He publicado un mensaje. He publicado un mensajito de nada.

Cerró los ojos y se pellizcó la parte de arriba del puente nasal con el pulgar y el índice. Se percibía un hartazgo inmenso en él. De no haber sido un hombre culto, tal vez me hubiera pegado.

—Menudo gilipollas...

Tenía la sensación de ser un chiquillo ingobernable, polimórficamente perverso. Agnès, Paulin Michel, el psicólogo sosias de Michel Foucault, todos me trataban como a un crío imprevisible al que había que explicar las cosas muy despacito. Estallé:

—Deja de hablarme como si fuera retrasado. Tu obligación es defenderme. Eres mi editor. Me dejas con el culo al aire, te aterroriza la idea de abrir la boca, así que acabo abriéndola yo, y ahora mira cómo estamos.

—Dame las claves de tu cuenta.

Paulin Michel había hablado con voz cándida. Le di el papelito. Tecleó algo en su teléfono, husmeó durante unos segundos que se me hicieron eternos, y soltó un «joder» que no le pegaba nada. Me mostró la pantalla:

—Aquí tienes tu mensajito de nada. Retuiteado mil doscientas treinta y siete veces. Los comentarios te los ahorro. Voy a eliminar inmediatamente tanto el mensaje como tu cuenta, y vamos a reflexionar un rato con tranquilidad. Vamos a tomarnos un café y a calmarnos un poquito.

Me había perdido. Las cosas iban demasiado rápido. Los acontecimientos escapaban a mi entendimiento y se volvían del todo incontrolables. Yo ya no era dueño de nada; es más, nadie controlaba nada en aquel embrollo, nadie podía acallar los ataques, que eran consecuencia de unas fuerzas ciegas y no respondían al cometido de un agente identificable. De nuevo se me venía a la cabeza la imagen del cañón desatado en la corbeta *Claymore* que destroza el entrepuente, que rueda de un costado al otro del buque al capricho del oleaje: el objeto sin alma transformado en asesino implacable.

6. ¡Valor, huyamos!

Unos días en el campo para dejar que las aguas vuelvan a su cauce. Era una idea de Paulin Michel, secundada por un Marc convertido en nuestro consejero jurídico, muy a su pesar. «¡Valor, huyamos!» parecía ser la divisa del pequeño editor. Aun así, me tranquilizó prometiéndome que publicaría un comunicado ese mismo día. Recobré algo de serenidad pisando el acelerador de mi Toyota Prius, arrancándole un ronroneo untuoso al complicado juego de pistones y cigüeñales. Salí del garaje con una maniobra fluida, con un dominio total, antes de echarme al asfalto. Dos niños interrumpieron su partido de fútbol para observarme. Bajé la ventanilla, hacía un día sorprendentemente bueno. Si circulaba a buen ritmo, pronto divisaría Paray-le-Monial, puerta de entrada al Brionnais. Marc me había prestado su casa de Saint-Julien-de-Jonzy de mala gana. Me daba cuenta de que se sentía demasiado implicado en esta aventura. Yo esperaba recibir las llaves de Wissant, pero creo que se produjo un pequeño debate a ese respecto entre Paulin Michel y Marc: estaba claro que no se fiaban ni un pelo y que la presencia de un casino Barrière y de una sobreabundancia de bares pesó más en los platillos de la balanza. Es un barrunto mío, en todo caso; a día de hoy ya no estoy seguro de nada. También cabe que Marc quisiera señalarme una degradación en el plano de nuestra relación de amistad. O bien intervino su mujer. Es posible incluso que Marc quisiera vigilarme por miedo a mis cambios de humor, porque no quería que un periodista me encontrase y me entrevistara medio beodo, en la playa, y llegara hasta él a través de mí; no puedo excluir ninguna hipótesis. Me arriesgué a soltar una *boutade*:

—Todo gran hombre de progreso es prisionero de una vieja amistad incendiaria, Marc. Yo seré tu René Bousquet.

Reaccionó con una sonrisa forzada e incómoda y me percaté de que realmente me consideraba como su amigo intratable y latoso. Al final, me dejó las llaves en la recepción del bufete. Pregunté si Marc andaba por allí, para saludarlo antes de marcharme, pero la secretaria me contestó que estaba «fuera, en una reunión». Una vez en la calle, sin embargo, vi su moto BMW dócilmente aparcada en una plaza para minusválidos.

Con las manos aferradas con fuerza al volante, me prohibí pensar en todo aquello. La huida, el método Paulin Michel, tenía su lado bueno. Circulaba tranquilo, imponía mi voluntad sobre el coche con gestos expertos y secos. Sí, yo era el dueño y el conductor de ese Toyota Prius, y pasaba olímpicamente de la condescendencia de los demás. Puede que Jeanne tuviera razón, puede que yo no fuera más que un capullo blanco heteronormativo, un cuñado romántico y barresiano impregnado de verticalidad y de relaciones de fuerzas, un residuo antiguo de una sociedad desigualitaria y violenta. ¿Y qué? Tomé la A77. Enseguida me adentré en la región de Beauce, campos de cereales que se extendían hasta donde alcanzaba la vista a ambos lados de la franja bituminosa. Mucho había cambiado desde que Péguy la ensalzara.

> Estrella del mar, he aquí el pesado manto
> y la honda marejada y el océano de trigales
> y la movediza espuma y los graneros repletos,
> he aquí vuestra mirada sobre tan inmensa capa.

Sin duda alguna, el autor de *Nuestra juventud* no previó que algún día se elevarían allí unos majestuosos bosques de aerogeneradores. Quizá también habría saboreado la poesía de esos artefactos titánicos, flores de modernidad de depurado diseño. Aunque lo más probable es que Péguy hubiera visto en ellos la obra de Satán. Es razonable pensar que, si Charles Péguy hubiera visto su Beauce desflorada para siempre por la plantación de molinos de viento, habría cargado contra ellos empuñando una vieja espada franca al son de un corno de caza. Aceleré. Una bandada de estorninos se aventuraba entre las aspas detenidas de uno de los monstruos. El cielo estaba gris, y nubes pequeñas y afelpadas lo okupaban. ¿Y Robert Willow? En mi libro, yo había amagado la tesis de que sin duda había leído a Charles Péguy, que no pudo escribir los versos rurales de «Étampes y poemas» sin haber leído al autor cristiano y dreyfusista. A menos que hubiera ido a las fuentes, a la poetisa Marie Noël, la pequeña dama de Auxerre, otro genio anacrónico, extrañamente plantada en su siglo de hierro y acero. No podía descartarse, había evidentes pasarelas entre sus mundos. Pero había un misterio Willow, una especificidad Willow. El autor de «Étampes y poemas» se había apropiado esa tradición medieval que le era, en lo fundamental, ajena. Me solivianté solo de pensarlo. Ahí tenía la última palabra irrebatible: en cierto modo, Willow también había incurrido en apropiación cultural. Eso les diría a las Jeanne y a las Aminata Diao, tan preocupadas por levantar murallas alrededor de sus dolores, por demarcar sus identidades. Robert Willow saqueó la vieja poesía que se despliega en el silencio de los corrales y la viña. O, mejor dicho, la hizo suya, incomprensiblemente, milagrosamente. Volví a Sartre, a sus *Reflexiones sobre la cuestión judía*, a su crítica magistral del antisemita y sus creencias mágicas, ese pensamiento pernicioso que asegura que existe un vínculo misterioso e intransmisible entre el indígena y las cosas que lo rodean. Sartre, por supuesto, tenía razón; los derechos de antigüedad eran una peligrosa estafa, amén de la negación del espíritu francés. Robert Willow, negro americano, *jazzman*, principito de Harlem, captó mejor la belleza de un verso de Villon que los notables vecinos de Étampes con los que se cruzaba durante los últimos años de su vida cada vez que salía a buscar su ración de conservas y tabaco. Y eso que la vieja tradición no regó sus veladas infantiles. Willow, a diferencia de Marie Noël, no se crio a la sombra de los tímpanos del románico. A diferencia de Péguy, no rondó desde pequeñito las pequeñas iglesias de Orleans, ni escuchó a su madre contarle el asedio de París mientras reparaba sillas de mimbre. Robert Willow conoció los *night clubs*, las multitudes vomitadas por las grandes escaleras mecánicas de Macy's, los letreros parpadeantes de la América bárbara, vivió en el corazón palpitante de la civilización de las Máquinas. ¿Era acaso un impostor? ¿Un cazador furtivo? ¿Había que echarle en cara que no hablase desde el lugar donde se hallaba? ¿Que no hablara como negro americano, como negro americano que era? Él habló desde la posición de su corazón, y esa posición lo hacía más francés que cien generaciones de figoneros orleaneses.

Pisé el acelerador y adelanté una caravana de vehículos pesados. Suspiré: en realidad, huir no era tan fácil. Llevaba dos o tres horas en la carretera y todavía estaba reescribiendo mi libro mentalmente. Añadía a *El visionario de Étampes* anexos, notas a pie de página, un prólogo y un epílogo, una advertencia al lector, me justificaba contra esos centenares de voces desconocidas que me acosaban en mi retirada, llenando el habitáculo de mi coche con sus voces furibundas. Decidí escuchar mis mensajes antes de apagar el teléfono, como me había aconsejado mi editor. Tenía el buzón de voz a tope y el primer mensaje, el más reciente, me lo había dejado el agente inmobiliario: «Señor Roffloc, buenos días, soy Luc Compagnon, no me olvido de usted, fíjese que he investigado un poco por mi cuenta, no ha sido fácil pero a mí cuando se me mete algo entre ceja y ceja no hay manera de sacármelo, en fin, que he investigado un poco y tenía usted razón, un tal señor Wilbow vivió en la casa, un poeta africano según me ha confirmado mi fuente, y digo mi fuente porque no se crea que le voy a revelar mi fuente así como así, je, je, para eso tendrá que invitarme a unos copazos, que no, que es broma, bueno, eso, que muy fuerte todo, tenemos que organizar una segunda visita, y le comento, caso de que le interese, que el dueño está dispuesto a dejar las placas eléctricas, hala, que tenga usted un buen día».

Apagué el cacharro, desmoralizado. Hurgué a ciegas en la guantera y saqué un cedé, una vieja recopilación que me había hecho Agnès con los temas que componían la banda sonora de nuestro noviazgo. Lo metí en el lector, reconocí sin dificultad los sintetizadores de Modern Talking y me sentí transportado a los tiempos de todas las esperanzas, en 1985.

✻

Conocí a Agnès en una discoteca de moda de la rue Princesse, durante una fiesta de Canal+. Como de costumbre, yo iba siguiendo a Marc, tan hábil a la hora de abrirnos puertas de mundos desconocidos. Marc conocía las fórmulas. No porque alguien se las hubiera enseñado: su padre era empleado de banco en Herblay y su madre vendía bisutería en mercadillos, por lo que había abordado la existencia con un capital cultural más que modesto en las alforjas, sin ningún reflejo cosmopolita ni nada de ese *savoir faire* que se transmite en ciertos mundillos con un celo secreto. Él lo había aprendido todo sobre la marcha, con una rapidez extraordinaria. Yo seguía, pues, su navegación avispada, como un pez piloto; si seguía su estela siempre pillaría algo.

Por aquel entonces, SOS Racismo era una antecámara del Elíseo. Pero también, para quien sabía maniobrar entre las corrientes invisibles y profundas de la izquierda moral, SOS Racismo podía conducir a Canal+. La joven cadena de televisión nació en 1984, el año de creación de la asociación antirracista. También el año en que Laurent Fabius y su morgue aristocrática apagaban los últimos fuegos del periodo romántico, jauressiano, de la vieja izquierda e inflacionista encarnado por el imponente Pierre Mauroy; y era todo un espectáculo ver a un treintañero de dedos delicados y trajes cruzados desalojar el coloso de la región Norte, al antiguo profesor de enseñanzas técnicas, al militante voluntarioso pero mediocre que más de una vez había estirado las manazas por encima de una fogatilla de barril, en una madrugada gélida, en medio de los huelguistas. Era el inicio del imperio de la razón (el círculo de la razón, como escribiera un ensayista) y el final del «tiempo de cerezas» y de las grandes reformas. Era también el comienzo de otro imperio, mediático en este caso, el de la cadena codificada (deseo de François Mitterrand) y su ironía modernita, sus programas exhaustivos, que permitían degustar el ambiente adulterado del Palace a los millones de franceses que jamás pondrían un pie allí.

Canal+. Una tele intelo-porno-chic que abría de par en par las puertas al talento, donde los programas los escribían Wolinski y Jean-Michel Ribes, donde el parisianismo iba de la mano del deporte de masas y la pornografía. Esa tele cobraba vida gracias a una casta potente que se presentaba bajo la simpática y juvenil apariencia de una pandilla de amigotes. En los estudios de la avenue D. oficiaban los sacerdotes de esa cosa fabulosa, de esa cumbre de lo chic: el espíritu Canal+. Eran los hombres y las mujeres más radiantes de su tiempo, los que combinaban poderío económico, hegemonía simbólica y, sobre todo, ánimo para el escarnio, el arma fatal de quien pone a los risueños de su parte. Productores bromistas, presentadores plagiarios, todos ellos aves nocturnas de altos vuelos que regularmente decidían posarse en el Castel. Y en los reservados se armaban no pocos magreos mientras se esnifaban interminables rayas de coca. En la pista, unas criaturas longilíneas ataviadas con vestidos de colores flúor y chaquetas con hombreras se contoneaban con esmero. Agnès era una de ellas.

Mientras Marc repartía besos vaporosos por doquier, yo bebía en silencio, meditabundo. Aquel año, el verano había llegado sin previo aviso. Una bruma de calor había descendido sobre la ciudad, y de golpe el viandante se veía rodeado de carnes. Yo estaba en celo casi de continuo, con la libido de un marinero en puerto. Los rayos de las luces estroboscópicas barrían la sala y revelaban intermitentemente un culo, la punta de un pecho, una boca carmín. Revelaron a Agnès. Era temprano, la fiesta resultaba todavía un poco forzada. Ella estaba sola y aparentaba estar pasándoselo muy bien, sin percatarse en apariencia de los incendios que prendía por todas partes. Acusé el golpe de sus ojos verdigrises, que habían recorrido toda la sala. «Como un rayo láser», cantaba France Gall en esos años. El resto podría haberme tumbado de espaldas: silueta estilizada, pómulos rusos y mandíbula un pelín rotunda, tipo Jeanne Moreau. Pero, para ser del todo sincero, fue el verano lo que me derrotó, los rayos morados que hacían titilar las hombreras con lentejuelas de las chicas, y el calor que confería a los pechos de Agnès un relieve inédito. Me enamoré de una idea del verano. Es menester haber conocido el mes de junio de 1985 en ese lugar preciso de la orilla izquierda: uno tenía la impresión de que la civilización había alcanzado la madurez, su punto de plenitud máxima, ese punto peligroso en que el placer es tan total que puede avinagrarse en un abrir y cerrar de ojos. Todo el mundo, creo, era bastante consciente. El sida estaba ya ahí, como una sombra en el cuadro, pero todavía no en boca de todos, todavía podías optar por no verlo. Los más tímidos se envalentonaban y ligaban con las chicas del guardarropa. Algo había que hacer, y rápido, o me arrepentiría para siempre.

Al cabo de un rato, la casa de Marc apareció detrás de la alta reja blanca. Mi Toyota Prius, a escasa velocidad, pasó revista a los plataneros del paseo cubierto de gravilla. La región del Brionnais, en Saône-et-Loire, era tierra ganadera, una campiña amablemente ondulada, sin ingleses ni viñedos de lujo, y sin un interés turístico particular. La única excepción era un rosario de iglesias románicas que atraía pequeños comandos de holandeses o suizos, gente muy avanzada capaz de extasiarse ante un pórtico esculpido tras encarar diez kilómetros de caminata nórdica entre el barro bajo capas de goretex. Había también mansiones de grandes industriales lioneses, y unos pocos parisinos que habían recalado en la zona dejándose seducir por la presencia de una estación del tren de alta velocidad en Montceau-les-Mines, unos precios aún asequibles y una pizca de encanto toscano cuando la hierba amarilleaba, en el corazón del verano. Marc le había echado el ojo quince años atrás a una vieja construcción del XIX con un jardín en suave pendiente y unas vistas de ciento ochenta grados sobre el valle.

Empujé la reja y me dispuse a seguir escrupulosamente las instrucciones que me había dado mi amigo para desactivar el complejísimo sistema de alarma. Marc conservaba en la biblioteca algunos manuscritos raros, como las pruebas de imprenta del famoso tratado *De la guerra* con anotaciones del propio Clausewitz, así como un juego de ajedrez de malaquita que perteneció a Marat. Pasados unos minutos, dejé mi maleta en el recibidor.

«Cura digital», me había dicho Paulin Michel. «Ni teléfono, ni emails, nada.» Yo no necesitaba jugar a ser Robinson Crusoe para «conocerme mejor», como en las novelas basset-dutonnerrianas. A este respecto, sabía a qué atenerme desde hacía mucho tiempo: era un sexagenario cultivado y depresivo, un joven jubileta, un alcohólico con merma de las funciones eréctiles y unos niveles de colesterol preocupantes pero tristemente clásicos para un hombre de mi edad aficionado al embutido.

Nunca había acariciado la fantasía del *gentleman farmer*. Experimentaba una emoción estética ante una escena campestre de Millet, la reja de un arado antiguo, un reportaje de Raymond Depardon sobre el campesinado francés, pero en el fondo solo me agradaba una representación, y las representaciones —me daba cuenta conforme me hacía viejo— gobiernan el mundo. Yo era más o menos tan de campo como María Antonieta cuando jugaba a ser pastora. Mi generación era la de la abundancia, la de cierta despreocupación consumista, la de las neveras a rebosar y los vuelos de fin de semana, mi generación era la que había terminado de transformar el planeta en vertedero exangüe y maloliente, una culpa más que Jeanne habría querido endilgarme, sin duda, si hubiéramos seguido tratándonos, y, como de costumbre, no le habría faltado razón.

«Conozco su generación», me había gritado la novia de mi hija, con una voz cargada de amenazas. Pero ¿la conocía en realidad? ¿Quería Jeanne saber en realidad quiénes éramos (yo, Marc, Agnès, Nicole y los demás)? ¿Le interesaba lo más mínimo?

Solo puedo hablar por mí, pero creo que hablando de mí hablo de muchos otros. Y puedo afirmar que mi generación entrevió la rebelión radical de los años setenta, es decir, de los años que fueron testigo de la eclosión de las suntuosas flores podridas del punk y el situacionismo, el estilo pastor afgano y el cuero con parches cosidos, los años de antes de tener pasta, experimentales, con la izquierda proletaria y unas gentes que flotaban muy lejos, en otros mundos narcóticos, al son de los Ramones y su grito ensordecedor («*Hey ho let's go!*») que daba ganas de darse de cabezazos contra las paredes y esnifar pegamento. Éramos demasiado jóvenes para participar activamente en todo aquello, pero lo entrevimos al salir del limbo de la adolescencia y esperábamos sumarnos pronto. Sin embargo, cuando tuvimos edad de hacerlo, ya era demasiado tarde. El mundo había cambiado. La crisis se había recrudecido y el espíritu del lucro había tomado la delantera. El curso de la acción revolucionaria se había cruzado con el de los barriles de petróleo, el revolucionario-gánster Pierre Goldman había caído bajo las balas fascistas, el gánster-revolucionario Jacques Mesrine bajo las balas de la brigada contra el crimen organizado y el bajista de los Sex Pistols también había muerto, y con ellos cierta idea del icono *destroy*. Los pantalones pata de elefante color mostaza y los grupúsculos y el espíritu de Mayo del 68 fueron detrás, barridos también, los imperdibles quedaron de nuevo relegados al fondo del armario y el mundo entró en la era del vil metal sin una verdadera contracultura, al menos sin una contracultura que no estuviera promovida, o neutralizada, por el propio mercado, *punk was really dead* y lo estuvo del todo cuando el crítico Alain Pacadis apareció pajarito en su mansarda una madrugada de 1986.

Y eso fue lo que nos tocó, oh Jueces Tan Severos, dije saludando a los árboles altos, desnudos y solemnes.

Exploré la casa. No resultaba nada desagradable verme allí a solas. El interior estaba decorado con arreglo a los principios de una estudiada rusticidad: vigas visibles y baldosas de barro a la antigua, salvo en el salón, donde habían restaurado un entarimado de la época, de roble macizo. Había sido un poco duro con Marc. Tal vez no fuera el amigo más expresivo cuando se desataba una tempestad, pero si la amistad debiera medirse a la luz de actos concretos, había que reconocer que había hecho bien las cosas. Me instalé en una habitación para invitados que olía a miel y a barniz para maderas. La mujer de Marc había mandado colocar unas cajitas con lavanda en el cuarto de baño, lo que era un detalle verdaderamente loable. No iba dirigido a mí pero yo, que necesitaba algo de solaz, lo recibía como un regalo personal. Había una botella de Chablis encima de la mesa de la cocina. Recordé que Marc me había dicho con cierta tensión en la voz que había unos cuantos *grand cru* de Borgoña en la bodega, junto con otras botellas que eran de su hijo. Si algún día me apetecía abrir *una* botella desde luego no había inconveniente pero debía llamarlo primero, para no mermar las reservas de su prole y salvar ciertas joyas que reservaba para ocasiones especiales. Decidí respetar la voluntad de mi amigo, por deferencia a él (no habría tenido ningún reparo en pimplarme una botella del hijo, un joven pajillero que llevaba un jersey anudado sobre los hombros y se daba aires de patrón industrial solo porque su padre lo había colocado en la dirección jurídica de Lafarge, a costa de mucho suplicarle a un antiguo cliente que formaba parte del consejo de dirección de la cementera francesa). Me conformé con sacar una botella de vino de mesa que alguien había olvidado en la cocina. Luego, abrí el congelador y bendije a Marc: el mastodonte Braun estaba lleno hasta los topes, había hasta trucha de Alaska y cigalas. La vida era eso, un entorno concebido exclusivamente para el hombre, como una saya cortada a la perfección. Ese confort que no es la guinda del pastel sino el principio que rige la concepción de cada objeto manufacturado, de cada mueble, y que consiste en reducir a su parte irreductible el número de movimientos que debía ejecutar para satisfacer sus necesidades. La naturaleza no debía entrometerse en las aspiraciones del hombre moderno. La carne firme de un trozo de trucha de Alaska era lo único que yo deseaba conocer del mundo salvaje. No había nada que hacer: era un incorregible, un irrecuperable hijo de la década de los ochenta. A petición de Marc, ventilé la primera planta. Afuera, un pájaro echó a volar entre un estruendo de alas y ramas chafadas. Cené unas cigalas salteadas con ajo que bajé con el tinto. Tenía la sensación de ser un palafrenero que aprovecha las vacaciones de sus señores para revolcarse en su lecho. Aquí nadie podría joderme, y tranquilizaba saber que en París disponía de un congelador yo también, y de vino de mesa yo también, y que cobraba una pensión de jubilación, nada exagerado pero tampoco una ridiculez. Podía perfectamente optar por dejar el mundo al otro lado de la puerta de mi casa, y el mundo de los Hombres solo podría herirme en la medida en que la dejara entornada. En otras palabras, convenía *relativizar*. Me quedé dormido.

Soñé con Robert Willow en la carretera fatal. Lo sigo en mi Toyota Prius, toco el claxon y le echo las luces. Quisiera advertirle del peligro, para que aminore o se detenga en el arcén. Va a morir, sé con exactitud dónde, como sé que solo me quedan unos pocos segundos. El claxon no funciona. Mis manos se escurren en el volante, Willow me lleva unos cien metros de ventaja y sin embargo veo sin ninguna dificultad su mirada en el retrovisor interior, y me mira con un aire de desafío, como si supiera que va a morir y me señalase que nadie podrá impedírselo. Yo grito y él acelera.

Me sobresalté.

Había una mujer frente a mí.

Estaba paralizada.

Me enderecé y le di una patada a una botella de vino que derramó su líquido oscuro sobre el entarimado punta de Hungría. Era una señora de mi edad, negra, con un semblante hermoso y rotundo, tipo Toni Morrison.

—Como se mueva, llamo a la policía.

Traté de articular algún sonido pero no salió nada. Tenía una esponja seca en el lugar del paladar. Me había quedado dormido en el sofá. A mis pies, el sol trazaba un rectángulo dorado. No debía de dar mucho miedo: las facciones de la mujer se relajaron en un rictus desdeñoso.

—Lárguese de aquí.

—Soy amigo de Marc —acerté a mascullar por fin.

Soltó una sonora carcajada. A ella no se la daban con queso. Me puse a explicarle la situación y empezó a dudar.

—Voy a llamar al señor Marc —dijo.

Hice una mueca.

—Por favor, no diga nada de la botella en el parqué.

Me guiñó un ojo. Ya me caía bien, y creo que yo también a ella. Me dijo que se llamaba Marie y que pasaba todas las semanas para quitar el polvo y encargarse un poco de la piscina y del jardín. A través del teléfono oí la voz de Marc, que pidió perdón por no haberla avisado. Se le había olvidado que iba por allí los viernes. Me dije que tal vez no me hubiera advertido adrede, para ser informado si yo me tomaba demasiadas confianzas, si transformaba su casa en fumadero o saqueaba la bodega. Cuando Marie colgó, me riñó un poco.

—Podría haberlo dejado inconsciente de un golpe, ¿sabe?

Me propuse arreglar el desaguisado, pero ella emitió un «t-t-t-t» categórico.

—Deje, ya me encargo yo.

✻

Subí a la habitación de invitados y me senté frente al pequeño secreter instalado en un rincón de la estancia. Ahuyenté una imagen de Agnès (desnuda, inclinada sobre su escritorio en las oficinas de Bain & Company) y me puse manos a la obra. Redacté una advertencia al lector. Quién sabe, si los ochocientos ejemplares ya impresos se vendían, habría una reimpresión y entonces Paulin Michel tal vez accediera a insertar unas palabras de advertencia, unos cuantos párrafos para explicar el desatino, despejar ambigüedades y contextualizar. Intenté tomar distancia. Había cometido errores. Había pecado de ceguera parcial, y sin duda mi formación académica había tenido algo que ver. Durante años había dado clases de historia de la guerra fría y había interpretado las decisiones de Willow a la luz de su compromiso político, que era, en la América de los cincuenta, cuando menos atípico. Willow era comunista. Por aquel entonces, una opción incomprensible y criminal para la práctica totalidad de sus conciudadanos. COMUNISTA. Esa palabra inmensa eclipsó todo lo demás. Y muy especialmente el comentario de Siemmens, el mariachi de la foto al que yo había conocido dos meses antes. Dijo de Willow: «Como era diferente, todo el mundo se fijaba en él». Siemmens dijo eso antes de volver a sumirse en el coma.

Yo tomé una decisión (por atavismo, por comodidad), y esa decisión podía y debía discutirse. Pero ¿acaso no era la misma decisión que tomó el propio Willow? Había que volver de nuevo al interesado, mover las piezas del puzle, probar con nuevas combinaciones. Yo tenía un sólido conocimiento de la historia americana. La situación de los negros americanos no era mi especialidad pero, obligado por las circunstancias, me había interesado muy seriamente por ella, ya que el Partido Comunista estadounidense se comprometió con ahínco en el combate por los derechos civiles. Por otra parte, la segregación era una baza de la guerra fría. Las dos cuestiones estaban relacionadas. La URSS no tuvo reparos en señalar las contradicciones del «líder del mundo libre», que daba lecciones de derechos humanos de cara a la galería a la vez que maltrataba a sus ciudadanos de color. Yo tenía mimbres para analizar, para comprender. Y, dado que los datos sobre Willow escaseaban, solo podían armarse conjeturas. Algunas más plausibles que otras.

Robert Willow se crio entre la burguesía negra de Washington D. C., en el Shaw Neighborhood, el barrio negro de más relumbrón de América. Cuando lo recorrí, en algún momento de primeros de los dos mil, con motivo de un viaje con Agnès, el Shaw parecía estar en franco declive: las casas victorianas se veían vacías, las ventanas estaban rotas y tapadas con cartones, y los heroinómanos se pinchaban en las escalinatas de los edificios. Hacía falta mucha imaginación para imaginar cómo fue el Shaw de los Willow, el de las casas opulentas y los comercios impecables, la gran arteria de U Street surcada por los Cadillacs, los cines y los bancos. Era el milagro negro de Washington D. C., el centro neurálgico de la administración federal, la primera ciudad que abolió la segregación. ¿Un milagro? Para aquellos que deseaban vivir en un mundo en Technicolor, desde luego. Una cortina de humo, fustigaban algunos observadores lúcidos. Edward Franklin Frazier era uno de ellos. El inmenso sociólogo, primer presidente negro de la Asociación Estadounidense de Sociología, era profesor en la Howard University, la gran universidad negra de Washington D. C. La misma donde Bob Willow pasaría tres años antes de agarrar el portante en dirección a Harlem y su chifladura *jazzy*. En su superventas publicado en 1955, *Black Bourgeoisie*, Frazier retrataba sin concesiones a la burguesía negra de su país. Describía una casta que vivía en un mundo de máscaras y apariencias, un mundo de mentirijillas. *A world of make-believe.* «La burguesía de color ha creado un mundo de mentirijillas donde poder refugiarse de las duras realidades materiales y sociales de la vida estadounidense», escribe Frazier. «Este mundo nace del mito de los casos negros, de los relatos armados por la prensa de color acerca de los éxitos y la riqueza de los negros.» Desgajada de sus raíces extraamericanas merced a tres siglos de sometimiento, la burguesía negra está atravesada por una ambivalencia: confinada en los márgenes, condenada al ostracismo por un mundo blanco implacablemente racista (de manera abierta y desenfrenada en el sur, más civilizada en el norte), no es capaz de pensarse fuera del mundo americano. El odio de los blancos la ha contaminado; se ha transformado en un odio hacia sí misma, más o menos reprimido. En su búsqueda desesperada de reconocimiento en un mundo blanco que la rechaza, se aferra a un sueño americano que se ha nutrido de la sangre de sus antepasados. Se cuenta una historia, la de la irresistible mejora de la suerte de los negros gracias a las conquistas individuales, un cuento apuntalado por unos cuantos relatos exagerados en las páginas de sus revistas. Un triunfo de papel satinado, celebrado por las portadas grandilocuentes de *Ebony* y *Tan Confessions*. La burguesía negra comparte los valores de la clase media blanca americana, comulga con el mismo materialismo fetichista, con el mismo conservadurismo. Trata de olvidar sus humillaciones cotidianas con una vida cosmopolita fútil y dispendiosa, viviendo cien veces por encima de sus posibilidades. Cree con una fe ardiente en el poder emancipador del diploma. Se agolpa en los congresos de la National Negro Business League para escuchar los sermones de Booker T. Washington y compañía. Financiados por los filántropos blancos del norte, amordazados por su patrocinio, los líderes de la burguesía negra profesan un optimismo de buena ley. Saldremos de esta, muchachos. De nada sirve volcar la mesa, no cedamos al canto de sirenas de los movimientos radicales, de los separatistas del movimiento Garvey, de los comunistas. Seamos honrados emprendedores, seamos buenos americanos, nada podrá detenernos. Pero detrás de los redobles mecánicos la herida del ego es profunda, una llaga abierta que la burguesía negra intenta cicatrizar ejerciendo su desprecio sobre los otros, los que son más negros que ella, sus hermanos menesterosos cuyos *spirituals* desdeña. Hay que decir que la burguesía negra tampoco es tan negra, se compone ampliamente de antepasados mulatos. «En sus círculos, proclaman por activa y por pasiva que los "negros" los asquean», escribe Frazier. «El uso mismo de un término que en teoría los ofende da buena muestra de que aspiran a desligarse de las masas negras.» He aquí la conclusión a la que llega Frazier. No opaca las cruzadas jurídicas de la National Association for the Advancement of Colored People, ni el valor de un líder como W. E. B. Du Bois. Conoce centenares de excepciones. En cierta medida, prefigura la oposición entre Martin Luther King y Malcolm X, entre la no violencia del pastor de fuerza tranquila y la virulencia del orador de Nation of Islam. Asimilacionismo contra separatismo.

De todo esto surge Robert Willow. En la foto de su graduación, su madre llora como una magdalena y su padre posa con una mano temblorosa en su hombro. Se han sacrificado para pagarle la matrícula. Su único hijo va a conquistar el mundo y pronto será él quien salga en la portada de *Tan Confessions*, posando delante de un flamante Cadillac y ataviado con un traje de buen corte.

George Willow, el padre, es dueño de un modesto negocio de pompas fúnebres en Carolina del Norte, en Durham. Ha prosperado gracias al éxodo que tuvo lugar a principios de siglo, durante el que los negros abandonaron en masa el sur huyendo de las leyes Jim Crow y de los ataques del Ku Klux Klan. Se establecieron en las ciudades del norte y favorecieron el relativo esplendor del *business* negro, sobre todo en sectores donde otros se negaban a servir a los ciudadanos de color. Florecen las tiendas pequeñas, los colmados y los salones de belleza para señoras, los sastres y los guardamuebles, y George Willow, como tantos otros, comprende que ahí hay una oportunidad de ganar unos cuantos dólares. Así que entierra a negros. Es miembro del Partido Demócrata. Devolvió el carné republicano a mediados de los años treinta; forma parte de esa primera generación de negros americanos que abandonó el Grand Old Party durante el llamado *New Deal*, obviando el acervo esclavista de los demócratas. Una cosa es segura: George Willow vende su negocio, lo arriesga todo para trasladarse a Washington D. C., donde se dice que en la Howard University se forma a la élite negra del día de mañana. Piensa que Robert entablará allí buenas amistades y pronto será un chupatintas que tendrá su propio despacho en una administración federal y no se manchará las manos en una fábrica. A no ser que se meta a médico con semblante grave y una placa propia en un edificio señorial de U Street. Con sus excepcionales notas, el joven Robert podría haber aspirado a una universidad de la Ivy League, en las que recibían ya a algunos negros, pero la señora Willow se opone categóricamente: se estremece solo de pensar en su hijo a merced de las pullas de los blancos, de la crueldad blanca. Más vale brillar en la Howard University, donde se contaba que daban clase los mejores profesores, profesores que hablaban de igual a igual con los blancos, profesores con una lista de titulaciones así de larga. Edward Franklin Frazier, por ejemplo. Pero Robert Willow es Robert Willow. No es aún el autor de «Étampes y poemas», pero ya es un emancipado con un destello salvaje en la mirada. Un chaval que quiere escapar de su entorno, de las cenas silenciosas y asfixiantes, de los monólogos de su padre, que ceba la pipa mientras comenta el último partido de los Dodgers. De su madre, que encera los bancos de la iglesia congregacionalista, de esos sueños que no son los suyos. Puede que sintiera repulsión hacia ese entorno que persigue el reconocimiento blanco. Puede que

experimentara el matiz del miedo en la ira de su padre, cuando
este le dio una paliza que lo dejó medio inconsciente, una mañana, después de que Willow hubiera pasado la noche por ahí. Y
ese miedo se ocultaba más abajo, más hondo que los discursos
líricos sobre el dinero negro, los discursos de relumbrón sobre
el radiante porvenir. Ese miedo era el mismo del que más tarde
hablará James Baldwin, su compañero exiliado, su compañero
de elegancia inquieta que no terminará sus días en Étampes sino
en Saint-Paul-de-Vence. Baldwin habla del miedo que atravesa-
ba la voz de su padre cuando se dio cuenta de que el pequeño
James «creía de veras que podía hacer las mismas cosas que un
niño blanco». Y Baldwin describe ese miedo atroz y envilecedor,
inoculado como un veneno en el inconsciente negro americano
a través de trescientos años de delitos de sangre. Ese miedo era
un líquido viscoso que paralizaba lentamente, y es posible que
Willow quisiera quitárselo de encima antes de que fuera demasiado tarde, antes de que lo infectase a él también.

Willow quiso huir. Quiso ir a ver otros mundos; y otros mundos, claro, era Harlem, enfebrecido e insomne. Le dicen que
allá se busca no tanto el reconocimiento blanco como el orgullo
negro. De todos modos él tampoco es que ande buscando el orgullo negro, él quiere ser un hombre libre entre hombres libres,
quiere escapar por completo de la maldición, sin luchar siquiera.
Se arrima al Partido Comunista. Su padre se entera y maldice
al miserable de su hijo, que pisotea veinte años de pacientes
sacrificios, el hijo que escupe sobre América y sobre los sueños
resilientes, los sueños de emancipación razonable de Booker T.
Washington. Y Robert Willow le devuelve la maldición a su padre. Entonces Robert Willow comprende que ya nada lo retiene
en esa tierra bárbara, solo los sollozos de una madre, pero sin
duda eso no es suficiente para un hombre asalvajado de libertad.
No hay porvenir en América para quien está marcado por dos
sellos infamantes, negro y comunista, como tampoco hay ya
porvenir en América para su compañero James Baldwin, negro

y homosexual. Le han dicho que en Francia los comunistas no solo no se esconden, sino que sacan pecho en los cafés. Que existe un barrio en París donde suenan las mismas melodías que en Harlem. Se embarca una mañana en un trasatlántico con un billete de tercera clase. Yo describí esta escena en mi libro y creo, *a posteriori*, que me equivoqué en un detalle: cabe pensar, es razonable pensar que aquella mañana Robert Willow llorase.

*

Escribí estas tres páginas con el corazón, con lo que quedaba de vida en mi corazón reseco de hombre al borde de la vejez. Intenté no justificarme demasiado, sino proponer *mi* retrato de Robert Willow en cuanto que negro americano. Ya tenía título para este nuevo capítulo que abriría la obra tras la reimpresión: «Retrato de Robert Willow *como* negro americano». Pero la ironía no haría más que agravar mi caso para las Nuevas Potencias, no haría sino desacreditarme aún más, y era una lástima, porque en mi opinión la ironía mordaz de semejante título era una buena manera de zanjar una discusión.

Eché un vistazo por la ventana: Marie se afanaba con un rosal, doblada en dos, tijeras de podar en mano. Medité sobre lo absurdo de la situación: el viejo progre blanco que ennegrece páginas sobre la condición negra mientras una mujer negra le cuida el jardín. Siempre podía consolarme considerando que la contradicción era de Marc y no mía. Podía también decirme que aquello no era en ningún caso una contradicción; a fin de cuentas, Marie tal vez estuviera satisfecha de ese trabajo solitario entre plantas amigas. Podía, sobre todo, interrogarla sobre el particular, en lugar de especular en su nombre, y preguntarle qué opinaba de todo el asunto, de Robert Willow. Es obvio que ser negra en el Brionnais debía de ser una experiencia peculiar. Podría haberle preguntado si creía posible que Robert Willow fuera más comunista que negro, si había alguna forma de despejar esa incógnita. Pero en ese caso yo habría sido peor que un viejo progre blanco y patético que filosofa desde su gabinete de trabajo: habría sido el amigo del patrón que atormenta a la mujer negra mientras esta cumple con su trabajo. Era para volverse majara.

Esperé a que Marie terminase con sus tareas y le propuse tomar un café. Aceptó pero insistió en prepararlo ella. Yo protesté, hubo un breve pulso con las quejas educadas de rigor y lo perdí igual que había perdido la batalla de la mancha en el entarimado. Bueno, tampoco es que opusiera yo mucha resistencia: lo cierto es que me gustaba recibir mimos, como una gata vieja, quejica y perezosa. Nos acomodamos fuera. Dispuse dos sillas de ratán en el centro exacto de la inmensa terraza, como hacen los jefes de Estado que parlamentan. «Eres un puñetero enfermo mental», me decía a veces Agnès partiéndose de risa cuando me veía afanarme en gestos de la vida cotidiana. «Nadie hace esas cosas.» De hecho, era un poco raro, solo faltaba un ramillete de flores encima de la mesilla de teca y los auriculares para la interpretación simultánea. Un rayo de sol expiraba cuando Marie dejó la bandejita sobre la mesa. Yo ya no sabía por qué había impuesto aquel intercambio. Tocaba decir algo.

—Marc ha sido muy amable al prestarme su casa. Es magnífica.

—Es verdad, es verdad.

Intentaba exagerar con torpeza la humildad deslumbrada del pinche de cocina. Quería transmitirle que yo no era Marc. Yo estaba más cerca de ella de lo que ella creía. Quería darle las gracias de todo corazón por no haberme delatado. En cierto modo, Marc era el patrón de ambos: yo estaba en deuda con él. Mi conversación con Marie era una conversación entre dos empleados. Quería romper la pared de cristal que nos separaba, y sin duda yo habría actuado con más naturalidad en circunstancias normales, pero mis mortificaciones de ese momento, mi libro, Jeanne y las Nuevas Potencias habían calado hondo, y yo solo veía ya el color de su piel, es negra, es negra, Marie es negra, es la mujer negra que cuida el jardín de mi amigo Marc.

—Ya había venido por aquí, hace mucho tiempo, pero suelo ir más a su casa de Wissant; a esta, casi nunca. Una sola vez, de hecho.

—Sí, me acuerdo. Esta mañana estaba usted más suave que un guante y no lo he reconocido, pero hace un rato, mientras podaba los rosales, me he acordado de pronto. Vino usted a cenar con su mujer, una noche en que la señora me pidió que le echara una mano. Venían con su niña, que tiene que ser ya una mujer.

—Ah, sí, me acuerdo, es verdad, ese día estaba usted. Me acuerdo perfectamente.

Mentira.

❀

Nos mirábamos con una sonrisa, un poco apurados, en aquella casa que no era nuestra. Éramos dos ladrones jugando a las casitas. Intercambiamos unas cuantas trivialidades. De nuevo amenazaba con instalarse el silencio. Ojo, pensé. Otra vez vas a dar palique hablando de ti, de tus problemas, de tu divorcio, de tus teorías de mierda. Así que le pedí, un poco a quemarropa, que me contara su vida. Puso cara de sorpresa; seguramente, no solían preguntarle nada de eso. Soltó una risa breve y se lanzó.

❀

Marie se crio en Costa de Marfil, en Abiyán, donde sus padres, burkineses (voltenses, se decía por entonces), se habían instalado dos años antes de que ella naciera, a principios de los sesenta, en busca de oportunidades en un país que representaba una especie de El Dorado. Por iniciativa del presidente, Houphouët-Boigny, el país había decidido abrir sus fronteras a todos los hombres de buena voluntad, a todos aquellos que desearan poner su granito de arena en el milagro marfileño, con su crecimiento dopado por las exportaciones de cacao y café. Hacia 1969, las cosas se complicaron un pelín; es más, se volvieron del todo *técnicas*: el crecimiento disminuía, el paro aumentaba y se producían los primeros roces entre marfileños e inmigrantes voltenses y malienses, acusados de robarles el pan a la población local. Hubo manifestaciones violentas, coches apedreados y extranjeros expulsados en vuelos chárter. La administración marfileña tenía en el punto de mira sobre todo a los mendigos y los discapacitados. El padre de Marie estaba a salvo, protegido por el salón de belleza que había logrado montar, pero las cosas se estancaron. Marie creció en aquel país que ella consideraba el suyo y al poco se metió a ayudar a su padre en la peluquería, muy apreciada por la diáspora burkinesa, con sus modelos de cortes pintados en el escaparate y sus sillones de escay. Se casó, tuvo tres hijos. En 1999, el milagro marfileño se tornó en pesadilla: mientras el país se sumía en el caos por una serie de golpes de Estado fracasados, los extranjeros eran señalados con el dedo y los burkineses, agredidos. Un mampuesto de diez kilos atravesó el escaparate del salón de belleza de Marie: fue el pistoletazo que marcó la salida. Había que irse. El marido de Marie tenía familiares en Francia, así que embarcó a toda su familia y, al cabo de unos meses, Marie estaba cortando melenas en una calle húmeda del extrarradio dijonés. Dos años después, su marido moría aplastado por una puerta metálica en la obra de desamiantado en la que trabajaba. Sus hijos ya eran mayores y Marie se dio cuenta de que estaba harta del pelo ajeno, hasta la coronilla de recoger mechones de las baldosas. Tenía cincuenta años, había recogido varias toneladas de pelo en dos países distintos, escuchado kilómetros de jeremiadas y mantenido centenares de horas de cháchara superflua con las clientas: el cuerpo le pedía silencio y un poco de paz. Soñaba con cuidar rosas y trasplantar orquídeas, así que bajó una vez más la persiana metálica, envió un email de dimisión a su jefa y se largó al Brionnais.

El cielo estaba sucio y hacía mucho frío. Tuvimos que despedirnos. Marie me tendió una mano cordial y se metió en su diminuto Twingo. La vi alejarse hasta que desapareció detrás de la pequeña iglesia de Saint-Julien-de-Jonzy. Yo estaba amodorrado, aturdido aún por aquel testimonio relatado con calma, sin atisbo alguno de protesta, con una tranquila aceptación del destino que la había aniquilado no una sino dos veces.

¿Y si no volvía a París? Podría proponerle a Marc ser su guardés. Evidentemente no era plan de okuparle *ad vitam* la casa, sino de establecerme en unas modestas dependencias. Había en venta, creo, una minúscula choza adyacente a la propiedad. Tampoco era plan de quitarle el pan de la boca a Marie, así que imaginé que me casaba con ella. Sería, creo, una solución honrada. Seríamos una pareja de guardeses tranquilos, gente de una edad respetable. A la larga, los vecinos del Brionnais se acostumbrarían a nuestra colorida yunta. Al contrario de lo que insinuaban Aminata Diao y las Nuevas Potencias, las gentes del Brionnais no eran crueles *farmers* de Virginia, ni tampoco un hato de taxistas de la Costa Azul, eran más bien gente guasona y circunspecta, vagamente xenófoba pero dispuesta a hacer excepciones siempre y cuando pasaras las pruebas, te ganases su confianza echando un cable o simplemente yendo a tomar un vinillo de vez en cuando al bar de apuestas deportivas (esta segunda solución era más de mi gusto).

Sí, me casaría con Marie. *Me casaría con ella.* Tenía la sensación de que le hacía cierta gracia y adivinaba que era la clase de mujer a la que la soledad no procura alegría, la clase de mujer que fundamentalmente disfruta resolviendo los problemas de los demás. Era una curandera, yo la había visto ponerle una funda de hibernación a un hibisco y diríase una madre vistiendo a su criatura. Marie podría no ya enamorarse de mí pero sí verle el encanto a nuestra camaradería. Pasaríamos largas veladas jugando al Scrabble junto a la chimenea. De vez en cuando le remangaría las faldas y la tomaría sin rodeos, como un recio aparcero autóctono, pero la autenticidad de nuestra relación se jugaría en otra plaza, se jugaría más bien en las partidas de Scrabble, durante las que reñiríamos en buena lid, y sobre todo en las horas discurridas uno al lado del otro, bajo los árboles altísimos, manejando las tijeras de podar.

✻

Hacía ya largos minutos que el pequeño Twingo había desaparecido y yo seguía plantado delante de la escalinata. En una comedia romántica de buena factura que abordase a lo loco la sexualidad de los *boomers*, la ruralidad y los prejuicios raciales (a mí me habría interpretado Jean-Pierre Bacri, y a Marie, Claudia Tagbo), me habría sobresaltado el estruendo de un claxon. El runrún del motor resonaría de nuevo y Marie aparcaría en el patio. Volvería. Un tema antiguo de Michel Delpech acompañaría la escena. Ella saldría del coche y respondería a mi mirada prendada de reconocimiento con cierta retranca: «Seguro que no sabe ni hacerse una tortilla». Pero la vida raras veces nos reserva esa clase de sorpresas.

Sentí una leve punzada. No era nada, ya pasaría, estaba acostumbrado. Desde el divorcio, estaba más solo que la una. Agnès no era solo la que financiaba nuestro cómodo tren de vida: era también la que traía amigos a casa. Lo hacía sin esfuerzo, era una chica inteligente y dinámica, divertida, con los pies bien plantados en la vida urbana, zambullida en un caldero de veladas y aduladores profesionales. La flanqueaban también una patulea de amigas de infancia chifladas, en la actualidad cincuentonas con un hambre por la vida intacta, mujeres que lo mismo se pateaban un mercadillo vecinal que una exposición, mujeres siempre ocupadas amueblando una casa de campo —actividad a la que se entregaban desenterrando objetos imponentes y misteriosos—, mujeres con perrazos a los que dejaban subir al sofá.

Yo no les caía lo que se dice bien. De un modo misterioso, percibían que yo les oponía resistencia, que no me entregaba del todo. Y no se equivocaban. Siempre me habían parecido menos interesantes que Agnès, que no tenían la densidad, la estatura de Agnès; siempre había pensado que se había «vendido barato» al adoptarlas como amigas, que es lo que sucede cuando uno teme en exceso la soledad.

A ellas, sin embargo, no les quedó otra. Tuvieron que integrarme, yo no era negociable, así que apartaron a sus perrazos para dejarme un huequito en el sofá, y me convertí en el novio de Agnès y luego en el marido de Agnès, y estreché lazos con sus maridos, posteriormente exmaridos. De vez en cuando, Agnès me avisaba de que teníamos una cena en casa de los Fulanito, y comprábamos una botella para cenar en casa de los Fulanito. Yo la seguía, dócil. Resultaba agradable sentir que alguien se hacía cargo de uno desde el punto de vista de las relaciones humanas, era muy cómodo, pero hoy he comprendido —demasiado tarde— que para Agnès no lo era tanto. Se agotaba gestionando ella sola el carné de baile, defendiéndome ante sus amigas, a las que yo desairaba criticando las pérdidas salivares de sus bracos de Weimar o su obsesión materialista. Yo no hacía ningún esfuerzo y me lo reprochó muchas veces durante los últimos años.

Le habría gustado que yo fuese fuerza proactiva y sobre todo, tal vez, polo de atracción. Después del divorcio, las cosas se desarrollaron con toda naturalidad. Agnès contó con el apoyo incondicional de las cincuentonas con perrazos y los maridos de las cincuentonas con perrazos se esmeraron por hacer gala de solidaridad masculina enviándome algún mensaje de vez en cuando, pero en el fondo ese frágil andamiaje de relaciones sociales estaba demasiado vinculado a nuestro matrimonio, a la figura solar de Agnès, alrededor de la cual yo gravitaba como un astro lúgubre. Por eso se derrumbó en el instante mismo en que un juez de familia estampó un sello de la República sobre nuestro acuerdo de divorcio por mutuo acuerdo. Y entonces me di otra vez a la bebida, y volví a juntarme mucho con Marc.

En el momento en que Marie se levantó para marcharse, le pregunté si había mucho que hacer por la zona, no tanto para obtener una respuesta como para prolongar el diálogo y que se quedara conmigo un poco más. Ella levantó la vista para cavilar. En el mismo Saint-Julien no había nada.

—A no ser que le apetezca pasear ovejas —añadió con una sonrisa.

Y me habló de una granja, más bien una asociación que ofrecía actividades con animales, que había al otro lado del pueblo, pero no creo que sea de su gusto, insistió. Ahora Marie se había marchado y yo no tenía cuerpo para retomar el texto sobre la problemática Willow, tampoco tenía la cabeza como para leer, y, sobre todo, necesitaba salir de aquella casa vacía donde la presencia de Marc y su mujer se percibía por todas partes, en cada centímetro cuadrado de papel pintado, así como su esmero por no dejar nada al azar. Hacía un tiempo espléndido. Fui al trastero. Saqué un par de botas de goma azul marino, husmeé un poco entre los ganchos de la entrada y rescaté un espantoso chaleco de plumón almohadillado. Me sentía embutido como una salchicha, pero esa era una de las ventajas del campo, tal y como yo me lo representaba: puede uno vestirse como le dé la real gana, que a nadie le importa un bledo. Completé el atuendo con un sombrero de paja, un sombrero de ala ancha que seguramente se ponía la mujer de Marc para ir a la piscina. «¡Andando, que es gerundio!», exclamé en voz alta en el vestíbulo vacío.

※

Un cuarto de hora más tarde llamé al porche de una casita plantada en el borde de la carretera, a la salida del pueblo. Un balido grabado resonó en el interior. Había un letrerito colgado en el buzón: «BETTY & CÍA – LOÏC Y EMILY, ZOOTERAPIA – DESCUBRE LA GRANJA – PRODUCTOS LOCALES». Nadie contestaba. Pegué la cara a la ventana y distinguí una tele encendida. Insistí. Ruido de pantuflas. Me abrió una joven. Sonrisa alborozada, pantalón tipo zaragüelles, rebeca de lana gorda y sandalias Birkenstock. Tenía un ideograma tatuado en el cuello y se la veía muy relajada, tal vez gracias a la ayuda de un poco de resina de cannabis.

—¿Es usted Betty?

—No, yo soy Emily. Betty es la oveja. Bueno, era. Por desgracia, nos dejó. Pero hay más animales. ¿Tiene usted nietos? —inquirió.

—No. Es para mí. Me han dicho que se podía pasear con un animal.

—¿Ahora, dice?

Se la veía un tanto desconcertada, todo lo desconcertada que podía estar una joven que vive en semiautarquía y practica la zooterapia en el Brionnais. Seguramente había que tramitar reserva con antelación o algo así.

—¡Loïc!

De nuevo el frufrú de unas chinelas sobre las baldosas. Loïc tenía unos cuarenta años y una cara angulosa comida por una barba con canas. Los dos estaban quemados por el sol, musculosos y sucios. Loïc llevaba una camiseta con las caras de los Red Hot Chili Peppers. Me dije que habría encajado a la perfección en mi sarao de presentación en El Lagarto Rabioso.

—Este señor viene por los animales.

—Por lo visto es posible pasear animales o, vamos, eso me ha dicho una amiga. Estoy de vacaciones.

—Venga conmigo.

Atravesamos la casita hasta el fondo del jardín, donde había una caseta de chapa ondulada recubierta con un panel solar; el tipo abrió una especie de cancela apañada con maderas de cajas y alambre. Dos animales pastaban en el corral, tranquilos.

—Tenemos una oveja negra, una oveja de Ouessant. Se llama Robin. Hay también un macho cabrío un pelín más revoltoso, pero muy majo. Que conste que está castrado.

—¿Cómo se llama el macho cabrío?

—Se llama Totoro, como el personaje de animación japonés; Emily es fan. Tiene tres años. Se crio en la casa, los primeros meses lo alimentábamos con biberón.

La oveja parecía más pacífica. Yo necesitaba una presencia comprensiva, y sobre todo no quería líos. La oveja estaba bien, seguro que era menos proclive a escaparse o a darle una cornada a un coche. Loïc me explicó la ruta del paseo sobre un mapa. Fue a buscar una correa hecha con una cuerda de escalada que enganchó al collar de Robin con ayuda de un mosquetón.

—Esto es solo para el principio del paseo, cuando bordeen la carretera. En el bosque la puede soltar. —Y me entregó una cantimplora de metal y una bolsita llena de semillas—. Esto es la merienda. Si no avanza, le da un puñadito y echa a andar; ella irá detrás.

❋

Robin era un trasto: se plantaba y no había manera de que se moviera. Yo tiraba de la cuerda pero de nada servía. Entonces seguía las instrucciones y le daba unas semillas. Me las ponía en el hueco de la mano, la extendía muy plana, como me había aconsejado Loïc («¡Cuidado con los dedos!»). Robin zampaba con glotonería, yo echaba a andar y ella se acordaba durante unos metros de que yo era el hombre de la bolsita; de que yo era la bolsita, en realidad. No era una forma de hablar, una de esas figuras estilísticas en las que el escritor designa una parte por el todo, no: era lo único que veía en mí, a ojos de Robin yo no era más que una bolsita con patas, y aquello no era precisamente la clase de consuelo que yo andaba buscando. La zooterapia, un fracaso.

En el bosque todo fue un poco más sencillo. Podía soltar a Robin, no había peligro. Yo caminaba por delante, ella se rezagaba y luego, cuando la atenazaba la angustia de verse sola, trotaba para alcanzarme. El instinto gregario es una cosa fascinante. Le acariciaba la cabecita de pelaje crespo. Robin era la víctima nata, el cordero sacrificial. Dada la violencia que se ejercía en el mundo, y su absoluta vulnerabilidad, resultaba inesperado que la hubiera recogido una pareja de zooterapeutas, probablemente hostil al consumo de productos cárnicos. Estábamos solos en una pista de senderismo. Unos helechos inmensos desplegaban su fronda al pie de los árboles altísimos. Unas pocas zarzas enmarañadas, pérfidas, abofeteaban al animal al pasar, pero ella no rechistaba, «pasaba», como diría Léonie, «pasaba total». Solo le preocupaba la manduca y el miedo a la soledad, ambos estrechamente relacionados. Por más que sus dueños vivieran en semiautarquía, limitaran a lo más necesario sus desplazamientos al Leclerc de Chauffailles y tuvieran instalados unos baños secos y un recuperador de agua de lluvia, Robin seguía optando por el régimen de dependencia total. La valiente Robin, la débil y sin embargo valiente Robin. Dejé que el animal olfateara los helechos. Una oveja negra de Ouessant extraviada en las colinas del Brionnais era una cosa hermosa y a la vez triste. Pensé en los tránsfugas, en los extranjeros, en Jean Cau y en Robert Willow. El *boy* de Étampes nunca encontró su sitio en ninguna parte. Su compañero, James Baldwin, vivía también en la incomodidad: demasiado negro para los blancos, demasiado maricón para los negros, demasiado negro y maricón para los blancos del sur y los pequeños notables de Saint-Paul-de-Vence, demasiado blanco para los negros de Nation of Islam, demasiado irónico, demasiado ingrato para la progresía blanca. James Baldwin, quien al principio buscó su camino en la fe y posteriormente en las arengas de Elijah Muhammad, el mentor de Malcolm X. Y Robert Willow igual. Robert Willow creyó templarse en el acero del marxismo-leninismo para convertirse en hombre entre los hombres. Por eso se hizo a la mar y recaló en Francia. Creyó que podría tirar por la borda la maldición durante la travesía por el Atlántico, pero la maldición lo siguió, y Robert Willow se redescubrió negro en la mirada del primer estibador que se cruzó en el puerto de El Havre. Negro se quedó en Saint-Germain, en la mirada de aquellos que prestaban su apoyo a la humanidad con sus conceptos desmesurados, en la mirada de Sartre. Y no porque Sartre entrase en contradicción con la doctrina sartriana, no; él era demasiado hábil para caer en eso. Solo que Sartre creía, Sartre escribía que el hombre debía definir su conducta a partir de «su situación». El judío que huía de su situación era un judío inauténtico, Sartre lo escribió con bastante claridad, y Sartre, que fue resueltamente prolijo sobre el asunto, Sartre, que no escatimaba consejos, quería que el judío aceptase su maldición. Igual que había judíos inauténticos había negros inauténticos, y Willow era uno de ellos. Y tal vez Sartre lo presintiera aquella tarde de 1953 en el Velódromo de Invierno, durante la asamblea organizada para salvarles el pellejo a los Rosenberg, cuando Willow rechazó tomar el micrófono para hablar en calidad de negro americano. El pequeño círculo sartriano no le perdonó a Willow que fuese un negro inauténtico, del mismo modo que jamás perdonó a Jean Cau que cometiera traición siendo como era hijo de obrero, siendo como era un *auténtico* proletario, circunstancia que volvía abominable su delito, y... El graznido de una corneja me hizo emerger brutalmente a la superficie. Me di la vuelta y busqué con la mirada a la oveja. Había perdido a Robin.

✢

Desanduve el camino y la encontré en medio de la pista. Balaba enloquecida y solo se calmó tras engullir un puñado entero de semillas. Había acelerado demasiado el paso, enfrascado en mis pensamientos, y ella se había distraído con un endrino, retozando como la cabra del señor Seguin de la fábula. Cuando se la devolví a Loïc, este me preguntó si me apetecía escribir algo en el libro de visitas, un gran cuaderno marca Clairefontaine donde garabateé unas palabras de sincera gratitud dirigidas no tanto a la joven pareja como a la propia Robin. Loïc me acompañó hasta la puerta, con el cuaderno bajo el brazo. Antes de despedirse, lo abrió y echó una ojeada a mi horrorosa caligrafía. Sonrió:

—Roscoff, eso queda por Finisterre. Es usted primo de Robin, entonces. Se lo he dicho, ¿no? Es una oveja de Ouessant.

Me guardé de replicarle que mi apellido era el legado de un lejano antepasado nacido en las llanuras de la Santa Rusia, con el sufijo eslavo afrancesado por culpa del error de un funcionario de registro civil. Pero qué más daba en el fondo, si a él le hacía ilusión... Por lo demás, tenía razón: cuando me zambullía en la mirada buenaza y dulce de Robin me sentía como si fuera prima mía, una prima lejana y bretona. Me sentía tan vulnerable como ella, desnudo como un querubín en medio de una manada de lobos. Volví a la casa.

«El teléfono bajo llave, ni tocarlo. Descansa y deja de ir como pollo sin cabeza», me había dicho Paulin Michel. «Ya has hecho bastante», añadió Marc.

Yo había obedecido dócilmente, pero ahora pensaba en el pequeño y despótico objeto guardado en el cajón. No ganaba nada negando la realidad, y la realidad se desataba lejos de mí, en internet, en la prensa quizá. La zapatiesta ya se estaba desbocando cuando me fui de París. Había que reaccionar. Estaba ansioso por exponerle a Paulin Michel mi teoría de un Willow que se negaba a dejarse vencer por el miedo, que se negaba a dejarse engañar por el farol de la burguesía negra del Shaw Neighborhood, que rechazaba el fervor materialista. Ansioso también por presentársela después a mis detractores. Subí al dormitorio, abrí el cajón de la mesilla de noche donde había metido el aparato, lo encendí y apareció la cara de Léonie en el fondo de pantalla; era una foto antigua, de cuando tenía seis años y era un auténtico angelito, ni más ni menos, con el fresco abombamiento de sus mejillas infantiles y un par de ojos graves que interrogaban al mundo. «Tiene veintidós mensajes», anunció una voz sobria y sin embargo cordial. El primero me informaba de que el tipo de la agencia inmobiliaria no se daba por vencido: «Buenas, señor Rolcoff, soy Luc Compagnon, de la agencia Stéphane Plaza, le he dejado ya varios mensajes, espero que esté usted bien. Lo llamo por el tema de la casa en el número 4 de la rue de la Queue du Loup, me gustaría saber cómo va su proceso de reflexión, podríamos concertar una segunda visitilla, tengo varios huecos para proponerle. Hasta muy pronto». El muy capullo me acosaba sin descanso: pasé al mensaje anterior y volvía a ser él. Era para pegarse un tiro, pero yo soy de la generación que escucha los mensajes hasta el final. El tío no tenía piedad: «Señor Rostoff, soy Luc Compagnon, imagino que debe de estar a tope ahora mismo con sus embolados. En fin, yo lo llamaba por lo de la casa, le confirmo que he hablado con el dueño y está dispuesto a aceptar una rebaja. No debería contarle esto pero yo creo que puede usted probar a ofrecer trescientos sesenta mil, trescientos sesenta podría colar. Hay más gente interesada pero lo llamo a usted antes que a nadie, ya ve que no lo doy por perdido, ¿eh?».

Tragué saliva.

«Debe de estar a tope con sus embolados», decía.

«No lo doy por perdido», decía.

El agente inmobiliario de Essonne me hablaba como si yo fuera una presa acorralada. Me asaltó el mismo vértigo que cuando descubrí el artículo de Cara Larga y los tuits, la impresión de que unos focos gigantescos me desenmascaraban de golpe, y de nuevo la recua de esclavos encadenados me observaban y las mujeres con túnicas salmodiaban. Y yo sudando la gota gorda y el agente inmobiliario erre que erre con su voz de putilla sádica y engañosamente compasiva que decía: «Por cierto, tengo que decirle que es usted una caja de sorpresas, he visto su foto por internet, ha escrito un libro sobre el Wilgow ese, el canadiense, vamos. En fin, es posible que usted y yo no tengamos las mismas ideas políticas, no sé si a ese respecto podremos entendernos, pero soy de la opinión de que nadie merece recibir insultos. Qué le vamos a hacer, el mundo de internet es así, aunque usted no se anda con contemplaciones tampoco. Total, que yo llamaba para decirle que el número 4 de la rue de la Queue du Loup lo está esperando, hasta pronto».

*

Me senté en el borde de la cama y llamé a Paulin Michel.

—Pero ¿qué coño es este pifostio, Paulin? Acabo de recibir un mensaje de un agente inmobiliario que me habla como si yo fuera un fugitivo. Merezco una explicación, no es precisamente tranquilizador descubrir esas cosas en boca de gente que ni siquiera conoces.

—¿No has buscado en internet?

—No, Paulin, no he buscado en internet porque Marc y tú me pedisteis que lanzase el teléfono a un pozo y tirase la llave, ¿o no te acuerdas?

—Bueno, vale, pero ¿ahora puedes meterte en internet?

—No, Paulin. Estoy en el Brionnais, date cuenta. Tal y como me pedisteis. Al Brionnais acaba de llegar la electricidad, así que no hay red, ¿te enteras?

—¿Estás seguro de que no la tienes desactivada?

Oí un chisporroteo, la voz del editor se volvió inaudible, oí las palabras «itinerancia» y «conexión» y la llamada se cortó. Trasteé en la pestaña de configuración: Paulin Michel tenía razón, el desarrollo de la fibra óptica en el Brionnais no tenía nada que ver, yo mismo había desconectado la itinerancia de datos como un memo. Me googleé.

7. La jauría

«Jean Roscoff: literatura en aguas turbulentas» (*Lire*); «*El visionario de Étampes*, radiografía de una polémica» (*L'Express*); «Jean Roscoff: de SOS Racismo al saqueo de la memoria. Trayectoria de un niño perdido» (*Society*); «Un especialista en macartismo, víctima de una caza de brujas» (*Marianne*); «Jean Roscoff frente a la jauría» (*Valeurs actuelles*); «La insoportable libertad del señor Roscoff: historia de un linchamiento» (*Causeur*); «Desvergüenza intelectual y tesis nauseabundas, la fórmula Roscoff» (*Télérama*); «Jean Roscoff: naufragio de un hijo de Mitterrand» (*L'Humanité*); «*El visionario de Étampes* pone de manifiesto las divisiones irreconciliables del movimiento antirracista» (*Le Monde*); «¿Había que publicarlo?» (*Libération*); «La polémica Roscoff: ojos que no ven (al negro)» (*Slate*); «Apropiación cultural, invisibilización racial, implícitos racistas del academicismo republicano: ¿qué podemos aprender de esta polémica?» (*Triangles*); «¿Universalista o negacionista? Debate sobre Jean Roscoff» (*France Culture*); «Robert Willow era negro, mal que le pese a Jean Roscoff» (*Jeune Afrique*); «*El visionario de Étampes*, literatura y mala fe» (*Transfuge*); «Violación biográfica» (*El obseso textual*); «"Gracias, señor Peuzet": Jean Roscoff se quita la careta» (*Le Temps*); «Jean Roscoff, respaldado por la fachosfera» (*LCI*).

Solo *Le Monde littéraire* y un fanzine digital se atrevían a entonar una melodía disidente: «Detrás de la polémica, un poeta: el asombroso destino de *mister* Willow», y «*El visionario de Étampes*: ¿y si leyéramos el libro?».

Me senté en un peldaño de la escalinata. Traté de representarme la avalancha de contenidos, las cabeceras enormes. Pensé: «He sido castigado por mi vanidad». Antes de la publicación, esperaba en secreto un escándalo, una polémica; cualquier cosa con tal de no caer en la indiferencia. Mi deseo se había cumplido con creces. Una mano invisible había castigado mis malos pensamientos. Luego me sentí desposeído, desnudo como un gusano ante las hordas hostiles. Unos poceros hurgaban sin reparos en los recovecos de mi vida. «¿Quién conforma su red?», se preguntaba un periodista. «Amigo íntimo del abogado Marc W.», apuntaba otro. ¿De quién hablaban? Siempre ese doble que es uno y que no lo es, el reflejo deformado por el relato malintencionado. El otro Jean Roscoff, ese desconocido. «Historiador falseador», «neocolonialista bochornoso», «petainista en el armario».

Y también: «reconocido intelectual».

Hasta las palabras elogiosas eran postizas y tramposas, no tenían otro objetivo que el de magnificar la gravedad del delito. «Aclamado académico.» ¡Aclamado académico! El procedimiento estaba claro como el agua: yo tenía que ser un gurú de la universidad francesa para que el escándalo cobrase más valor. Que mi falta fuese menos excusable. Soy una eminencia, ergo no podía no saber. Manejo a la perfección la palabra, conozco el alcance de una voz. ¡Aclamado académico! Los periodistas, esa triste ralea, siempre preparados para ceder un pelín de verdad en aras de las necesidades de la causa. Incluso entre mis «partidarios» (¡qué palabro!), incluso entre los que me erigían como mártir de la censura, las alabanzas sonaban hipócritas. Era evidente que ese columnista que encomiaba «el coraje intelectual de una mente libre» y me pintaba como «francotirador de la universidad francesa» no tenía ni repajolera idea de mi trabajo. Jamás había leído ni un solo artículo firmado por mí, ni se había tomado la molestia de preguntarle a un exalumno, a un colega, a nadie. «Un espíritu independiente, sediento de verdad.» Ese Jean Roscoff era una suerte de asceta receloso, un observador lúcido de mirada aguileña. Yo no era nada de eso. Ni Roscoff-Blofeld, el racista solapado, el ángel caído, el intelectual mefistofélico, ni el librepensador intrépido e intransigente. Los dislates que aparecían en los primeros artículos eran servilmente reproducidos por los demás. Descubrí así que yo era un académico bretón, poseedor de un «estilo incandescente». Que me había fugado al extranjero, que había quien temía un gesto desesperado. Que yo era un «adicto al trabajo», un antiguo «pilar del Partido Socialista» (al que yo jamás había pagado una cuota). Marc, interrogado por FranceInfo, se mostró intranquilo porque no conseguía localizarme. ¿Por qué mentía? Tal vez lo hacía para ahorrarme la visita intempestiva de un periodista en mi retiro borgoñón.

Hasta lo que era del todo cierto sonaba extrañamente falso. «Amigo íntimo de Marc W.», señalaba un medio escrito. Pensé en Marc cuando leyera esas líneas, y sin duda ya las habría leído. Yo era, sin discusión posible, «amigo íntimo» de Marc W. Y sin embargo no era capaz de leer aquellas palabras sin experimentar malestar. Estaban tan metidas en la controversia que se cargaban de un sentido oculto. Quemaban. Esta amistad presagiaba el pacto secreto. Era como la de Mitterrand y René Bousquet, una amistad en la que hallarse al amparo de las miradas, entre dos puertas disimuladas. No una amistad sino un complot. Pensé en Marc, que leería aquello.

Me mordí el labio superior. Todavía llevaba puesto el sombrero de paja en aquel cuarto que olía a lavanda. Podría haber tirado el iPhone por el váter y decidir que nada de eso existía. «Cuando una abeja pica al sabio, este no se mueve, pues al moverse atraería a todo el enjambre.» Solo que yo no era un monje saolín, ni un sabio: yo era un tipejo que bebía latas de Heineken al volante.

Salí. En la terraza, tiré un penalti iracundo con una piña piñonera. Yo también necesitaba un sacrificio expiatorio. Pensé en mi editor. Todavía resonaba en mi cabeza el sonsonete de su voz canija. ¿Qué había hecho Paulin Michel para ayudarme? Debería haberse metido por medio para neutralizar las críticas. «Nuestro libro», acostumbraba a decir cuando releía las pruebas. Era nuestra obra común, y yo estaba por la labor de compartirla. Me había alegrado verlo tan implicado, escogiendo la imagen de cubierta con un esmero de madrecita. Él había incubado el libro. Y, ahora que recibía ataques, me lo endiñaba como una patata caliente. Y eso que me había prometido un comunicado, algo. Una palabra justa y firme a cambio de mi exilio temporal y mi silencio. ¿Dónde estaba esa palabra? Había balbucido unas palabras por teléfono, incapaz de ponerse a la altura de los acontecimientos. Pobre Paulin, tan insignificante. Debía de añorar los tiempos del anonimato absoluto, de la confección de sus pequeñas joyas para bibliómanos. El artesano solo se sentía bien en su taller, a salvo del mundo. Intenté volver a llamarlo y me saltó el contestador.

Allí estaba yo, de pie, en la terraza, frente al valle. Se avecinaba tormenta y el aire se cargaba de electricidad. Un trueno retumbó a lo lejos. Más abajo, un tractor serpenteaba a trancas y barrancas entre dos setos. El fragor se aproximó. El aguacero cayó formando cataratas desabridas y acribillando las hojas de los árboles. No podía confiar ni en mi sombra. Ya solo quedaba yo, frente a la jauría. Entraría al trapo con ariete, dispersaría las hordas de mentecatos a golpe de viga medieval. Yo era Robert Willow frente al Comité de Actividades Antiamericanas, Robert Willow frente a los sarcasmos del tribunal sartriano. Yo era Robert Willow, Jean Cau, Jean Chouan, Juana de Arco. Estaba solo, frente al valle del Brionnais y frente a los hombres. Yo era la libertad ultrajada. Diez minutos más tarde, cerré las contraventanas de la casa, eché la llave con dos vueltas y salté al interior del Toyota como quien salta a lomos de un corcel. Yo era Atila el huno.

A ciento treinta kilómetros por hora por la autopista uno tiene la engañosa sensación de recuperar las riendas. Me dirigía directo hacia el nido de avispones, con las mandíbulas apretadas. Dejaba atrás los coches que circulaban pisando huevos, los coches que volvían de pasar el fin de semana. Iba adelantándolos uno detrás de otro. Tenía la impresión de estar tranquilo, de estar donde tenía que estar. El paréntesis campestre me había hecho perder mucho tiempo y había permitido que mis detractores lanzaran varias flechas envenenadas, pero también me había tonificado. Los tres días me habían cundido para reflexionar sobre lo mío. Ahora era capaz de analizar mi trabajo con una mirada crítica. Agnès hacía mal al suponerme henchido de certezas. Yo estaba del todo dispuesto a cuestionarme. Yo era una inteligencia que duda. Durante toda mi vida me había interrogado acerca de mis creencias y había intentado no dejarme cegar por el orgullo. Sin duda, siempre era más difícil reconocer públicamente los propios errores. Y aún más difícil reconocerlos a petición ajena, obligado por argumentos ajenos. En lo tocante a Willow, estaba preparado para reconocer una forma de ceguera. Había subestimado el papel de la identidad negra en la construcción de su personalidad. Y sin embargo, aún hoy, iluminado por las reflexiones recientes (que deberían haber intervenido antes de la publicación, lo admito), creo que mi libro era el único que respetaba la memoria de Willow. Yo respetaba la voluntad de Willow de *no ser leído en cuanto que negro*. Al hacerlo, traicionaba la realidad (y en este punto estaba dispuesto a hacer acto de contrición), porque Willow era más negro de lo que él mismo imaginaba. La ironía dolorosa de Willow, en su primera etapa, en la etapa de Saint-Germain, era el legado de sus años de adolescencia, cuando recorría U Street, el Broadway negro. Willow vio el miedo, la angustia terrible, la humillación y la cólera sorda detrás de la bonhomía jovial de los barberos y los profesores. Aprendió a ver detrás de las máscaras. Huyó de su propio reflejo, durante toda su vida, y toda su vida lo vio en la mirada de los demás. En la de los progresistas blancos. En esa, odiosa, de los contramanifestantes que proferían sonidos simiescos en sus narices cuando se manifestaba con el Partido delante de la Casa Blanca en febrero de 1953. En esa, ligeramente atemorizada, de las chicas de Saint-Germain que agachaban la vista y se aguantaban la risa cuando él les devolvía la mirada, esas chiquitas excitadas por la sensualidad negra. En esa, insistente, de los intelectuales franceses que esperaban algo de él, que elevara una palabra firme, una palabra de negro americano. En la de las silleras de Étampes, que lo miraban como si acabara de caer de otro planeta. Yo había interpretado a Willow al pie de la letra. Al menos al Willow que yo me representaba, el que aparecía cuando convocaba las fotos y los poemas, como una echadora de cartas. Me había equivocado y a la vez tenía razón. Mi Robert Willow existía; no me lo había inventado. Lo había comprendido íntimamente, y unos tipos que habían sabido de su existencia al abrir mi libro pretendían leerme la cartilla.

La lluvia había parado hacía rato. Las nubes se arrebolaban. Encendí la radio y busqué la frecuencia más susceptible de hablar de esos temas. Bingo. En France Culture, Lou Basset-Dutonnerre hablaba con voz afligida, velada por el tabaco: «Sí, recibí el manuscrito de Roscoff. Lo rechacé. Lo leí detenidamente, como hago siempre, y enseguida me transmitió incomodidad. Parecía que había un problema con el color de piel de Robert Willow. Algo no cuadraba. Algo bastante malsano, en realidad». Me concentré en las franjas blancas, en el quitamiedos. Valiente hija de la grandísima puta. Aceleré.

La querella de los Antiguos y los Modernos, la querella de los Roscoffianos y los anti-Roscoffianos. Dabiou proclamó su bando en las ondas de France Inter.

—Roscoff tiene una visión binaria de la historia. Tomemos como ejemplo mil novecientos cincuenta y seis. Para Roscoff es el año de la revelación de los crímenes comunistas, y pare usted de contar. Ese año, Willow se desmarca definitivamente del Partido. Todo encaja. Pero mil novecientos cincuenta y seis es también el año del primer Congreso Internacional de Escritores y Artistas Negros en la Sorbona. Los escritores negros se percatan de que la lucha por la igualdad va más allá de las desavenencias políticas de la época. La oferta política occidental no permite que ese combate se despliegue. El comunismo ha sido el receptáculo natural del combate anticolonial, pero en ese momento se dan cuenta de que no permite agotar el tema. Porque los negros son víctima de una opresión específica. Especial. Y se proponen alzar una voz específica. En ese sentido va la ruptura de Césaire. Roscoff disimula este aspecto. Reduce la dimisión de Césaire a una decepción, la de un hombre que descubre que la promesa soviética era una mentira. Sin embargo, Césaire dice mucho más en su carta a Thorez. No es solo un comunista desencantado, es también un comunista negro. Hay que leer la carta íntegramente.

Césaire lamenta que los pueblos negros se pongan al servicio del comunismo, y no al revés. Señala el riesgo de un «universalismo descarnado». Escribe: «Hay dos maneras de perderse: por segregación amurallada en lo particular o por disolución en lo "universal"». Sin embargo, lo que propone Moscú es la disolución en lo universal. Ahí reside la verdadera razón de la ruptura de Césaire. Y puede que ese fuera también el proceso de Willow.

Touché, viejo cabrón. Me detuve en una estación de servicio para mear y llenar el depósito. Dejé la ventanilla bajada mientras repostaba para no perderme ni un segundo de programa. Rabiaba: es insoportable oír sin reaccionar cómo otros caricaturizan tu trabajo. Habría tanto que decir... En primer lugar, Willow no figura en la foto del Congreso de Escritores Negros de 1956 (lo había comprobado). En segundo lugar, Willow no es Césaire. Me faltó un pelo para llamar a la emisora. Por suerte hay un objetor en el estudio que se subleva. Recuerda los debates en el seno del Congreso de Escritores Negros y dice que las cosas fueron más complicadas de como el otro las pinta. Cita a Frantz Fanon, que no creía demasiado en la negritud (chúpate esa mandarina, Dabiou, falso hermano). Habla con voz grave y lenta: «Fanon creía en la rebelión violenta contra el colono y en la emancipación. Pero no creía que fuera necesario suscitar un orgullo negro para combatir el racismo y desconfiaba del "racismo antirracista"». Me relajé un poco. Entonces, Dabiou se cabreó: «Ya, bueno, como bien sabrá, Roscoff tuvo como director de tesis a Alessandro Bazarove, condenado por negacionismo en 1995. De casta le viene al galgo».

Cambié de cadena. Detrás de mí, alguien tocó un claxon. «¡Mueve el culo, gordo!», berreó un fulano con un *mullet*, sacando la cabeza por la ventanilla. Le lancé una mirada amenazadora y enfundé en su vaina la manguera chorreante de sin plomo de 95.

«Racista.» Estaba pintado con aerosol amarillo en mi puerta, en letras grandes y torpes. El grafitero había actuado con prisas. También había arrancado el pomo exterior y fracturado a medias el cilindro. Le habían faltado apenas unos segundos para culminar el trabajito y forzar la cerradura. Estaba claro que lo había interrumpido la aparición de un vecino.

Llevé a cabo una pequeña investigación e interrogué a la portera en un tono casi indiferente. Estaba como anestesiado: los follones se acumulaban demasiado rápido, excedían mi capacidad de indignación. No, la portera no había visto nada, no se pasaba la vida en el portal, no le pagaban para eso. Estaba a la defensiva, el semblante blindado a cal y canto. Todos los semblantes se blindaban en cuanto me acercaba, se cerraban con candado en cuanto yo asomaba la punta de la nariz. ¿Me había vuelto paranoico? Era poco probable que mi portera hubiese leído artículos sobre un escándalo literario, ella era más de revistas de investigación biomédica y ciencias ocultas. Ante todo: ¿cómo había conseguido mi dirección el grafitero? ¿Quién había sido la última persona hostil en acceder a mi piso parisino? Se impuso la figura de Jeanne. Cinco días antes había cenado en casa, había compartido el osobuco de la fraternidad. Jeanne, la inflexible Jeanne, que no conocía arrepentimiento ni perdón, Jeanne, que solo conocía el error y el castigo. Seguramente no habría actuado ella, pero habría dado mis señas a sus camaraditas de la Gran Internacional Interseccional del Afrofeminismo y de la Caza al Macho Blanco. Jeanne había facilitado el código que abría el portal y la dirección, y había dejado que otros actuaran. Había sido ella, estaba claro.

Poner una denuncia. De nuevo se impuso en mi mente la figura tutelar de Marc. Le había pedido ya tanto. Antes del Caso (y todo apuntaba a que los últimos derroteros justificaban una ce mayúscula; no era el Caso Weinstein ni el Caso Stavisky, ni siquiera el Caso Georges Tron, pero en fin, podía hablarse de Caso sin abusar del lenguaje, creo), el mero hecho de quedar conmigo para tomar unas copichuelas le costaba a mi amigo no pocos comentarios acerbos de su mujer. Ella temía que lo metiera en mi espiral autodestructiva, que mi amargura contagiase a su esposo rebosante de salud y, por ende, su radiante matrimonio. Y Marc se había rebelado contra su mujer. Me había apoyado. Cuando me volví un peligro para mí mismo, me prestó su casa. Se tomó el tiempo de responder con paciencia a mis preguntas de carácter estratégico, a mis consultas jurídicas. ¿Hace falta concretar que Marc acostumbraba a facturar la asesoría a seiscientos cincuenta euros la hora? Él me había regalado una barbaridad de tiempo, y sin sacar la calculadora. Era un hombre ocupado. Ya había hecho bastante. Me las apañaría solito.

✳

Era tarde y el cerrajero al que llamé me informó de que una intervención nocturna me costaría, tirando por lo bajo, dos mil setecientos euros. Si pagaba a tocateja, me perdonaría el IVA.

—Si ha sido un allanamiento, caballero, lo cubrirá su seguro del hogar. En fin, eso ya es cosa suya.

Rebusqué entre las cajas de papeleo administrativo en busca de mi póliza de seguro. Al final di con una carta de la aseguradora con un número de contrato. Difícilmente podría yo desembolsar tamaña suma: el oficinista siniestro que me gestionaba las cuentas en el Crédit Lyonnais me había puesto un límite de pago como el que habría impuesto a un anciano bajo tutela, y por otra parte quería asegurarme de que me devolverían ese dinero. Pero en el teléfono del seguro no contestaba nadie. Era de esperar, esa gentuza raras veces descolgaba el teléfono después del atardecer. También convenía llamar a la poli. Había mucho que hacer, pero estaba molido y un hastío profundo me clavaba al suelo. Desde que había encendido el móvil, justo antes de meterme en el coche a toda mecha, aquel pequeño objeto despótico había estado vibrando cada quince minutos. Los periodistas llamaban y al final me enviaban un mensaje de texto; un tipo de *Le Nouvel Observateur* apuntaba incluso que podía devolverle la llamada «a cualquier hora». ¿Para qué? ¿Cómo decir las cosas? Habían forzado la puerta de mi refugio. Hasta entonces, los ataques se habían ceñido a un mundo de puro lenguaje. La violencia no se ejercía directamente contra mí; se ejercía contra el otro, el Roscoff de los titulares enormes, el Roscoff cínico o heroico, el Roscoff seguro de sus repercusiones, el que escogía las palabras de forma deliberada para epatar, el Roscoff de amistades escandalosas, el gurú, el polemista, ese otro que no era yo. Ese avatar sufría una tortura bajo mi atenta mirada; y, pese a todo, no era yo. Pero hete aquí que el fango salpicaba mi vida de hombre encarnado. La pintada, la puerta forzada. Esto había sucedido en París, en el distrito XIX, en la rue Archereau. En plena noche, probablemente. El hombre habría buscado mi nombre en los buzones para asegurarse de que no se había equivocado de edificio. Había averiguado la planta. Había ejecutado su labor, y yo bien podría haber estado dentro, podría haber abierto con un cuchillo de cocina, y entonces...

Pasé la noche acurrucado en posición fetal en el suelo, en el rellano de mi piso, atravesado delante de la puerta, por si al artista callejero le daba por rematar la faena. Nada más despertarme, envié un mensaje a Léonie. Le pedí perdón por mi silencio sepulcral y le expliqué que quería verla, a poder ser en mi barrio; no me hacía ninguna gracia alejarme demasiado de mi piso, con la cerradura colgando de un hilo. A lo mejor podía ella quedarse esperando al cerrajero mientras yo me acercaba a la comisaría. Una hora más tarde, se reunía conmigo en un bareto. Tenía los párpados hinchados y los ojos hundidos. Caí en la cuenta de que nunca había estado tanto tiempo sin hablar con ella, al menos por teléfono, y pensé en la angustia que debían de haberle causado las declaraciones de Marc en la prensa a propósito de un posible acto suicida. Luego recordé que Marc era un hombre previsor, un especialista en gestionar momentos de crisis y que, a fin de cuentas, era el padrino de Léonie. Era impensable que hubiera hecho un comentario semejante en prensa sin advertir de inmediato a mi exmujer y a mi hija de mi escapada borgoñona para tranquilizarlas. Sabía gestionar la palabra mediática, era incluso posible que hubiese coordinado un seminario al respecto, echando mano de citas de Sun Tzu. Léonie pidió un café americano. Yo hice lo mismo, a pesar de que la sección de vinos de la carta me inspiraba mucho más; pero eran las nueve de la mañana y tenía que dar muestras de seriedad.

—Cariño mío.

—Me alegro de verte, a pesar de todo.

—¿Cómo que a pesar de todo? ¿Me guardas rencor?

Ella no. Léonie, sangre de mi sangre. Jeanne debía de haberla puesto en mi contra. Léonie había pasado los últimos días conectada al gotero de escarnios de la Puritana de Iowa. La había instado a «posicionarse». Los lazos de sangre versus las afinidades electivas, el eterno dilema de los trágicos. Y también la fe revolucionaria versus los lazos de sangre: Cimourdain pidiéndole al republicano Gauvain que sacrifique a su retrasado padre monárquico en *El noventa y tres*. Léonie miraba fijamente la cucharilla de su café.

—No lo sé. No sé qué pensar. Estoy cansada. Te quitas de en

medio tres días sin darnos una mísera explicación cuando todo se está saliendo de madre, sabiendo que nos quedaremos muy tocadas.

—Lo sé. Lo hice siguiendo los consejos de Marc. Ha sido una gilipollez. Lo sé, hija mía. Pero ahora necesito que estemos juntos.

Le agarré la mano con brusquedad. Nunca se me habían dado bien esa clase de situaciones. Hacerme cargo del sufrimiento ajeno nunca había sido mi fuerte, salvo cuando se trataba de personajes remotos con los que sabía identificarme, cuando se trataba de Jean Cau y de Robert Willow. Podía compadecerlos porque era como lamentarme de mí mismo. El sufrimiento vivo era harina de otro costal. Yo era un viejo académico, un hombre agostado por los libros. Quería a mi hija más que a mi vida, pero me daba apuro ser testigo de su tristeza callada que no pedía nada. Me sentía más a gusto ante los reproches; los de Agnès, por ejemplo. En circunstancias normales, yo era una persona terriblemente egocéntrica, y los acontecimientos más recientes no ayudaban nada.

—Escúchame, pollito mío, me han hecho una pintada en la puerta del piso, y han intentado entrar. Tengo motivos para pensar que tu novia, Jeanne, está detrás de todo esto. Será mejor que me digas la verdad.

Léonie me miró sin comprender, y acto seguido dejó escapar una carcajada nerviosa y sin alegría.

—¡Joder, papá, pero bájate ya de la nube!

Levanté el tono:

—Mira, yo no sé qué significa eso de que me baje de la nube. Me perdonarás que me haya subido un poquito, pero es que sí, me han reventado la puerta de casa, la última persona a la que le di mi dirección me llamó fascista y se largó en mitad de la cena, es activista afronosequé y cinco días más tarde aparece la palabra «racista» pintada en mi puerta justo cuando estoy metido en un complot en el que se me acusa de negrofobia, o de racismo, llámalo como te dé la gana. Así que perdóname por hacerme preguntas y por atar cabos, ¿eh? Perdóname por estar atacado, ¿vale?

Léonie me dedicó una mirada triste.

—Papá, me parece que no te estás dando cuenta de la gravedad de todo este lío. Lo de tu dirección no tiene ningún misterio: está circulando por internet.

Arrojado a los perros, sí. Eso era lo que había pasado. Mientras yo me solazaba en Saône-et-Loire, mientras me las daba de pastorcillo con una oveja de alquiler y no soltaba a la pobre Marie ni con agua caliente, internet no había parado. Se practicaba el ojo por ojo, hilo por hilo. El *hashtag* #yosoyroscoff se había tuiteado ciento doce mil veces, mientras que #negroesnegro y #yosoyaquelroscoffito acumulaban entre los dos ciento cincuenta mil retuiteos. Justice4blackpeople, un colectivo anónimo comprometido con la lucha contra la «negrofobia de Estado», había divulgado en las redes mi dirección personal, mi correo electrónico y mi número de la Seguridad Social. «Consulta tus mails, papá.» Obedecí, daba gusto obedecer a un ser humano con un cerebro más o menos operativo. Abrí mi bandeja de entrada. Había recibido un flujo de emails inusual. «¡Enhorabuena!», me informaba un mensaje: me había abonado a un club libertino especializado en *fist fucking*. Se habían vinculado domiciliaciones bancarias a mi cuenta del Crédit Lyonnais, y ya había varios adeudos. El día antes, alguien había creado una cuenta de Twitter a mi nombre y la había alimentado con fotos de *gangbangs* interétnicas y de una decena de mensajes repugnantes firmados por «Jean Roscoff, profesión: hdp». Léonie me explicó el poco afable sentido del acrónimo. La foto de perfil era un montaje sórdido. Sus autores habían parodiado el retrato de un colono belga, con una sahariana y un casco de siniestra memoria, y le habían superpuesto mi cara, extraída de una foto que Agnès me había hecho en el Périgord dos años antes de que nos divorciáramos. Para rizar el rizo habían añadido una frase: «Jean Roscoff, ¿daltónico o negrero? ¡Ambos, mi capitán!».

Con infinita paciencia, Léonie me explicaba que el pirateo de datos personales se había vuelto moneda corriente, que la clase de activistas que me habían tomado como objetivo estaban muy curtidos en esas técnicas de desestabilización, y al oírla yo me preguntaba si realmente conocía a mi hija, si ella misma no habría participado en esa clase de campañas chungas.

✼

—Tienes que denunciar, papá.

Claro que sí. Tenía que denunciar. Tenía que encontrar un cerrajero, tenía que hacer una declaración de siniestro, tenía que responder a los torrentes de mierda que se vertían sobre mí, tenía que acordar una respuesta con Paulin Michel, tenía que reflexionar acerca de las consecuencias sobre mi existencia que se iba al carajo, tenía que pedirle a mi editor que incluyera mi texto de advertencia antes de mandar a imprenta la reimpresión, tenía que devolverle a Marc las llaves de su choza, tenía que eliminar las cuentas falsas y cancelar las domiciliaciones, y sobre todo tenía que darme una ducha y cambiarme, Léonie parecía bastante de acuerdo en la urgencia de una limpieza integral. Un cepillado de dientes tampoco estaría de más, añadió, te huele el aliento como a un poni, y entonces nos partimos de risa, una risa irreprimible y descontrolada, y esa risa fue un claro en el cielo apocalíptico bajo el que yo forcejeaba como una hormiga sin patas. Los clientes de las mesas vecinas se dieron la vuelta para observar a aquel extraño dúo, hasta que de pronto la carcajada de Léonie se quebró y unas lágrimas se derramaron a borbotones, como el llanto de una niña pequeña.

¿Quiénes éramos nosotros; Dabiou, yo, Nicole, Marc y los demás? Lo he dicho ya: nuestra generación había cometido traición. Había hecho llamadas desde las diminutas cabinas telefónicas de Ferney-Voltaire para avisar al banquero ginebrino de que enseguida llegaba. Había sacrificado al obrero y sus fábricas, había sacrificado la autonomía monetaria, había comulgado con los principios de estabilidad, con el dogma de Maastricht. Y a medida que se acercaban, como imantados, a las fuerzas del dinero, a medida que medraban sus panzas tersas, los hijos de la década de los sesenta aumentaban su celo en el ámbito de las «cuestiones sociales». Quedaban los derechos de las minorías y el matrimonio gay. Ahora lo veía con total claridad: la adhesión de una parte de la Familia al pensamiento descolonial era un proceso de mutación, de adaptación al medio natural. Los hombres y las mujeres de la Familia querían sobrevivir sin más, es decir, continuar con su búsqueda de la felicidad sin sacrificar ese factor esencial que representa el muro de contención de su personalidad: la sensación de ser moralmente irreprochable, esa cálida modorra que solo procura el confort intelectual. El antirracismo *new age* proporcionó un nuevo catecismo a esas mujeres y esos hombres que tenían miedo de dejar de ocupar los puestos de avanzadilla. Por su parte, las instancias políticas de la

Familia tomaron el terreno peligroso de la identidad para ganar los siguientes combates, para no morir, pero también para que sus miembros no acusaran con excesiva dureza la dentellada de la culpabilidad, la vergüenza, y el tormento de la mentira. Yo había perdido aquel tren, como tantos otros; y hoy me encontraba atado a las vías.

—Lo principal es que protejas a los tuyos, Jean.

Agnès era una interlocutora de calidad; cuando venían las vacas flacas, pasaba a ser la interlocutora imprescindible. Ella no me abandonaría porque otros hubiesen anunciado mi caída en desgracia. En ese aspecto era diferente de Paulin Michel, del decano de la facultad y de Dabiou. Agnès solo me daría la espalda cuando dejase de ser del todo digno a sus ojos. Desde luego, no siempre había sido así. De joven la seduje con mi aura de intelectual, mis adminículos (el cigarrillo largo, el abrigo afgano, las poses tempestuosas). Había sido impresionable. Hoy ya no se dejaba engañar. Seguía su camino en línea recta, confrontando a cada momento crucial de su existencia su ética de convicción y su ética de responsabilidad. Como decían los futbolistas, Agnès asumía sus responsabilidades. La llamé desde la sala de espera de la comisaría central del distrito XIX, donde llevaba ya una hora larga esperando para poner la denuncia. Proteger a los tuyos, decía Agnès.

—¿A qué te refieres?

Me di cuenta de que temblaba de la cabeza a los pies. Parpadeaba más de la cuenta.

—Me refiero a que estoy preocupada por Léonie. Si quieren hacerte daño, lo que publicarán la próxima vez será su dirección.

No me hizo el más mínimo reproche. Ahí estaba, no pensaba en ella, toda su atención estaba puesta en nuestra hija. Yo ni siquiera había imaginado semejante hipótesis. Me parecía que el vínculo con Jeanne protegía a Léonie. Evidentemente, Agnès tenía razón. Jeanne no era más que una militante entre tantas. Tenía el poder de poner el pulgar hacia abajo (hoy en día, cualquiera podía hacerlo), pero no el de indultar. Se produjo un silencio. Agnès suspiró.

—Yo sé quién eres, Jean.

—Pues claro que lo sabes. Soy un gilipollas egocéntrico, soy un alcohólico, pero no soy racista. Que participé en la marcha de los *beurs*, joder. Cuando nos conocimos, te llevaba a rastras a las manifas de los sábados por la mañana.

—Olvídate ya de todo eso. Deja de desvariar. Me trae sin cuidado tu marcha de los *beurs*. Te estoy hablando de ti, de lo que eres, de lo que sé de ti. Solo me preguntaba...

—¿El qué? Dime, Agnès. ¿Qué es lo que te preguntabas?

No quería que colgara. Su voz era increíblemente dulce. Era raro que dudara antes de hacer una pregunta. Ella iba directa al grano. Hasta la petición de divorcio le salió de un tirón, sin paños calientes.

—¿Cómo te dio por ese tema? Quiero decir: ¿cómo es que te interesaste por ese tío, por Robert Willow?

Ya se lo había contado diez veces durante el proceso de escritura. Ahora me daba cuenta: desde el divorcio, Agnès ya solo me escuchaba a ratos. En el fondo solo le interesaba una cosa: saber si yo estaba bien. Y para ello le bastaba verme hablar, o escucharme hablar, lo que no era sinónimo de escucharme de veras. Ahora surgía la duda. Había dicho «cómo» y no «por qué», porque las etapas concretas que me habían llevado hasta el poeta estadounidense eran elementos objetivos. Yo era menos susceptible de camelármela con el «cómo». Agnès quería comprobar que mis intenciones eran *kosher*, quería asegurarse de que yo no había ido a pescar a Willow con una idea retorcida en mente. Hasta Agnès dudaba de mí.

❖

Era una buena pregunta.

¿Cómo, en realidad?

De nuevo había que remontarse a principios de la década de los ochenta, a los años del esplendor sexual, del sentimiento agudo de mis posibilidades. Yo tenía veintidós, veintitrés tacos, todavía no había conocido a Agnès. Navegaba entre las fiestas de la rue Princesse, los libros y los cuartos que olían a sexo. Benditos tiempos de juventud. Me sentía invencible. Tenía la sensación de que podía liberarme del sueño. Fueron también años de gran exaltación intelectual. Me abalanzaba con voracidad sobre todo el saber que se ponía a mi disposición. Igual que un culturista descubre músculos nuevos a base de entrenamiento intensivo, yo ponía a prueba cada día un poco más mi talento para el análisis, mi dominio de los conceptos y también mi capacidad de acumular información.

Me zambullí con júbilo en la historia del comunismo estadounidense, como podría haberme zambullido con idéntico deleite en la de la España de Isabel la Católica. Lo que yo necesitaba, antes que nada, era contenido, algo que me llenase el buche. Los mítines de W. E. B. Du Bois, los inquisidores del Comité de Actividades Antiamericanas, el caso Rosenberg, todo eso era buen material. Estudiaba a fondo cada uno de esos episodios, con todo lujo de detalles. Me intrigaba esa resistencia tenaz de la opinión norteamericana ante el comunismo. ¿Por qué la cosa nunca llegó a cuajar? Era la gran pregunta, la cuestión esencial. Yo escribiría la historia de ese fracaso, sería un nuevo Tocqueville, la mirada externa que aguardaba América para comprenderse a sí misma. Escribiría un *best seller*. Por aquel entonces, algunos historiadores eran superventas en las librerías. Estaba loco de atar, tenía una presencia de ánimo demencial.

En medio de tamaña embriaguez, Willow encarnaba esa silueta con la que me había cruzado varias veces a lo largo de mi exploración. Un nombre, apenas un rostro. Apariciones fugaces, siempre en segundo plano. Cada vez que levantaba un nuevo faldón de ese momento de la historia contemporánea que damos en llamar macartismo acababa topándome con su figura desaliñada, presente como por azar. Me dedicaba una sonrisa y desaparecía con su misterio. Cuando W. E. B. Du Bois organizaba una manifestación en Chicago con el sindicato de mozos de la compañía de trenes Pullman, ahí estaba él. Cuando se convocaba una marcha en Washington para denunciar el envío de tropas a Corea, ahí estaba él. Cuando Jean-Paul Sartre arengaba a la multitud reunida en el Velódromo de Invierno, en junio de 1953, para apoyar a los Rosenberg, ahí estaba él también. Era como esos eternos actores de reparto que participan con apenas un puñado de frases en las grandes películas de su tiempo. De tanto encontrármelo, me intrigaba. Me irritaba, también; tenía la impresión de que me seguía en mis investigaciones. Me esperaba, burlón, tras cada esquina de la gran saga macartista: «Por fin llegas, Jean. Te ha costado».

Descubrí entonces el destino improbable, el *jazz*, el accidente entre Milly y Barbizon, y sobre todo esos poemas que no constaban en ninguna parte, ni en los manuales más exhaustivos, ni en los archivos más completos. Por entonces, el librito de la Philadelphia Booker Press no se había traducido al francés. Detecté algo. Puede que no algo espectacular, pero aun así. En el fondo, aquel era el sueño de todo historiador: un filón sin explotar. Y también una posible traducción en Estados Unidos. Esa clase de hallazgos era un mirlo blanco, tratándose de un personaje que era pese a todo lo bastante importante para codearse con W. E. B. Du Bois y Jean-Paul Sartre. ¿Y si me encontraba realmente ante algo espectacular? Armaba conjeturas delirantes. Robert Willow, agente de los servicios secretos soviéticos bajo la tapadera de poeta, matón del KGB enviado a París para vigilar a los existencialistas, no lo bastante ortodoxos a ojos de Moscú. Todo cuadraba: Moscú desconfiaba de Sartre; los órganos comunistas consideraban al filósofo como un burgués poco fiable, su influencia en los círculos de izquierda era demasiado importante y se le reprochaba que apartara a los intelectuales del regazo estalinista. Willow tenía contactos en la capital francesa. Conoce a Frazier, que a la sazón se encuentra en París, trabajando para la Unesco. Conoce a Wright, que a su vez conoce a Sartre. Se infiltra en el comité francés por la defensa de los Rosenberg, un hervidero de existencialistas. Yo estaba como en trance, nadaba presa del delirio. Me fiaba de mi intuición, contra todos los principios de la investigación histórica. ¿Y los poemas? Sus poemas eran mensajes en clave que publicó en fanzines para que los descifraran sus superiores. En 1956 o 1957, los servicios de inteligencia franceses descubren su tapadera y su supervisor directo le ordena que se retire. Se marcha y se establece en Essonne, donde atraviesa una crisis mística. A no ser que sus poemas de tintes peguystas sean aún mensajes en clave dirigidos a Moscú. En 1960, los espías de los servicios franceses le dan matarile al volante y camuflan el asesinato como accidente de tráfico. El día del funeral, Nancy Holloway, reclutada por los rusos, se presenta en Étampes para «limpiar» su domicilio.

Durante un tiempo, lo tuve claro. Estaba totalmente exaltado. Llevaba a cabo mis investigaciones con una febrilidad creciente. Dediqué horas a peinar los mamotretos hipotecarios del departamento de Essonne, me puse en contacto con Nancy Holloway y aceché la presencia furtiva de Willow en los tochos consagrados al existencialismo, a la escena *jazz* y a la diáspora estadounidense en París. Intervenía también la curiosidad por ese destino truncado que interpelaba a mi juventud. Imaginaba que Willow había experimentado la aguda sensación de sus posibilidades; que él también había comprobado sus límites con suma crueldad al escuchar tocar a sus ídolos, él que soñaba con hacer resonar su trompeta en el escenario del Carnegie Hall, que fue un seductor nato, un joven destacado. Su vida se desplegó entre dos fechas muy próximas; no tuvo tiempo de traicionar a nadie. Treinta y dos años no son nada. Debió de ser muy triste: conoció unas pocas alegrías violentas y con las mismas se murió. Y sin embargo, fue una vida tupida y densa, la clase de vida que *a posteriori* transmite la impresión de haber sido vivida con la precognición de un final prematuro.

Más que curiosidad, lo que Willow me inspiraba era amistad. Era ese compañero siempre reconfortante, fallecido pocos meses después de que yo naciera. Me agradaba su ironía amarga en algunos poemas del primer periodo; tenía el cinismo de quienes intentan ser ruines y solo consiguen hacerse daño a sí mismos. Nunca salía victorioso. En «Massachusetts Avenue» te lo imaginas frunciendo el ceño, haciéndose el duro:

> Mis ojos desalados parpadeaban al son,
> los parqués gemían y chirriaban bajo la ofensa
> de una rica heredera y treinta y seis gánsters.

Pero la frialdad da paso enseguida al romanticismo más desenfrenado:

> La luna se ahogaba en todos los Potomac.
> Yo mendigaba tu amor y sus altísimas hogueras.

Durante mucho tiempo perseguí la sombra del poeta, cautivado. Y luego abandoné el asunto. Demasiado poco material y demasiadas incógnitas. No se levanta un libro sobre hipótesis. Yo era historiador del macartismo, no paleontólogo. Dejémoslo reposar, me dije, y lo dejé reposar cuarenta años, prometiéndome cada año que lo retomaría. Pero la vida se me llevó por delante: las clases, el nacimiento de Léonie, mi libro sobre el caso Rosenberg. Y el principio de realidad también: Robert Willow no era un espía del KGB, su papel fue el del testigo privilegiado, punto pelota. No escribí mi gran libro sobre América. Viví una gran historia de amor que se estrelló contra las fuerzas del tedio. Tuve una hija. Y ahora tenía sesenta y cinco años.

—¡Señor Jean Roscoff!

Me sobresalté. Me llamaba la muchacha de recepción. Me señalaba una especie de cubículo con un número, como en la oficina de recaudación de impuestos. El poli estaba pasmado de aburrimiento. Saltaba a la vista que la necesidad de proporcionar una respuesta penal al conjunto de infracciones cometidas en territorio francés era para aquel profesional un objetivo discutible. No lo juzgaba; el XIX era un barrio todavía conflictivo, sin duda el último de la capital. Su comisaría se movilizaba cada dos por tres por cambalaches de altos vuelos y ajustes de cuentas, y puede que ya hubieran visto alguna que otra cabeza abierta a martillazos. Estaba en su derecho de preferir que la gente se las arreglara como pudiera con los asuntillos de menor importancia. Pero el acoso a un hombre ya derrotado, la persecución sistemática de un hombre en las cloacas de la red, pensaba yo, no era un asuntillo de importancia menor.

—Cuénteme.

—Estoy siendo víctima de ciberacoso. Han forzado la puerta de mi casa. Me han hecho una pintada. Me han estafado. Están arruinándome la vida. Y, sobre todo, me han difamado, me han difamado a niveles inimaginables.

Repetía las palabras clave que había ido rumiando por el camino. No quería dejarme nada en el tintero. Los culpables tenían que pagar. El poli se restregó los ojos como quien espanta una pesadilla. Respiró hondo. Estaba claro que yo no era el regalo que esperaba por Navidad.

—Alto, alto, alto. Vamos a ir por partes. Primero le voy a pedir que me diga su apellido, nombre de pila, fecha y lugar de nacimiento.

—Jean Roscoff. Nací el trece de marzo de mil novecientos sesenta en Lyon.

Mecanografiaba con tres dedos.

Profesión, profesor jubilado, propietario de un piso de dos dormitorios sito en metro Crimée, rue Archereau número 12, distrito XIX de París, divorciado, una hija, estoy aquí porque he sido objeto de un intento de allanamiento, me han hecho una pintada en la puerta, no sé quién ha sido pero tengo una ligera idea, hay que entender el contexto, es muy complicado, hay que remontarse a primeros de enero, en verdad hay que remontarse mucho más, a primeros de los ochenta, cuando empecé una tesis sobre el escritor Robert Willow, con dos eles, vale, que me dice que no me vaya por las ramas, digamos que hace unos meses hice un libro sobre un escritor americano, Willow, con dos eles, repito, que se alegra por mí pero que no estamos en el programa de Bernard Pivot, ya, me hago cargo, pero resulta que es un detalle importante, lo siento pero estoy obligado a exponerle el contexto, el libro suscitó una gran polémica y empecé a recibir insultos por internet. ¿Que por qué? Pues, digamos, pongamos que el escritor objeto de mi estudio es negro y que se me acusa de haber pasado por alto ese aspecto, ya, ya lo sé, parece una gilipollez, estamos de acuerdo, a mí qué me va a contar, vivimos en un mundo de locos, en fin, también le digo que este asunto pone sobre la mesa una problemática interesante, la que plantea Sartre en sus *Reflexiones sobre la cuestión judía.* ¿Cómo dice? Perdone, estoy de acuerdo, esto no es un salón literario, a la chica que ha entrado antes que yo tres fulanos le han fracturado las costillas delante de su chiquillo de tres años, conque Sartre le importa un pito, perfectamente comprensible, tengo que estructurar un poco mis pensamientos. Usted lo que quiere son infracciones, infracciones previstas y castigadas por el Código Penal, es lo normal, así que voy a procurar ser lo más sintético posible, no me voy a andar con rodeos. Apunte que han forzado la puerta de mi casa, que me han pirateado el correo electrónico, que me han abonado a webs de pago, en concreto webs de *fist fucking*, totalmente, no es para reírse, y aparte de todo eso se me ha difamado, me han tachado de racista, se me ha difamado en prensa, solo tiene que hacer una búsqueda en internet, qué dice, que más tarde mira, pues muy bien. Puedo incluso mandarle las capturas de pantalla si quiere, que luego lo vemos, de acuerdo, ya verá, es un caso de manual, pura calumnia, y todo en nombre de la apropiación cultural, de nuevo me estoy yendo por las ramas, le pido perdón, me dice que en cinco años de servicio nunca han venido a denunciar por difamación, ya, en fin, pues a mí esta historia me ha arruinado la vida.

—¿Va a presentar la denuncia contra persona desconocida, o contra alguien con nombre y apellidos?

—Presento mi denuncia contra el conjunto de personas que me han revolcado por el fango, es decir, contra todos y cada uno de los autores de los artículos más inmundos, y también contra los anónimos que me han insultado en internet. Le pasaré los enlaces. Lo de la pintada y el pirateo creo yo que ha sido un grupo de militantes afrofeministas, tal vez con la complicidad de la novia de mi hija, pero como mis señas se han publicado en la red no puedo demostrarlo, o no puedo demostrarlo al cien por cien.

El poli se retrepó en el asiento y se puso a masajearse las sienes. Había sido un día largo. Echó una ojeada a su reloj.

—Mire, todo eso mi ordenador no lo pilla. O denuncia contra desconocido, o contra persona concreta, o las dos cosas, pero entonces me tiene que ir detallando infracción por infracción.

—Contra desconocido. ¿Eso lo puedo cambiar si hay novedades? Yo por mi cuenta voy a poner en marcha una investigación, en concreto sobre la novia de mi hija (que se llama Jeanne, el apellido lo he olvidado, pero tiene un puestazo en el sector de las «soluciones de internet», en Google deben de salir sus datos), voy a poner en marcha mi investigación, y si resulta que está implicada me gustaría poder cambiarlo.

En el cubículo contiguo, al otro lado de la mampara acústica, un chico explicaba que le habían birlado el móvil, un modelo «cinco ese». Llevaba dentro su vida entera. Estaba indignadísimo, nadie lo entendía, ni el ladrón, ni los polis, ni nadie, gimoteaba, el perjuicio no era la sustracción de una carcasa repleta de componentes electrónicos sino el robo de su vida entera.

Firmé el acta y volví a mi casa lanzando miradas de desconfianza a mi alrededor. Delante de la estación Rosa-Parks me pareció ver al pequeño Le Guen observándome con sus ojillos de miliciano, pero es posible que el cansancio me jugase una mala pasada. Entré en el supermercado para hacer una compra medio en condiciones. El ascensor estaba averiado y subí por las escaleras las cinco plantas hasta mi domicilio. Tenía la impresión de que me seguían.

Cuando se marchó el cerrajero, me dejé caer en mi silla de escritorio. Desde la catástrofe de la víspera no había tenido ni un segundo para mí. En la cocina, rebusqué en la alacena donde guardaba las botellas de Bombay Sapphire. Llené dos tercios de un vaso, añadí una medida de Schweppes Citrus y me lo pimplé todo en dos tragos, con la espalda apoyada en la encimera y los ojos cerrados. La Schweppes había perdido el gas, llevaba no sé cuánto tiempo abierta en la nevera, y me supo particularmente mal. Me preparé otro cubata. Me instalé en el salón-cocina y me zambullí de nuevo en el dosier de prensa que había generado mi libro. Intenté ponerme en la piel de un lector indiferente que llegase por casualidad a alguno de aquellos textos. Intenté hacer una selección. Entre el tropel de artículos que me despellejaban, el de la revista *Triangles* era el más exhaustivo. Se ceñía al libro, y no se conformaba con declarar que Willow escribía en cuanto que negro, sino que trataba de demostrarlo. El autor se detenía en el poema «Split Lips».

Armstrong de labios resquebrajados,
tus labios sangran
y los corazones rendidos
se sosiegan.

Cada nota se paga
con tu sangre bermellón.
Toca, Armstrong.
Muere, Armstrong,
dios lar prisionero del júbilo.
Tu aliento, tu boca de latón
nos pertenece.

Según el periodista de *Triangles* había que estar ciego para no ver en los labios resquebrajados del trompetista un cántico negro, escrito por los negros, para los negros. La sangre que brota de la boca torturada es la de los negros del sur. Se derrama para esparcimiento de los blancos, el público de las grandes salas del norte que ordena al músico que sople hasta la extenuación, hasta la muerte, con tal de sosegar sus «corazones rendidos». El crítico argumenta: «"Split lips" es un poema sobre la depredación. Bajo la pluma de Willow, la música de Armstrong es transfusión sanguínea. El corazón reseco por el odio se regenera gracias a la misma persona que ha sido el objeto del odio: el negro». Uno de sus colegas completa en *Télérama*: «Con "Split Lips", Willow denuncia la hipocresía de los blancos ilustrados del norte que se agolpaban en los conciertos del gran músico de *jazz* en la década de los treinta, subyugados pero ajenos al sufrimiento que atraviesa el *swing* armstronguiano, el de la conciencia desdichada, los *spirituals* y los campos de algodón». Y concluye: «Los labios resquebrajados son el dolor del gran grito negro que quisiera expresarse. Es también el alma partida en dos: africanidad y americanidad, rebelión y resignación, máscara o verdad».

¿Cómo pasar por alto algo tan evidente?, criticaban los exégetas. El de *Télérama* me disculpaba parcialmente insinuando que yo me había dejado engañar por la traducción de Sobchak, quien al parecer atenuó el alcance político de la obra willoniana: «Sin poner en entredicho sus aptitudes profesionales, hay que reconocer que el traductor, Joël Sobchak, no racializado, no era la persona más capacitada para trasladar la poesía de un autor de la diversidad». Me estremecí. «Autor de la diversidad»: la poesía de Willow, pasada por el tamiz de un formulario de visado. Las palabras huecas y administrativas amputaban las alas del poeta para encarrilarlo hacia un despacho con hoja de asistencia, horarios de apertura, patrocinadores y dietas. Y bajo la pluma de ese funcionario tiquismiquis, el muy sorprendente Sobchak se convertía también en alguien insignificante y común: ya no era el ermitaño drogadicto y perfeccionista hasta límites enfermizos que sudaba entre pico y pico para traducir los versos de un hombre cuando menos tan oscuro como él, con una humildad y una delicadeza que contrastaban con la zafiedad que manifestaban todos aquellos que lo habían tratado; Sobchak, visitador de cárceles y cleptómano; Sobchak, que durante quince años grabó el ruido de los trenes que entraban en la estación para constituir una biblioteca sonora del mundo ferroviario. No, nada de eso existía ya, nada de eso le interesaba al crítico de *Télérama*, a él lo que le interesaba era que Sobchak era un individuo no racializado y, a fin de cuentas (no lo escribía, pero sin duda no habría hecho falta torturarlo para que lo afirmara), un judío asquenazí no racializado. Y eso era verdad, incuestionablemente. Pero también era cierto, y sin duda más significativo, que Sobchak era un hombre huraño, excesivo y hosco, asediado por la muerte, un hombre perezoso y torturado por su mala conciencia y capaz, por temporadas, de mutar en trabajador hacendoso y colosal. Y si era estrictamente necesario encontrarle una comunidad de pertenencia, si era estrictamente necesario situarlo (ya que tal era la obsesión del crítico-aduanero), entonces lo más justo, lo más pertinente, era clasificarlo en la de los melancólicos febriles que a veces, cuando cae la noche, tienen la atroz sensación de ser atravesados por una gran espada. Y por ese motivo, Sobchak estaba perfectamente capacitado para traducir a Robert Willow; era incluso la persona más indicada. Por lo demás, la acusación hacia el traductor era descabellada y negligente: el autor no apuntalaba su afirmación con ningún ejemplo extraído del texto original, y se cuidaba muy mucho de evocar los poemarios en francés.

Estaba que trinaba. ¿Qué sabía toda esa gente de «Split Lips»? Antes que una metáfora de nada, los «labios resquebrajados» hacían alusión a un episodio real: una noche de concierto, de tanto buscar notas agudas con la trompeta, los labios de Armstrong, efectivamente, reventaron. Varios biógrafos referían el episodio, entre ellos, Panassié: «Una noche, en Baltimore, mientras a costa de un esfuerzo sobrehumano Louis tocaba "Them There Eyes", sus labios reventaron. Cada nota que le sacaba al instrumento era una agonía. Los músicos y, entre bambalinas, las coristas, no quitaban ojo a Louis, sin poder contener las lágrimas. [...] Louis quería terminar con un fa sobreagudo, una nota muy difícil, y Chick Webb, a la batería, desplegaba, para ayudarlo, todos los recursos de su incomparable técnica mientras las lágrimas le rodaban por las mejillas. Louis, con la cara empapada de sudor y sangre, sacó el fa sobreagudo, que pareció más un grito de inmensa desesperación que música. Una lluvia de aplausos descargó en toda la sala, mientras se llevaban a Louis casi sin conocimiento».

Willow, asiduo a las salas de *jazz*, tenía que conocer por fuerza la escena. En *El visionario de Étampes*, yo proponía una interpretación: «Para Willow, Armstrong encarna la figura del artista que ya no es dueño de sí mismo. Willow expresa su admiración hacia ese hombre capaz de comprometerse por completo con su arte. Al de Durham, más veleidoso, le falta valor para ser un "prisionero". Trompetista él mismo, quizá habría soñado con ser un gran *jazzman*. Convertido en poeta, deambula de una forma a otra, vacilante, escribiendo a un ritmo poco sostenido (en la etapa parisina), distraído por la fiebre de Saint-Germain». Con todo, mi interpretación se sostenía. Al menos en igual medida que la de ellos.

La botella de ginebra estaba seriamente mermada cuando Jeanne apareció en el marco de la puerta, ceñida con la túnica templaria. Rio con sorna, me insultó, me tachó de «pedazo de mierda occidentalocéntrica». Tras ella, Aminata Diao sonreía con timidez, envuelta en una capa. Di un paso adelante pero Jeanne me cerró el paso gritando: «¡No toques a mi amiga!», y entonces los ojos de Diao se tiñeron de rojo sangre y le chilló a Jeanne: «¡Tú no eres mi amiga!». Jeanne se echó a llorar de pura rabia. Se rascaba la piel entre gemidos. Unas llamas brotaron del suelo a su alrededor, la rodearon formando un símbolo cabalístico y al cabo de un momento Jeanne desapareció del todo entre la humarada y yo me quedé solo frente a Diao. Esta me miró con desprecio unos segundos antes de volverse diminuta, transformarse en ratón y desaparecer en una grieta que se había formado para la ocasión por encima del fregadero. Entonces me desperté. Estaba mamadísimo. Me di una ducha tibia, bebí medio litro de agua y me sumí de nuevo en «Split Lips».

Tu aliento, tu boca de latón
nos pertenece.

Sí, la cuestión negra era ineludible, a ese respecto mis enemigos tenían razón. Pero entonces otra lectura del poema era posible. Los «corazones rendidos» son los de sus hermanos negros que hallan consuelo en su música. Son ellos los que reivindican la posesión de «su boca de latón». A través de la figura de Armstrong, Willow nos habla de los escritores negros, sus compañeros, los luchadores infatigables que invirtieron todas sus fuerzas en la batalla. ¿Piensa en Frantz Fanon, el psiquiatra y militante anticolonial, que morirá de leucemia en Washington, en 1961? Sus destinos se cruzaron. Ambos nacen con escasos meses de diferencia y mueren con escasos meses de diferencia. Fanon, nacido en Martinica, fallece en Washington D. C., no muy lejos de las calles donde se crio el poeta. Acaba *Los con-*

denados de la tierra cuando le quedan pocos meses de vida. El libro lleva prólogo de Sartre; otro más. Frantz Fanon, agotado por su combate, consumido por su combate. Baldwin, que no muere pero también se agota. Su lucha no la compensa ninguna alegría. Otros se beneficiarán de ella más adelante. Ni siquiera se cobran una venganza, y eso que la tentación debe de ser grande, de tantos crímenes como se han cometido. Ni siquiera se dan el gusto de odiar a los blancos. Fanon y Baldwin quieren justicia y sufren porque no hay justicia. Willow los lee, Willow los admira, pero Willow no quiere consumirse. Él quiere vivir. Se lo dicen, le sugieren que su posición de poeta negro lo obliga. Tal vez incluso sufre cargo de conciencia. No tiene madera de mártir ni de profeta; ni siquiera de guerrero. Su estrategia es la evitación. Me metí en la cama dando vueltas a estas cavilaciones, y me quedé dormido.

A la mañana siguiente me despertó una llamada de Claudia, la mujer de Paulin Michel. Le expliqué los últimos acontecimientos y mi denuncia. Ella activó el altavoz para que Paulin participara en la conversación. El editor parecía terriblemente contrariado, pero su voz carecía de calidez; tuve la impresión de que me culpaba por tener problemas. «Esto está yendo demasiado lejos. Creo que deberías conceder una entrevista. Te tienes que defender. Estaría bien que lo hablásemos con tranquilidad.» Me estaba volviendo loco: con él, las cosas nunca podían hacerse sobre la marcha, siempre había que postergar las decisiones a una conversación posterior. Para ese hombrecillo, la toma de decisiones era un proceso doloroso. Necesitaba tomar impulso. Observé también que había dicho «*te* tienes que defender». Todavía íbamos en el mismo barco, pero ¿por cuánto tiempo? Respondí con malvada ironía que, en efecto, tal vez ya fuera hora de defenderse. Colgué. Me temblaba un poco la mano. Volví al salón y me desplomé en una butaca. Llamé a la residencia de ancianos de La Garenne-Colombes. ¿Había salido Siemmens del atolladero? Me habría gustado volver a hablar con él. La recepcionista me pidió que deletreara el apellido y acto seguido me anunció que Siemmens había muerto, plácidamente, en su cama articulada.

8. El gran momento

¿Qué representa exactamente Jean Roscoff?

Le Monde

Respeto por el exmilitante. Tristeza al constatar su falta de lucidez en un libro fallido. Incomprensión al verlo besar la babucha de un político xenófobo. #Roscoff #Notoquesamiamigo #sosracismo #Apropiacióncultural

Tuit de SOS Racismo

Los *illuminati* indigenistas y los apóstoles de la cultura de la cancelación han encendido una nueva pira. El autor de *El visionario de Étampes* es su más reciente chivo expiatorio. La idea de que un negro americano buscara su camino al margen de la lucha racialista y comunitaria crispa a los nuevos Torquemadas. No nos inspira especial simpatía el mitterrandismo inmigracionista del que procede el autor. Hace veinticinco años, no nos quedamos callados cuando publicó un libro adoctrinador sobre el caso Rosenberg. Somos poco sospechosos de complacencia con el marxismo-leninismo que abrazara Robert Willow. Pero el marxismo-leninismo tenía al menos la ventaja de resolver las cuestiones étnicas (mediante la negación). Willow era comunista, eso es un hecho. No se le conocen escritos sobre la cuestión negra. El análisis de Roscoff es perfectamente legítimo.

VALEURS ACTUELLES

En su juventud, Roscoff fue un activista antirracista. Pero mucho ha llovido desde entonces. Si se decidiera a volver a serlo, se impondría una actualización de su *software*. No le corresponde a él, autor no racializado perteneciente a una clase intelectual privilegiada y académico, decirnos lo que puede sufrir un negro.

COMUNICADO DEL CONSEJO REPRESENTATIVO
DE ASOCIACIONES NEGRAS

En verano, mi padre fabricaba trampas para avispas, para que pudiéramos comer en paz. Yo tenía cinco o seis años. Cortaba una botella de plástico, vertía un dedo de aceite de oliva en el fondo, y a continuación introducía en el culo de la botella la parte del gollete, transformada en embudo, del revés. Las avispas seguían la pista de la miel con la que él untaba el conducto, hasta que se encontraban atrapadas. Yo observaba hipnotizado el dispositivo mortífero. Las avispas, presas del pánico, buscaban una salida, pero todas acababan muriendo enviscadas en el aceite. Ninguna logró jamás colarse por el estrecho gollete y escapar.

Bajé a tirar las botellas en el contenedor del vidrio. La portera se quedó mirando mi bolsa de cuadros escoceses rebosante de cadáveres. Pensé: «Pues sí, muy señora mía, esto lo he hecho yo solito». Carraspeó.

—Han venido unas personas. Lo buscaban. Querían saber dónde vivía usted.

Me hablaba mirando para otro lado.

—Unos muchachos con la cabeza afeitada. Con chaquetas de esas, ¿sabe usted cómo le digo?, cazadoras... ¿cómo las llaman...? ¡*Bombers*! ¡Sí, eso, *bombers*! Me han dicho que ellos pueden ayudarlo, que pueden echarle una mano en lo que necesite. Tal vez debería usted irse a vivir a otro sitio durante un tiempo. Ah, sí, se me olvidaba, me han dado una nota para usted.

Me entregó un sobre. Dentro había un papelito doblado en cuatro:

APOYAMOS A JEAN ROSCOFF, MÁRTIR DE LA NEGROMANÍA, VÍCTIMA DE LA IZQUIERDA PODRIDA, DE LOS MIERDOS DE DESINFORMACIÓN Y LOS PUTERIODISTAS.
COLECTIVO RECONQUISTA

Para mear y no echar gota. Que yo había participado en la marcha de los *beurs*, joder. Que había dedicado diez años de mi vida a gastar suela contra esos animales vestidos con botas militares y polos Fred Perry. Kilómetros y kilómetros de marchas entre République y Nation levantando el puño contra los débiles de espíritu que creían conjurar su inseguridad sexual tatuándose una esvástica. Y ahora me mandaban cartitas de amor. En algún lugar, allá arriba, unas fuerzas desconocidas se reían de mí.

❖

Dos días después, llegué con mucha antelación a la puerta de la Casa de la Radio. Enfrente, un bareto me abría los brazos. Podría haberme apoltronado en mi sitio predilecto, lo más cerca posible de los grifos, pimplarme una caña para achicar un poco el miedo que me revolvía las tripas y, sobre todo, recular antes de que el monstruo de vidrio y aluminio se me comiera vivo, pero le había prometido a Léonie y a Agnès que no haría nada de eso. Con respecto al tono que debía adoptar durante el programa, había recibido consejos contradictorios: «Tú zen, papá. Todo saldrá bien», me había dicho Léonie. «No esperes a que te suelten un mordisco. Revienta a esos hijos de puta», decía Tao, el dueño del Cama Trineo, al que al fin había conseguido domar. «Relajado, afable, sereno», era el consejo de Marc. «Una tertulia al calor del hogar.» «Te estás jugando la vida», me había dicho Agnès. «Y la tranquilidad de tu hija, de paso. Concentración máxima. En el directo no hay red.» Sin embargo, sobre la priva se había impuesto un bonito consenso: ni una gota. Una parte de mí mismo (la que había seducido a Agnès antes de hastiarla) se sentía tentada de trincarse diez seguidas y aparecer en el estudio en plan Gainsbarre, zarrapastroso y provocador, decirles a un millón de oyentes lo que me saliera de dentro y servirles mis entrañas palpitantes en una bandeja. A fin de cuentas, se trataba de decir la verdad, nada más que procla-

mar lisa y llanamente qué clase de hombre era yo, el amigo de
Willow, el amigo de todos los *schmürz* de la tierra, de los negros,
los amarillos y los verdes, de los auténticos y los inauténticos,
Roscoff, el nuevo reaccionario o el camusiano fraternal, como
prefieran. Decir aquello no requería ninguna preparación, todo
lo contrario: la preparación era enemiga de la verdad, engen-
draba elementos de lenguaje en vez de frases de fuego. Tal vez
Agnès hubiera percibido que yo era capaz de estallar en directo.
Con mucha tranquilidad, con una delicadeza extraordinaria me
había dicho que si bebía una puta gota antes de entrar en antena
se divorciaría de mí por segunda vez, por lo simbólico, antes
de arrancarme los ojos. Y tenía razón, desde luego. Así que le
di la espalda al bareto y me puse a dar vueltas bajo el frío. Vi
parpadear las primeras luces de la ciudad. A las siete en punto
me encendí el último cigarro, y a continuación me adentré con
gallardía en el vientre del monstruo para jugarme la vida.

✳

Paulin Michel me había aconsejado que concediera una entrevista por escrito, cuyo contenido pudiera matizar. Él conocía a
un periodista, un tío serio, que enviaba las respuestas antes de
publicarlas para que el entrevistado las validara; de ese modo
nos asegurábamos un control total y sobre todo nos ahorrá-
bamos los famosos gajes del directo. Aunque no se atrevía a
decírmelo a las claras, era obvio que en su cabeza dichos gajes
no estaban tan relacionados con las preguntas imprevisibles del
periodista como con mi estado de ánimo, mi humor cambiante,
mi agresividad potencial y también mi tendencia a embarcarme
en temerarias logorreas interminables y abstrusas, incompati-
bles con el formato de un programa matinal de radio. No di
mi brazo a torcer. Yo quería dirigirme directamente al público.
Quería que oyeran la voz de un ser humano, la de Jean Roscoff,
con su tesitura singular y sus vacilaciones, con sus explicaciones

trabajosas de hombre a la busca de la verdad. Por lo demás, se trataba de mi vida, no de la reputación de la editorial Dialogues, a ver si se le metía a todo el mundo en la cabeza.

Una chica del programa vino a buscarme al vestíbulo. La seguí por un laberinto de ascensores y pasillos curvos. Varios empleados deambulaban, termo en mano, los más jóvenes provistos de auriculares *bluetooth*. La chica, amable y considerada, me hizo pasar a una salita donde había una bandeja con minibollería y una máquina de expresos. Yo me había negado a que Paulin Michel me acompañara: no quería que me transmitiera su ansiedad y no quería imponerme el espectáculo de su frente perlada de sudor justo antes de entrar en el estudio. Me relajé. La salita era cómoda, y la chica no paraba de prodigarme sonrisas. Era una pelirroja muy guapa con una nariz que le aullaba a la luna: «Todo saldrá bien», me dijo, rozándome el brazo.

Tenía la sensación de que me observaba con curiosidad; tal vez le recordase a su padre o algo así, o puede también que le sorprendiera constatar que yo no tenía la sonrisa sádica de un *Obersturmbannführer* de las Waffen-SS. Cuando salió, le miré el culo con ojos melancólicos. La moqueta amortiguaba el sonido de los pasos. Introduje una cápsula de Nescafé México Grande en la máquina, que empezó a ronronear de puro deleite. Me sentía bien.

El estudio era una salita con las paredes recubiertas de paneles acolchados. Tres cuartas partes del espacio quedaban ocupadas por una mesa pentagonal presidida por una araña telefónica de última generación y un montón de micrófonos. El suelo estaba enmoquetado de azul y flotaba un olor a cuero fresco. El ambiente invitaba a un diálogo intimista, «con las frentes tocándose». Lo más importante era no bajar la guardia. Recordaba las advertencias de Agnès, recordaba sobre todo la cifra que me había dado Paulin Michel —ochocientos mil oyentes de media, es decir, más o menos diez Estadios de Francia llenos hasta la bandera, no debía perder de vista ese dato—, pero el periodista ya se acercaba y me tendía una mano franca: Jean-Louis Vichinski, la estrella de la franja de las siete a las nueve.

Debía de tener más o menos mi edad. Nunca había sentido curiosidad por ponerle cara a su voz, pero sí, tenía cara; careto, incluso: pelo despeinado, un cabezón imponente encajado a mazazos entre dos hombros como de mozo de mudanzas y mirada gris acero.

—Es durillo, ¿eh? —me espetó, señalando con la barbilla la hora que marcaba un reloj electrónico por encima de la puerta del estudio.

Se sentó sin esperar respuesta y se puso a consultar sus fichas, como buen trotamundos de las ondas, con las gafas apoyadas en la punta de la nariz y rezongando un reproche a un técnico que se afanaba alrededor de la mesa. Me transmitió la impresión de un tipo con una dilatada experiencia de la vida, capaz de contemplar un amplio espectro de comportamientos humanos. Un buen hombre que olfateaba a la gente, que no se dejaba llevar por las modas del momento y aspiraba a juzgar a partir de los hechos. Tenía fama de ser belicoso pero íntegro. El equivalente radiofónico de lo que Jean-Pierre Raffarin representó durante un tiempo en política.

Alguien me trajo un poco de agua en un vaso de plástico. Una luz roja se encendió por encima del reloj electrónico.

—Buenos días, Jean Roscoff.

—Buenos días, Jean-Louis Vichinski.

Era mi gran momento. Sin red, había dicho Agnès. Adopté mi tono de hombre hecho y derecho, de viejo pirata cansado, herido pero aún en pie. Quería encarnar musicalmente mis palabras, mi elogio del matiz, del humanismo camusiano, de la indulgencia. Vichinski, por su parte, tenía una voz de *crooner* que llenaba por completo la estancia.

—Es usted historiador, especialista en macartismo e historia estadounidense, pero, sobre todo, es ensayista. Ha escrito *El visionario de Étampes*, un libro que ha hecho correr ríos de tinta últimamente. Un libro escandaloso para algunos, valiente para otros. ¿Quién es el visionario de Étampes, Jean Roscoff?

—El visionario de Étampes es Robert Willow. Un hombre del que en verdad se sabe muy poco. Un negro americano; creo que ahondaremos en este aspecto, pero prefiero decirlo ya para no alimentar una ambigüedad que nunca tuve intención de manifestar. Un negro americano que nace en un barrio negro de Durham, en Carolina del Norte. Su padre, pequeño empresario, se gana la vida bastante bien...

—Pronto se trasladarán a Washington.

—Sí, se trasladarán a Washington D. C. porque en esa época los negros americanos ven un poco esa ciudad como un lugar aparte. Allí tiene su sede la Howard University, y por otro lado la administración federal da trabajo a los negros. Digamos que la segregación es un poco menos despiadada que en otros sitios.

—Luego, el Partido Comunista, y luego, Francia.

—Eso es. Se afilia al partido en mil novecientos cincuenta, y más tarde abandona su país para marcharse a Francia, en mil novecientos cincuenta y tres. Se suma a los existencialistas. Se suma también a sus amigos: el escritor Richard Wright y Frazier, antiguo profesor suyo en la Howard University...

—Edward Franklin Frazier, el célebre sociólogo que trabajó para la Unesco, en París, entre mil novecientos cincuenta y uno y mil novecientos cincuenta y tres.

—Justo.

Estaba gratamente sorprendido, Vichinski se tomaba su tiempo, controlaba el asunto. Puede incluso que hubiera leído mi libro.

⁂

Todo discurría con total naturalidad, cada pregunta llevaba sin esfuerzo a su respuesta. Solo estábamos él y yo, y su voz aterciopelada que flotaba en la sala. No me habría extrañado lo más mínimo que se encendiera un cigarro.

—Más tarde analizaremos los motivos por los que se fue de Estados Unidos, pues guardan relación con la polémica que se ha desatado en los medios.

—Por supuesto. Podemos comentarlo. Lo que es indiscutible es que Willow se marcha de Estados Unidos en marzo de mil novecientos cincuenta y tres, en un clima de anticomunismo histérico.

—A continuación se relaciona con los existencialistas, con Jean-Paul Sartre, antes de desligarse del Partido.

—Esa al menos es mi hipótesis. Hacia mil novecientos cincuenta y cinco publica un poema en una revista, «Hasta nueva orden», en el que se burla del plan quinquenal de los soviéticos.

—Y entonces llega el exilio.

—Exilio es mucho decir: no se va a Tasmania, sino a escasos sesenta kilómetros, al departamento de Essonne. Corta los vínculos con el círculo de París y empieza a escribir en francés, una poesía muy diferente, menos mordaz, menos rítmica también. Una poesía de inspiración medieval, podríamos decir; de un medievalismo moderno, en cualquier caso, cercana a la de Charles Péguy, que a mi parecer pudo encarnar una influencia para el poeta.

Atención, atención. Demasiado especializado, demasiada jerga. Frente a mí tenía a Vichinski pero afuera estaban los diez Estadios de Francia llenos hasta la bandera y podía perder tres o cuatro con esa clase de consideraciones que ni siquiera eran necesarias y no arrojaban luz sobre nada; podía perder trescientos o cuatrocientos mil oyentes que considerasen legítimamente que las siete de la mañana es muy temprano para meterse entre pecho y espalda una digresión sobre la influencia de Charles Péguy en la obra de Robert Willow. Es que ya me valía, Charles Péguy, qué fuera de lugar, me estaba saliendo del tema, coño. Jean, rectifica.

—Básicamente, pasó de Miles Davis al canto gregoriano.

Dejé escapar un breve cloqueo, satisfecho con la ocurrencia. Vichinski me recondujo con amabilidad:

—Hasta que, en mil novecientos sesenta, se produce la tragedia.

—Eso es. Ese año, Willow muere en un accidente de tráfico.

—Un puñado de fechas pero, sobre todo, una obra. Una obra que merecía algo mejor que la indiferencia del público. Eso es lo que usted viene a afirmar, en esencia.

—Sí. Una obra poética primero en inglés y luego en francés, más concretamente unos sesenta poemas reunidos en tres antologías. Se trata de una obra extraña: casi tiene uno la sensación de que la escriben dos personas distintas. Tres, incluso.

—Primero, los poemas sobre el *jazz*.

La voz de Vichinski era tan mullida como la trompeta de Armstrong en «New Orleans Stomp». Iba todo sobre ruedas. Embragué:

—Primero el *jazz*, sí. Luego, unos poemillas cargados de ironía y amargura en los que se percibe cierta distancia con respecto al Partido Comunista y el entorno sartriano. Por último, se atreve con algo atemporal, casi místico. No podemos descartar por completo una conversión al catolicismo.

El diálogo duraba ya diez minutos. Vichinski lanzó una ojeada a sus fichas y bebió un poco de agua. A continuación, fuimos al meollo de la cuestión.

El periodista se quitó las gafas como quien deja caer una máscara. Sus pupilas se contrajeron hasta convertirse en dos canicas duras y negras. Su voz se refrescó de golpe y porrazo. «¿Qué te creías, muchacho? ¿Que esto iba a ser un paseíto, como estar en un salón de té?»

Atacó: ¿por qué esa impresión de ciertos lectores de que yo le hurtaba a Willow su condición de negro americano, de que le atribuía a Willow una voluntad de sustraerse de su identidad de negro americano? ¿Por qué, en otras palabras, se me acusaba de apropiación cultural? ¿Había reflexionado yo acerca de todo aquello?

Yo había tomado notas, había garabateado algunas palabras clave en unos *post-its*, pero de pronto me parecieron ilegibles, inservibles, las palpé sin lograr descifrarlas, noté que se me ponía rígida la nuca, que me chorreaban los sobacos, me entró calor. Me aclaré la garganta y respondí con toda la calma de que fui capaz. Afirmé tímidamente que «había formulado una propuesta» a partir de sus escasos datos personales, de su obra, de retazos aquí y allá, del testimonio de Nancy Holloway, pero también de un contexto que conocía bien, que conocía muy bien, y que cada uno de esos elementos aislados podían parecer insuficientes para hablar en nombre de Willow, en su lugar, lo entiendo. Y sin embargo es una convicción profunda, una convicción —soy consciente de ello— personal, lo que le propongo al lector: opino que Robert Willow huyó de su *situación* de negro, y que huyó de ella hasta la inautenticidad.

—¿A qué se refiere?

Nada de conceptos enrevesados, me había dicho Agnès, nada de palabrería sartriana. Es un informativo matinal, utiliza términos sencillos, todo se puede explicar con palabras sencillas. Pero de nuevo caía yo en mis excentricidades de académico, era un viejo chiflado enredado en su jerga, y eso que Vichinski, aunque se mostraba agresivo, no transmitía maldad, solo hacía su trabajo. No se regodeaba en hundirme, tal vez incluso quisiera ayudarme, pero no podía salvarme de mí mismo, no podía dar las respuestas en mi lugar; él sabía perfectamente lo que había que decir, sin duda, pero no sabía lo que yo quería decir, sobre mí no tenía ni putísima idea. Visualicé entonces la lamentable imagen: Roscoff y Aminata Diao disputándose con patetismo los despojos de Robert Willow, la pelotera por la memoria, a grito pelado los dos, mientras sus libros yacían medio destrozados junto a los beligerantes. Visualizaba el cuadro en el que estaba participando, el juego de suma cero al que me estaba prestando, pero era demasiado tarde, ya había pasado el momento de dar un paso atrás. Y en ese instante se me apareció nimbado de estrellas el intelectual con su gabardina, con su mirada inteligente y bondadosa, Camus, al que un día instaron a definir la civilización europea, y él pronunció una frase extraordinaria: «Yo quisiera hablar primero de mi dificultad para decir cosas definitivas sobre este tema». Miré a Vichinski a los ojos y contesté:

—Me refiero a algo muy sencillo. Willow me emocionó. Su poesía me conmovió. Porque hay muchas voces en ese hombre. Willow no es un único bloque. Como nosotros no somos un único bloque. Y creo que Robert Willow puede conmover a muchas personas porque lo que escribió es muy hermoso. Fue un hombre libre que se liberó de sus sucesivas religiones. Que se asfixiaba al pie de los estrados donde no hay lugar para la discusión. Se negaba a erigirse en portavoz de nadie. Él era un negro americano metido en América hasta el cuello, incorregiblemente americano, y sin embargo América no lo quería, América no quería ni oír hablar de los negros. Amo la poesía de Robert Willow. Y sin duda lo he expresado con torpeza, y puede incluso que haya ofendido a algunas personas. Mire, cuando volví a mi casa y me encontré con la palabra «racista» escrita en mi puerta con letras enormes, me quedé muy sorprendido. Tengo una hija, y la quiero. Tengo una exmujer, y no sé por qué le estoy contando esto, pero tengo una exmujer y también la quiero, la quiero más que nunca. Yo no soy racista, el racismo es un pensamiento que me resulta completamente ajeno. Bebo demasiado, eso por descontado, tengo problemas con el consumo de alcohol, pero racista no soy. Porque en el fondo solo somos hombres. Pero no les guardo rencor a los que hicieron esa pintada, de hecho no le guardo rencor a nadie. En el fondo, solo somos hombres.

Cuando salí, me llevé la sorpresa de descubrir a Agnès y a Léonie en la puerta del estudio. Habían llegado juntas y habían escuchado el programa mientras tomaban un chocolate caliente, compartiendo auriculares. Mi hija se tiró a mis brazos y nos achuchamos en silencio. Agnès se mantenía apartada pero me dedicó una mirada que yo llevaba mucho tiempo sin ver, una mirada que me decía que estaba orgullosa de mí.

—Has estado fantástico, papá.

Había hablado con el corazón en la mano y hasta me había permitido el lujo de leer un poema de Willow en antena. Le cedí a él la última palabra, y ochocientas mil personas escucharon una balada willoniana intimista, una balada que hablaba de un niño que observaba el mundo:

El niño seriamente, muy gravemente absorto,
muy intensamente, seriamente implicado.

Y mi voz se quebró con estos últimos versos. Como suele decirse en esos mundillos donde la picardía está tan generalizada que la más insignificante palabra sincera detona como una nota falsa, como suele decirse en esos mundillos adulterados, «ocurrió algo». Hasta el viejo trotamundos de Vichinski me dio las gracias por aquel «hermoso momento radiofónico», me estrechó la mano con calidez y yo repliqué que a quien había que dar las gracias era a Willow, porque reconfortaba oír el cántico de un hombre que trataba de descifrar nuestra condición con sus pobres palabras. Olvidado durante medio siglo, ese cántico brotó de repente a plena luz del día, y durante unos minutos se coló en millares de existencias, en millares de hogares donde la diminuta llama nunca antes había penetrado. Y por eso yo estaba dispuesto a perdonar a todos, estaba dispuesto incluso a dar las gracias a Cara Larga, el tipo del blog que había hecho posible todo aquello. Por teléfono, Paulin Michel balbució unas palabras de enhorabuena y añadió que los pedidos de Amazon se desbocaban, que estábamos haciendo la caja del siglo, que Jean-Michel Aphatie me había escuchado y quería invitarme a su plató, que había llorado al escucharme, el corazón endurecido de Jean-Michel Aphatie había cedido bajo los versos de Willow y, con el suyo, miles de corazones, la gente iba a comprar poesía, iba a comprar puta poesía, venerarían a su vez la diminuta llama, tan frágil, tan minúscula en medio de las arengas, los reclamos y los discursos histriónicos y las imágenes pixeladas y las peticiones *online* y la tecnología 5G, protegerían la diminuta llama, un cantante de éxito había publicado un tuit en el que decía que era un gusto oír algo así, resonaba un clamor del corazón generalizado, era un gusto oír a un hombre que no respondía a la histeria con más histeria, a un hombre no violento, y yo me acordaba de las palabras de Martin Luther King acerca de «la fuerza de la no violencia», y de las burlas de Malcolm X, que opinaba que de nada servía poner la otra mejilla.

—Esto es una locura, Jean. Los pedidos están desatados.

A Paulin Michel le daba hasta miedo, estaba paralizado, tenía por lo menos diez emails de institutos que querían que yo acudiera a dar una charla y pronto nos quedaríamos sin existencias; habría que reimprimir por tercera vez. Aquello era demasiado para su corazoncito de editor independiente, seguramente tenía miedo de que el impacto fuera demasiado fuerte para Dialogues, como esos ancianos que sufren un infarto haciendo el amor, tenía miedo de que su editorial muriera de éxito, y yo le decía «ay, mi Paulin, mi Paulin», y me reía, toda la tensión acumulada durante una semana estallaba en una carcajada interminable, la risa franca del borrachín que yo era, una carcajada fraternal y amplia como el mundo, que invitaba a todos a su mesa porque la vida era demasiado corta para desconfiar, la desconfianza y la burla eran dos cánceres que mataban la generosidad en quien las segregaba, pero también en la persona a la que apuntaban, eran dos enfermedades contagiosas que todo lo empequeñecían, que todo lo marchitaban, y tal vez a la gente le hubiera gustado oír aquello en las ondas a las siete y media de la mañana.

9. *You may say I'm a dreamer*

Embarcar a Camus en su nauseabunda aventura es la última indignidad del señor Roscoff. Rogaríamos a este negacionista (sí, hay que hablar de negacionismo) que deje en paz al autor de *El extranjero*, que dedicó su vida a luchar contra la opresión. Roscoff, nada sectario, involucra también al excelso novelista negro estadounidense James Baldwin, un detalle que hará las delicias de los derechohabientes del incansable luchador por la igualdad. «Yo amo a azules, negros y amarillos», se defiende Roscoff, asombrado por su amplitud de miras. Los aprecia, en efecto. Siempre y cuando sigan siendo dóciles figuras oprimidas a las que él pueda hacer hablar a su antojo. Pero que no levanten la voz para exigir lo que les corresponde, porque entonces serán fascistas y macartistas. No se olvida tampoco del proverbial ya-no-se-puede-escribir-nada, la misma cantinela que entona a coro esa derecha extrema y reaccionaria que sin embargo vomita su odio con total libertad.

Le Magazine M

Es indudable que Roscoff no se alinea con movimientos identitarios, pero encarna el problema de cierta izquierda, no racializada, que querría circunscribir los términos de la lucha contra el racismo.

Que reprocha a las minorías que no formulen sus reivindicaciones con educación. Que se sofoca cuando las voces se elevan demasiado para denunciar el sufrimiento y las humillaciones. En su libro, Roscoff abomina de Sartre. Haría bien en releer las primeras líneas del *Orfeo negro* (del que mutila alegremente algunos pasajes): «¿Qué esperabais cuando quitasteis la mordaza que tapaba las bocas negras? ¿Que entonasen vuestras alabanzas?». Al menos Sartre tenía esa lucidez. En el fondo, estaba definiendo *avant la lettre* la conocida técnica de la vigilancia del tono. Se acusa de histeria a la feminista que tiene el mal gusto de expresar su rabia a gritos. Se acusa de macartismo a la persona racializada que manifiesta su indignación con demasiada franqueza.

Le Nouvel Observateur

Evidentemente, estando el mundo como está, las cosas no sucedieron así.

Caí como un inocente palomo en la trampa de la comadreja de Vichinski. Tras el preludio *mezzo piano* (que solo valió para ablandar la carne), se me tiró encima. Sacó a colación mi obra sobre el caso Rosenberg, insinuando que después del desastre de ese primer libro mortinato, ese primer libro plagado de certezas que fueron desmentidas el mismísimo día de su publicación, bien podría yo haber hecho gala de un poco de humildad. Repasó mi pedigrí como si tal cosa, casi abatido. Era preciso que la gente supiera quién era yo. Podría haber, si no ya pasar desapercibido, al menos sí procurado ser más cauto. Luego se emocionó con Frazier y me apuntó con el flexo en toda la cara, dándoselas de poli de brigada criminal con las mangas de la camisa y los calcetines llenos de arena. ¿Qué quería decir yo exactamente? ¿Qué daba a entender al citar a Frazier y sus trasnochadas tesis sobre la burguesía negra americana? ¿Pretendía acaso afirmar que esta no había estado a la altura? ¿Que era en parte responsable? ¿Me daba yo cuenta del desprecio que suponía, de lo que eso podía significar? Era tan indigno como aquellos que reprochaban a los judíos que se encaminaran hacia la muerte sin oponer resistencia. ¿Así era el antiguo militante antirracista Jean Roscoff? ¿Era consciente de la violencia de tamaña afirmación? Yo tartamudeé una explicación pero él ya estaba abriendo un nuevo frente, mi respuesta ni siquiera le interesaba, ahora me acribillaba con Peuzet, quería saber qué clase de relación manteníamos, y su voz, mordaz apenas un segundo antes, se volvía almibarada, la del sacerdote que dispensa la extremaunción, él solo quería comprender, me aseguraba, no estaba allí para tenderme trampas, únicamente quería comprender la naturaleza de esa relación que parecía venir de lejos, y yo le aseguré que había coincidido con Peuzet una sola vez, en un congreso; justo, repuso él, en ese congreso hubo otros ponentes, su equipo «había hecho los deberes». Traducción: se disponía a sacar su mejor carta, solo me brindaba la posibilidad de confesar de manera espontánea, sería lo menos doloroso para todo el mundo. Pero yo no sabía a qué se refería, estaba dispuesto a reconocer mis errores, a autoincriminarme, pero, sinceramente, no sabía de qué me estaba hablando. Yo era un conejo atrapado entre los faros de un camión de treinta y tres toneladas, cegado por la avalancha de preguntas, vacilante, y Vichinski nombró al autor de novelas policiacas regionalistas que había acabado en el equipo municipal de Peuzet, dos nazis, por tanto, tres contándome a mí, y él armaba su celebración neopagana en la que se sacrificaban niños, el fresco se desplegaba ante mis ojos atónitos, ya no era el congreso de Montpellier sino el congreso de Núremberg, y eso no era lo que yo había vivido, yo hablé de salsa *poulette* con un alcalde que engullía su plato de pulpo y luego me pillé una buena trompa, eso lo reconozco de mil amores, éramos por lo menos quince historiadores en aquel sarao, de hecho hubo incluso un colega negro, añadí como un imbécil, y Vichinski enarcó las cejas y a mí se me fue la olla y le dije que tenía la sensación de estar siendo interrogado por la Stasi, le dije que aquello no era una entrevista sino un linchamiento.

Cuando salí, había empezado a llover. Agnès no había podido venir. Léonie me esperaba, sola, con un paraguas.

El 13 de diciembre de 1948, en una sala Pleyel llena hasta los topes, Camus se levanta. Comparte estrado con otras eminencias; Richard Wright y Jean-Paul Sartre se cuentan entre los presentes. La guerra ha acabado hace apenas unos pocos años, pero el mundo se encuentra otra vez al borde del abismo. Según el adagio churchilliano, «un telón de acero ha caído sobre Europa». En Berlín, los dos gigantes han iniciado una partida de ajedrez a gran escala que durará cuarenta años. Willow todavía no ha llegado a Francia, ni siquiera a Harlem, todavía está muerto de aburrimiento en los pupitres de la Howard University. En la sala, la izquierda intelectual escucha a sus brillantes oradores. Ha convocado a sus chamanes para que respondan a una pregunta: ¿es posible, es preciso hallar una tercera vía entre el bloque del Este y el bloque atlantista? ¿Hay que elegir entre Stalin y Truman? Moscú exalta y tienta a la juventud intelectual. Camus, como decía, se levanta. Cuatro mil personas aguzan el oído. Él no arenga: él aspira a hablar a los intelectos y también a los corazones. Quiere alcanzar ese rincón frágil que es el punto de convergencia entre corazón e intelecto. Quiere que se oiga una voz diferente «en medio de un mundo reseco por el odio». Habla de valentía y de mesura. Rechaza el mandato que se les impone a los artistas: «Desde todos los rincones de nuestra so-

ciedad política se alza un clamor que nos concierne y que nos
conmina a justificarnos». Pone en guardia contra las ideologías.
Desconfía. Manifiesta una desconfianza atávica, visceral, hacia
«su razón imbécil o su flaca verdad». Afirma: «No hay vida sin
diálogo». Afirma que el diálogo ha sido reemplazado por la polémica, que «el siglo XX es el siglo de la polémica y el insulto». Se
hace preguntas, medita en voz alta, y su pensamiento está parido
con dolor, es materia a un tiempo robusta y heteróclita, fruto de
intensas reflexiones y escrupulosas observaciones. «Pero ¿cuál
es el mecanismo de la polémica? Esta consiste en considerar al
adversario como enemigo, y por consiguiente en simplificarlo y
negarse a verlo. Cuando insulto a alguien, no conozco ya el color
de su mirada, ni si sonríe de vez en cuando, ni de qué manera.
Cegados casi por completo por obra y gracia de la polémica,
ya no vivimos entre hombres sino en un mundo de siluetas.» El
corazón y el intelecto para hallar el equilibrio. Camus está muy
solo cuando habla así en esos tiempos de anatemas y excomunio-
nes; trata de hacer entender a los jóvenes de la sala Pleyel que el
matiz no es avenencia ni regateo: es la valentía suprema.

Las leyes de la indignación colectiva eran confusas; podían anticiparse ciertas reacciones, podían captarse señales, pero nunca dejaba uno de sorprenderse, porque los golpes jamás llegaban del lugar exacto desde el que los esperabas. Desde ese punto de vista, la tuiteresfera era el espacio de expresión de una creatividad genuina. En mi caso, la palabra que tuvo el efecto de un chorro de gasolina sobre una fogata agonizante no fue mi salida acerca del colega gabonés, ni mis embrolladas explicaciones sobre Frazier; no, fue la última palabra que le arrojé a la cara a Vichinski: «linchamiento». «Esto es un linchamiento», fue lo que dije. Me estalló en toda la cara, igual que una mina antipersona estallaría en la cara de su torpe manipulador.

Justice4blackpeople no tardó en echárseme encima. ¿Cómo se atreve? Yo había ido al programa de Vichinski para defenderme en el terreno de la memoria, de la apropiación del sufrimiento de otros; de su negación, incluso. Y hablaba de linchamiento, pese a que no ignoraba yo el significado de aquel término. ¿Acaso no era especialista en historia estadounidense? El contexto pesaba. La semana anterior, la paliza de unos policías a un joven francés de origen maliense había acaparado todos los titulares. La somanta de palos había ido acompañada de insultos racistas. El linchamiento era una realidad concreta, en ningún momento había dejado de serlo, y yo me la apropiaba para describir... una entrevista. La palabra escondía una trampa. Me prometían que pronto estaría en condiciones de distinguir el sentido literal de la versión metafórica. Ya no se trataba de Robert Willow, estábamos entrando en otra dimensión: nada menos que un debate nacional sobre el racismo en nuestro país. Seguí la apoteosis desde el sofá de mi casa, en la que me enclaustré con mis botellas de Bombay Sapphire (tenía para aguantar una semana, dos incluso, si gestionaba las reservas con cabeza). La derecha de la vieja guardia, los meapilas del laicismo y las feministas universalistas se entregaron en cuerpo y alma para defenderme. Pascal Bruckner me llamó, escandalizado, para transmitirme su apoyo. Sesenta intelectuales firmaron una tribuna: «Las palabras no son de nadie». Otros, un centenar, reaccionaron: «Hay palabras que no se manipulan impunemente». En la lista de firmantes reconocí a varios excompañeros de trabajo de París VIII. En la Academia francesa, las dentaduras postizas castañeteaban de ira. Algunos aprovechaban la bicoca para restablecer su salud mediática. Un exministro de barbilla tocinera irrumpió en los platós como campeón autoproclamado de la libertad de expresión. «Ya-no-se-puede-decir-nada», se ofuscaba, con los ojos desorbitados. Un actor en horas bajas lanzó una llamada a la tranquilidad con voz temblorosa, desde su sofá. El mandamás de una casa de cosméticos iba por ahí dando su murga: había destinado cien millones a una campaña sobre la diversidad, qué mejor oportunidad para proclamarlo a los cuatro vientos. Yo veía las imágenes encorvado por encima de mi plato cocinado pedido por Deliveroo. Me quedé dormido sobre las cuatro o las cinco de la mañana y descabecé unas horitas de sueño revuelto (soñaba que me sacaban de mi piso por el tejado, en helicóptero). En BFM TV desfilaban las imágenes de una concentración en Trocadero, en la explanada de los Derechos Humanos. Margot Basset-Dutonnerre, una joven modelo que resultó ser hija de la célebre editora, se desgañitaba a través de un megáfono, los ojos inyectados en sangre. Aminata Diao también estaba. «No toques mi memoria», se leía en la pancarta que enarbolaba por encima de la cabeza. Le hacían una entrevista y ella, muy profesional, declaraba: «El combate contra la invisibilización de las minorías afrodescendientes está lejos de haber terminado. Esta invisibilización puede ser social y política. También literaria». Sonreía con aire malicioso. Parecía aliviada de que estuviera «lejos de haber terminado». Había dado con un filón inagotable.

Por teléfono, Agnès me aconsejó que salvara los muebles.

—Deberías darles lo que quieren, Jean.

Me enfurecí. En la última bronca que precedió a la petición de divorcio me reprochó que no luchara. Y ahora me pedía que depusiera las armas.

—¿Y decir qué? ¿Que Willow era un poeta comprometido con la diversidad? Pero ¡qué gilipollez es esa! Lo que me estás pidiendo se llama perjurio.

—Me tienes hasta el mismísimo con tu pureza intelectual. Dices que has reflexionado, que tu libro ha sido una torpeza y que lamentas haber ofendido a la comunidad negra. Te tragas tu orgullo. Yo me trago a diario mi puto orgullo, ¿sabes? ¿O qué te has creído? El mes pasado participé en un fin de semana de *team building* con toda la plantilla parisina y tuve que dar un discursito muy serio para explicar por qué me sentía vinculada a los valores de Bain & Company. ¿Crees que eso no fue perjurio, eh? Pero yo a eso lo llamo respetar las reglas del juego. Deja ya de dártelas de virgen mojigata.

Dos días después de salir por la radio, bajé a comprar una barra de pan. Me equipé con un pasamontañas que me calé hasta la nariz. En un quiosco de prensa entreví mi cara lívida en la portada de una revista. Me recordó a un cartel de busca y captura.

✻

Mi entorno empezaba a abandonarme para ponerse a cubierto. La imprevisibilidad de la polémica moderna es lo que tiene: la gente teme que la pillen en falta. En casos extremos, ese miedo puede incluso convertir a según quiénes en delatores. Nadie quiere formar parte de la siguiente ronda de damnificados, así que toman la delantera y dan un nombre. Ya no basta con saberse por encima de cualquier suspicacia: hay que demostrarlo aullando con los lobos. Algunas deserciones fueron más dolorosas que otras. Por ejemplo, que Paulin Michel me dejara en la estacada no fue ninguna sorpresa. Lo hizo de manera quirúrgica después de que la bandeja de correo de Dialogues se saturase de mensajes ofensivos. En un email que me reenvió Léonie descubrí la entrevista que había concedido a la revista *Lire*. «Paulin Michel: Me faltó criterio», anunciaba la entradilla.

Revista *Lire*: ¿Entiende la conmoción que ha causado?

Paulin Michel: Sí. Hay memorias que están en carne viva. Yo levanté mi editorial sobre los cimientos del diálogo y las identidades. En Francia, la literatura negra se ha ninguneado durante mucho tiempo. Se enfrenta a un desafío: ¿cómo expresar una voz singular, una voz auténticamente negra en una lengua que ha sido vector de opresión? Estos debates han movilizado a toda la negritud. Mi editorial, debo decir, ha contribuido a ese debate con la reedición de textos de Aimé Césaire y Frantz Fanon. Por lo tanto, estoy muy sensibilizado con esas problemáticas.

Paulin Michel expresaba su arrepentimiento. Tendría que haber releído con atención las pruebas, pero optó por confiar ciegamente en su autor. En cierto modo, era tributario de mi sesgo. Sin información sobre Robert Willow, que desapareció como quien dice sin dejar ni rastro, no estuvo en condiciones de aplicar una mirada lo bastante crítica a mi trabajo. «Es culpa mía», reconocía. «El autor tiene una responsabilidad. También el editor. Hoy en día no es posible glosar un texto prescindiendo del contexto sociocultural en el que este vio la luz. Menos aún negar dicho contexto. Cuando Jean Roscoff afirmó que a Willow no lo definió su identidad de negro americano, me pareció un error y un dislate histórico. Y así se lo dije.»

El final de la entrevista era una obra maestra de la hipocresía y el cinismo:

> REVISTA LIRE: *El visionario de Étampes* está actualmente agotado. Le han reprochado que no lo retirase de las librerías. ¿Piensa reimprimir la obra?
> PAULIN MICHEL: Sí. No creo en la censura. Cada cual debe poder juzgar de primera mano.

¡Qué hijo de puta! Qué hijo de la grandísima puta. Paulin-Judas. El hombrecillo rechoncho y simpático me había disparado por la espalda a quemarropa. Había que leerlo para creerlo. El suelo se abría bajo mis pies. En el momento, me caí de culo, pero en el fondo sabía que nada de eso debería haberme sorprendido en realidad; desde el inicio del asunto, Paulin Michel se retorcía de incomodidad, torturado. El artero y hábil Paulin. No retiraba el libro del mercado; qué avispa tan avispada. Condenaba, pero sin renunciar a la lana que generaba el alboroto. Valiente sabandija depravada. Casi me daban ganas de quitarme el sombrero. Conque ahí tenía su comunicado de apoyo. Lo llamé por teléfono con intención de cubrirlo de insultos.

—Eres un pedazo de mierda, Paulin.

Al otro lado de la línea, Paulin Michel se mostró frío. Parecía reconfortarle que lo agrediera verbalmente. Sin duda se le habría caído la cara de vergüenza si yo hubiera apelado a sus sentimientos.

—Achacaré tu vulgaridad al pánico, Jean. Tenía que reaccionar. Todas y cada una de las palabras que he escrito en esa entrevista las pienso de verdad. Te habrás fijado en que reflexiono sobre mis propios actos, y harías bien en tomar nota, aunque dudo que seas capaz de hacer tal cosa.

Le colgué en las narices con la desagradable sensación de haber pecado de una ingenuidad absoluta con respecto a mi editor. Conservé hasta el final mi fe en ese papagayo fondón aun cuando ya tenía ante mis ojos las señales que presagiaban la traición. Me apenaba llegar a aquello, no tanto por Paulin Michel como por Claudia, que no dejaba de ser bastante maja.

El «distanciamiento» de Nicole fue más doloroso. Me pasé por la universidad una tarde a última hora para escanear el anexo a la denuncia que me reclamaban los del seguro. Cuando llegué a la facultad, casi no me había dado tiempo a asomar la cabeza por el despacho de Nicole cuando me agarró de un brazo y me llevó a un rincón.

—Lo siento mucho, Jean, pero aquí no puedes estar. Ya no eres docente de la facultad, no puedes aparecer como si tal cosa y utilizar los recursos de la institución.

Me quedé mudo. Durante treinta años, Nicole siempre me había facilitado la vida. Por primera vez, la casa ya no me fiaba.

—Estarás de broma, ¿no, Nicole? Llevo seis meses viniendo sin que suponga ningún problema. Por lo menos dime la verdadera razón.

—La verdadera razón tú ya la sabes, Jean. No quiero meterme en líos. Bastantes tenemos ya por aquí. —Agachó la mirada—. Una cosa más: varios profesores se han quejado de que aparcas en las plazas reservadas a los docentes. Les he prometido que te daría el recado.

Di media vuelta y me fui; no tenía ninguna intención de mendigar nada. Me acordé de la caída de Bazarove, que acabó frecuentando los coloquios de tíos con hombreras sembradas de caspa, profesores mediocres con pantalones de pana que habían dado la espalda a la realidad por diversos motivos y que explicaban con toda su pachorra que los seis millones de muertos de la Shoá eran una tesis entre tantas otras; que el deber de los historiadores consistía en no descartar «ninguna hipótesis alternativa». Por aquel entonces le pedí explicaciones y le dije que no me podía creer aquello de él. Había estado en Vincennes, coño. Se había codeado con Foucault y los demás. Me respondió, con una mueca de desprecio que no le había visto nunca, que yo era muy joven para entender esas cosas. Fueron quitándole carga lectiva paulatinamente hasta que lo transfirieron; el decano de la facultad no quería escándalos y Bazarove aterrizó en casa de sus nuevos amiguitos, en Lyon III. Incluso disfrutó del emeritazgo, lo que le permitió seguir dirigiendo tesis después de jubilarse. Murió a primeros de los dos mil, tras caerse por las escaleras de su casa. Aquel viejo chiflado se burlaba de mí más allá de la muerte. «Me repudiaste, Bruto. Ahora sabrás lo que es el exilio y la degradación.» Hoy era yo el viejo pelele, el tío casposo. La vida era una broma de mal gusto.

Paulin, Nicole: ¿quiénes serían los siguientes? Dejé un mensaje a Marc con una excusa cualquiera. Quería asegurarme de su lealtad. Mientras volvía a mi distrito XIX, introduje en el lector un CD de Motörhead para mantenerme en una onda combativa. Por lo general, el alarido de las guitarras del grupo *heavy metal* bastaba para espabilar unos instintos de guerrero visigodo (la risa burlona y perversa y loca de Sid Vicious y algunos temas de AC/DC, entre ellos «Highway to Hell», cumplían la misma función). En vez de eso, sentí náuseas. Mi cólera se desinflaba como un suflé. Paulin Michel salvaba su pellejo y el de su esposa: dos autores habían rescindido su contrato de publicación con Dialogues, temerosos de la mala publicidad. Nicole defendía a la institución: por la facultad habría estado dispuesta a pagar el pato; por mí en cambio no, y me resultaba complicado reprochárselo, porque nunca había hecho nada por ella. Yo mismo había abandonado a Bazarove. Pero no, no era en absoluto lo mismo, por lo menos no me lo parecía. Bazarove se había convertido en una especie de fascista a mucha honra. En mi opinión, no podían equipararse la negación de un genocidio industrial y, por ejemplo, el uso no literal de una palabra cargada de una connotación dolorosa para una parte de la población de un país extranjero. No había punto de comparación, a menos que el grado de sensibilidad de la gente hubiese llegado a tal extremo que quizá hubiera que renunciar a cualquier forma de vida en sociedad y vivir cada cual confinado en su casa, y no salir más que para hacer brevísimas interacciones con gente minuciosamente seleccionada, gente que emplearía las mismas palabras que tú y les atribuiría el mismo sentido exacto, para asegurarte de no sufrir una ofensa, puesto que esa era la obsesión de nuestra época de criaturitas lloricas y quebradizas y deseosas de garantizar su «seguridad emocional»: jamás de los jamases enfrentarse a una palabra que pudiera herir su sensibilidad. Y evidentemente en el caso de un cascarrabias de mi calaña, en el caso de un viejo gorila mamado, esa clase de mandatos tenían un efecto del todo contraproducente: me daban ganas de decir justo lo que se me prohibía decir solo por el placer de ver a esas criaturitas lloricas y quebradizas poner una mueca de repelús y plañir de pura rabia, y también a las «personas autorizadas» y finas asfixiadas de apoplejía y haciéndose pipí encima. Probablemente ese deseo no me honraba, pero era muy intenso por momentos, sobre todo cuando mis altavoces escupían temas tan excesivos como «Brotherhood of Man», en el que Lemmy Kilmister tiene la voz de un tío que se ha alimentado de grava durante cuarenta años y la ha hecho bajar con líquido desatascador. Y conforme el gran Lemmy lanzaba sus provocaciones luciferinas entraba yo en uno de esos trances característicos y me daban unas ganas furiosas de desembarcar disfrazado de hombre de las cavernas, con garrote y todo, en el foro «Mujeres poderosas», en el que participaba Agnès, y mascullar mensajes hostiles solo para ver sus reacciones. También me habría permitido con mucho gusto unas palabritas con Aminata Diao, la habría zarandeado como a un puto ciruelo diciéndole que parase ya de tocarle los cojones a todo dios y que siguiera con su vida, hostias, no servía de nada revolcarse por el suelo, no servía de nada irritarse y ofenderse a cada momento y exhibir las pupitas en un puto tono grave para ganarse la compasión de algunos y aterrorizar a los demás, eso no era vida, hostia, hostia puta de mierda de los cojones a caballo, Aminata, te queremos pero deja de dar por culo de una puta vez, cálmate, joder.

Marc me citó en un parque cerca de su bufete. Era absolutamente grotesco, igual podríamos haber quedado en una iglesia, cada uno hablando sin mirar al otro, con los ojos fijos en el altar, como dos padrinos de la Cosa Nostra. En la superficie de un estanque, un azulón se alisaba el plumaje. Marc lanzaba miradas en derredor. Estaba estresado, no paraba de consultar el reloj. Yo tenía la impresión de ser un viejo conocido engorroso. «Amigo íntimo de Marc W.», había escrito un periodista. Lo interrogué. ¿No podíamos hacer nada contra los gacetilleros que me presentaban como discípulo de Bazarove? Cuando lo escogí como director de tesis no era la persona en que se convirtió después. En caso de negativa, tenía pensado sablearle quinientos machacantes. El tío del Crédit Lyonnais había restablecido con saña mis límites de crédito antes de largarse de fin de semana, no me cogían la tarjeta en ningún sitio y yo necesitaba pasta para hospedarme unos días en un hotel: la víspera habían vuelto a forzarme la puerta, sin que yo me despertara siquiera, sumido como estaba en un letargo medicamentoso. Por la mañana vi que la cerradura estaba otra vez hecha unos zorros. Presenté en comisaría un anexo a la denuncia, pero esta vez a la persona de la aseguradora que me atendió aquello le olió a chamusquina. Ya era demasiado, y si bien no formuló con claridad la acusación de intento de estafa al seguro, esta se desprendía de cada uno de sus silencios. Tendría que acudir un perito y el proceso requería su tiempo.

—Mira, esta vez no va a poder ser, Jean. Compréndeme, yo también tengo mis proyectos.

Marc siempre había tenido proyectos. Hasta donde me alcanzaba la memoria, siempre lo había conocido con dos o tres frentes abiertos, soliviantado de conquistas. Sin renunciar a ir por la vida con aire despreocupado, por supuesto, qué vulgaridad, pero quienes lo conocían bien sabían que él no estaba allí para hacer de figurante. Y para Marc también corrían tiempos revueltos. En la dirección nacional del Partido Socialista olía a caja de pino. A muchos de sus hermanos, figuras jactanciosas de un mundo vetusto, se los habían llevado por delante los vientos renovadores que hacía dos o tres años habían puesto patas arriba el paisaje político francés. Harlem, Dray... Muchos cayeron en la batalla. Los sustituyeron pipiolos con corbatas finas, gente joven incondicional de la «triangulación», de las «encuestas panel», gentuza que cronometraba su gasto calórico con ayuda de una aplicación cuando salía a correr, con el kit manos libres atornillado a las orejas. Marc había resistido. Él sabía atrapar el viento, era una criatura flexible y hábil, un sabio marinero, el amante de la prudente espadilla que aguardaba que los acontecimientos se perfilaran para operar un brusco golpe de timón y aparecer, él solo, bañado por la luz, en el momento propicio. Primero se mostró cordial. Alabó de boquilla al Nuevo Mundo, saludando la «brisa revitalizadora» y la «renovación de las tropas», sugiriendo que haría falta un puñado de hombres con experiencia para acompañarlos en sus primeros pasos e inculcarles esa virtud rara y tan poco académica, tan inasible como la *grinta* italiana, la *vista* española o el *french flair*: el olfato político. Él se ponía a su disposición, si lo necesitaban. Además, tampoco estaba tan ajado: a fin de cuentas, era más abogado que miembro de la dirección nacional. A todas luces, él formaba parte de la sociedad civil. Era su más reciente hallazgo: hacer valer su experiencia y a la vez persuadir a los hombres del Nuevo Mundo de que él era un miembro de la sociedad civil, alguien de la vida real. Le ponía una convicción tremenda. Pronto se celebrarían legislativas parciales en la séptima circunscripción de Saône-et-Loire. Marc, por tanto, tenía sus proyectos. Iba a exponerse. Tenía que pensar un poco en sí mismo.

—Lo entiendo, Marc. Me las apañaré.

Caminábamos uno al lado del otro, como una vieja pareja ilegítima. El parque estaba vacío, o casi. Sentado en un banco, un joven en traje oscuro picoteaba una ensalada para llevar. Una señora mayor leía una revista con un chow-chow adormilado entre sus dos piernas delicadamente marmoladas. Marc rompió el silencio con un aforismo de Sun Tzu que más o menos venía a decir que no se pueden librar dos batallas a la vez. Exhalé un suspiro.

—Tengo la sensación de que me están siguiendo.

—¿Cómo dices?

—Un alumno, un tío en pleno delirio regionalista y propalestino.

—Me parece que necesitas descansar.

—Yo ya no sé qué hacer, Marc. No entiendo nada. En la época en que saqué el libro de los Rosenberg, los incendios no prendían con esta facilidad. La academia me ridiculizó, de acuerdo. Me convertí en *persona non grata*. Pero no recibí insultos de gente a la que no conocía absolutamente de nada.

—Las polémicas que machacan a una persona no son nada nuevo. Tú mismo lo decías: la frase de Camus, el «mundo de siluetas».

—Es distinto. En los tiempos de Camus, la invectiva era arma exclusiva de un pequeño círculo periodístico y militante. Por no hablar de que las circunstancias históricas la fomentaban: Europa destruida, el mundo partido en dos, el aumento de los peligros, los antiguos colaboracionistas, los comunistas, etcétera. Estuvieron degollándose unos a otros durante cinco años.

—Ahórrame la lección de historia, que no estamos en una de tus clases magistrales.

—Lo que no quita para que fuera algo realmente especial. Eisenhower contra Kruschev, cabezas nucleares contra cabezas nucleares. Eso explicaba el clima de terrorismo intelectual, de intimidación, de insultos. Camus aún podía esperar que la invectiva diera paso al debate, una vez se calmaran los ánimos.

—Había motivos para esperar tal cosa, digo yo.

Había hecho el envite con pereza. Una subidita en una partida de póquer, solo por probar. Me escuchaba solo a medias.

—Exactamente. Lo que pasa es que los ánimos se calmaron pero el agravio se ha integrado en las costumbres. El agravio se ha convertido en un medio de expresión. Ha envenenado la totalidad de la sociedad.

—Falta un espacio común, algo que una a las personas.

Marc me daba la réplica por educación. Lo cierto era que mis análisis insustanciales se la traían totalmente al pairo. Había que adaptarse, punto pelota. Existían el mundo real y unas transformaciones irreversibles. La nostalgia le resultaba ajena. Él nunca había sido del todo joven, pero tampoco sería nunca del todo viejo. Los jóvenes y los viejos son los que rehúsan adaptarse. Yo seguí desahogándome: hablar me sentaba la mar de bien y me daba miedo perder el débil hilo que me sostenía. El problema, expliqué, es la susceptibilidad. La gente se enroca en su identidad, la venera, y se vuelve susceptible, tanto que habría que hablarle muy flojito, tomando una barbaridad de precauciones, mimarla. Y luego está la revolución antropológica, la del comentario anónimo y simultáneo, la del pensamiento jibarizado. La dictadura de los ciento cuarenta y cuatro caracteres. Los algoritmos que nutren al usuario de contenido conforme a sus prejuicios. Que reagrupan a la gente en pequeños rebaños que dejan de tener vínculos unos con otros.

Me detuve, sin aliento.

—Eres un pureta y un cretino, Jean.

Marc lo estaba pasando en grande. Ignoré el sarcasmo, necesitaba soltar ciertas cosas:

—La laberíntica sobreabundancia de información regurgitada al margen de cualquier clase de jerarquía. El vídeo del mapache que ataca a un paseante. El del manifestante molido a palos por un antidisturbios. El comentario del que ha visto el vídeo del mapache. La reacción del que ha visto al manifestante molido a palos por el antidisturbios. El comentario del comentario. El comentario de la reacción. La reacción al comentario.

Me lanzó una mirada de soslayo. Yo debía de tener unas pintas inquietantes. Se mordió el labio superior.

—Las reglas han cambiado, así son las cosas.

De pronto se andaba con pies de plomo. Nuestra conversación cobraba un cariz extraño. Era la de dos convictos fugados. Yo lo incomodaba muchísimo y sin embargo le apetecía hablar conmigo. ¿Tendría problemas él también? Marc tenía sus puntos débiles. Su bufete era un auténtico gineceo en miniatura compuesto a partir de unos criterios físicos muy específicos: exclusivamente jovencitas rubias con mirada de husky siberiano. Chicas dinámicas, agresivas, deseables. Tuvo un lío con una de ellas. ¿Habría abusado del temor que podía inspirar un socio fundador? ¿Se habría pasado de la raya? De pronto ya no estaba conmigo. Yo había subestimado la parte de sombra de mi mejor amigo. Nunca se quejaba, hablaba poco de sus problemas. Intenté alentarlo: yo, Jean Roscoff, la rata de tugurio, el hijo de la Mala Suerte, de la Pereza y de la Indecisión, animaría a Marc W.

—Tú no le tienes miedo a nada, Marc. Eres un menhir. Tienes a Sun Tzu y a Clausewitz de tu parte.

—Ya no es suficiente, Jean. Hay que andarse con mil ojos para todo.

A pesar de la gran amistad que le profesaba a Marc, me embargó una alegría mezquina. Las Nuevas Potencias arrasaban con todo, sin hacer distinción: su ley ciega era inhumana, pero por lo menos también democrática. Nadie estaba por encima de Ella. La perspectiva de encarnar el objetivo de una campaña de *shaming* hacía que hasta un hombre como Marc perdiera la seguridad. No era la clase de cosas para las que alguien de nuestra generación estuviera preparado. Un hombre como Marc sabía cómo actuar ante una denuncia, una comisión disciplinaria; era una perspectiva atroz, pero en última instancia cabía esperar un desvío en el rumbo de las cosas. Con buenos abogados uno podía tratar de dar la vuelta a la tortilla. Pero con una muchedumbre que reclama que rueden cabezas... La opinión ya no se podía atajar, desbordaba por todas partes, y los hombres como Marc añoraban los tiempos en que esta se rendía a un puñado de voces, sometida por «las buenas personas», y tendía el oído hacia el transistor donde se expresaban los oradores autorizados. Diez, quince voces sustituidas por millones. No era ninguna tontería. ¿Era este uno de los motivos que me impedían odiar a Jeanne? Tal vez, y también este otro: Jeanne era sincera, era de una sinceridad extraordinaria, enternecedora. También eso aterrorizaba a Marc: la fuerza de una convicción inquebrantable. Sin duda, dicha convicción se nutría del sectarismo más cerril, y de una fascinación morbosa por la figura de la Víctima (figura que no reconocía contrapoder alguno, puesto que las Nuevas Potencias habían elevado la emoción a la categoría de valor supremo e instituido el sufrimiento como vara de medir universal). Pero de entrada había una creencia ciega, religiosa y perfectamente pura, contra la que nada podían las risas socarronas de unos viejos disfrutones y traicioneros, ni tampoco la burla altanera, la connivencia y la soberbia. Eran los jóvenes comisarios del pueblo contra los viejos disfrutones y traicioneros. El espíritu de seriedad absoluta y la apisonadora de la Justicia ya estaban en marcha. ¿Qué podíamos oponerles nosotros? El recuerdo de un tanga rozado en una discoteca de la rue Princesse, las truhanerías de SOS Racismo, las transigencias de una generación, la risita burlona del espíritu Canal+. ¿Cuánto pesaba la levedad? ¿Cuánto pesaban las bodas con champán del mitterrandismo con don dinero, frente a unas personas movidas por una fe religiosa? Las Nuevas Potencias eran adeptas de un puritanismo muy exigente. Destruían cualquier elemento antagónico sin regatear. Condenaban los actos sin considerar la intención. O más bien deducían la intención a partir de los actos, y se preocupaban poco por individualizar las penas. No les interesaba la densidad de una vida. Estaban por un lado las fuerzas del Mal y por el otro las fuerzas del Bien. Por primera vez, sentía que iba un paso por delante de Marc. Las últimas semanas me habían llevado a comprender muchas cosas. Posé sobre su hombro una mano fraternal. Él se estremeció y se zafó instintivamente. Tal vez, a la larga, su mujer lo hubiera convencido: yo era capaz de hundirlo. Se despidió:

—Me tengo que ir, Jean. Sé que tomarás las decisiones correctas. No hay que pasarse de rígido. Ya conoces la historia del junco de La Fontaine, que se dobla y no se parte.

Puritito Marc W. Bien podría haber añadido: cuando una rama está podrida, hay que arrancarla. Ya se había largado cuando caí en la cuenta de que había olvidado pedirle los quinientos euros.

Aquella noche pensé en Marie.

Me daba vergüenza llamarla. El gesto sería una confesión bárbara de mi extrema soledad: apenas si habíamos charlado una hora en toda nuestra vida. Y, sin embargo, tenía la muy extraña sensación de que ella sabría escucharme gimotear cuando yo más cruelmente lo necesitaba. No había agotado mi cupo de «escucha activa» con ella. Además, recordaba verla ejecutar movimientos pacientes: acollar un rosal, podar un tallo enfermo, manejar un pulverizador de jardín. Mientras la observaba repetir estos gestos adiviné en Marie la presencia de un vasto yacimiento de paciencia. Ella sabría recibir, con la gravedad de rigor, el «sollozo del hombre blanco».

Le pedí a Marc el teléfono. Pretexté haber olvidado la maquinilla eléctrica en la casa de Saint-Julien y quería que Marie, que pasaba por allí todas las semanas, me confirmara el descuido. Al otro lado de la línea, Marc parecía aliviado de oír que solo se trataba de eso. Quizá hubiera temido que le pidiera que se posicionara conmigo, un certificado de moralidad o bien las llaves de Wissant, o incluso un revólver; se relajó y me dio el número de móvil.

—Marie, necesitaba oír su voz.

—Yo oí la suya hace tres días, señor escritor. Lo escuché por France Inter.

—¿No me diga?

—Sí, a Saône-et-Loire ha llegado la radio, sabe usted. La escuchamos incluso en Costa de Marfil.

De nuevo había quedado a la altura del betún, pero su comentario no albergaba el más mínimo reproche, no había en él la insinuación suspicaz del juez de instrucción. Me estaba chinchando, ni más ni menos, me chinchaba porque yo era una persona ridícula y esas cosas había que tomárselas a risa de vez en cuando.

—Menudo mal rato pasó.

—Parece que le hace hasta gracia.

Me acordé de que Marie tuvo que huir de un país, el suyo, sumido en la catástrofe, de que su marido murió aplastado bajo media tonelada de acero. Marie era una *schmürz* por partida doble, alguien que se había exiliado dos veces y había pagado con creces la cuota de la desdicha. Tenía derecho a reírse, sí, se lo había ganado.

—En absoluto —mintió.

Hubo un silencio. Le expliqué mis sinsabores, mis problemas de dinero, la cerradura reventada.

—Vaya usted al boulevard de Strasbourg. Allí tiene mi tío una peluquería, le preparará un mafé. Voy a avisarlo.

❋

Hervé Abdouleymane Saganogo me recibió sin ceremonias, sin mirarme siquiera, a decir verdad; tenía que terminar de cortarle el pelo a un cliente y me pidió que esperase, cosa que yo hice en una silla mientras él acababa de dibujar con la maquinilla un dragón en la nuca de un adolescente de metro noventa y cinco que llevaba una camiseta de baloncesto con el nombre de Shaquille O'Neal impreso. Hervé Abdouleymane Saganogo tenía unas puntiagudas orejas de soplillo que le hacían parecer un elfo malicioso. Tenía también una tripa grande y tersa; al percutirla habría vibrado como el bombo del baterista de Louis Armstrong and His Hot Five. Para esbozar su retrato convenía pedir socorro a Gógol, el único capaz de bordar al personaje: «Los barrigudos nunca ocupan posiciones inestables; cuando plantan las posaderas en alguna parte, allí se quedan, recios y cargados de esperanza; el asiento aguanta, y aunque cediera, ellos no caerían». Toda su persona expresaba una serena autoridad.

Una chiquilla, probablemente la hermana pequeña del joven cliente, me lanzaba miradas fugaces. Cuando me quedé mirándola, echó a correr partiéndose de risa. Era evidente que nunca había visto a un blanco en el negocio. Quizá imaginara que yo aguardaba mi turno para que me hicieran un afro, de ahí su hilaridad; quizá también es que yo tenía pintas de payaso tristón, sin más. Allí me sentía bien. La maquinilla hacía su trabajo tranquilamente y los mechones de pelo crespo caían en el suelo de baldosas formando montoncitos. Después de echar el cierre, el coloso hizo caja y conversó unos minutos con un chaval que estaba claro que era su gancho, uno de esos tíos que se tiran horas en la salida del metro para captar clientes. Se produjo un breve altercado a propósito de la comisión, pero no entraba en los planes de Hervé Abdouleymane Saganogo que se la metieran doblada. O eso o todo aquello era una chanza que los dos protagonistas repetían cada tarde antes de separarse en el mismo tono cordial, una confrontación por las risas; imposible saberlo. El hombre me llevó a comer pollo *yassa* a una casa de comidas de la zona. Le expliqué que estaba en un apuro. Como estaba harto de hablar de Robert Willow, me centré directamente en las consecuencias inmediatas de dicho apuro, es decir, la puerta forzada y mis dificultades de hospedaje. En circunstancias normales podría haberme pagado una habitación de hotel, pero me habían pirateado las cuentas y, como el banco había identificado movimientos fraudulentos, me había bloqueado el acceso. El señor Hervé Abdouleymane Saganogo era un hombre pragmático y no se anduvo con remilgos: su primo regentaba un hotel en la rue Doudeauville con una tasa de ocupación bajita, podía conseguirme una habitación, no habría problema, y si me constaba quién me había forzado la puerta él conocía gente —él era un hombre muy honrado, podía incluso enseñarme sus declaraciones de renta, insistió muy serio, pero conocía gente—, y entre la gente que conocía había dos o tres muchachos que acababan de salir de la prisión de Fresnes y podían hacer esa clase de trabajito, aunque esas cosas había que remunerarlas. Le di las gracias con mucha educación, le expliqué que la policía estaba informada, que había presentado una denuncia, y el señor Hervé Abdouleymane Saganogo suspiró y me dijo que bien conocía él a la policía, que tenía buena relación con ella, pero que yo debía entender que la policía en Francia se componía fundamentalmente de «pintores» e «inútiles». En Costa de Marfil él había visto a personas a punto de ser quemadas vivas por la turbamulta solo por haber robado una bici. Allí la policía protegía a los delincuentes contra los linchamientos. Había países donde existía un sentido de la realidad; en Francia, en cambio, éramos poetas, y comprendí que estaba designando púdicamente a los eunucos empolvados que inventaron la gallinita ciega y el columpio. Se desternilló de risa y yo esbocé una débil sonrisa. Era un gusto cobijarse bajo esa risa descomunal.

Las semanas siguientes no se prestan a un relato ordenado. Todo era malsano, todo era inmundo, todo era sospechoso, y hasta el recuerdo puro de aquella velada con Hervé Abdouleymane Saganogo en la que bebimos hasta reventar en su cocina bajo la mirada de consternación de su esposa, hasta ese recuerdo se echó a perder. Ahora yo estaba despierto, *woke*, como decían las investigadoras americanas con sus tazas humeantes y las Nuevas Potencias. Había despertado a la nueva religión por las malas, me habían abierto los ojos con un instrumento de tortura, ahora estaba *concienciado* y ya nada de lo que hacía era inocente. Fui a cenar con un hombre negro cuando necesité sostén, como último recurso, y me acordé del sarcasmo de Baldwin a propósito de «la cobarde necedad de los progresistas blancos». Yo no era mucho menos ridículo que Lou Basset-Dutonnerre y apenas menos retorcido que ella. Estaba preso en una trampa, como las avispas de mi infancia. Lo único que podría haber aplacado a las Nuevas Potencias no era un cambio de actitud ni una promesa de hacer mejor las cosas, sino una confesión: debía reconocer yo mismo que era racista. Solo entonces quedarían satisfechas las Nuevas Potencias. Ni siquiera me pedían que cambiara, no exigían nada de mí, tal vez incluso esperaban que permaneciera fiel a la esencia que se me había asignado, la de un señor blanco racista, sistemática y desesperadamente racista; era lo que cuadraba en el esquema de las cosas. No había conversión posible. Yo solo tenía que dejar de contarme rollos a mí mismo, parar de ocultar mi verdadera naturaleza detrás de mis identidades de pacotilla, las de académico, divorciado, exsimpatizante socialista, alcohólico, propietario, calvo, padre de familia, alcohólico, parisino, fóbico administrativo, alcohólico, peguysta, y sobre todo la máscara más engañosa de todas, la que me impedía conocerme a mí mismo, la del republicano y militante antirracista. Todo eso era puro humo: la realidad era que yo era un blanco, un *toubab*, un *white*, un blanquito, un Rostro Pálido heredero de la vieja civilización tecnócrata y arrogante, de la vieja civilización hipócrita, la vieja civilización que lleva dentro los genes del asesinato, que ha disfrazado su apetito depredador bajo los benévolos y sucesivos nombres de cristianismo, democracia, marxismo y capitalismo liberal, el Viejo Mundo blanco que cree poder absolverse a sí mismo entonando en una última pirueta al borde del abismo, frente a los miles de puños en alto, la tonadilla de John Lennon, «*Imagine all the people*», la pizarra borrada de golpe con una árida melodía de guitarra, «*no need for greed or hunger, a brotherhood of man*», un poco tarde para eso, «*you may say I'm a dreamer*», no jorobes.

Ahora, solo en mi habitación, me sentía protegido por una flamante cerradura de seis puntos. La empresa que había enviado el seguro había hecho lo posible para borrar la pintada, pero todavía se leía la palabra «racista» si te fijabas bien. Aunque no había vuelto a cruzarme con el pequeño Le Guen seguía teniendo la sensación de que alguien me seguía. Durante una expedición de reavituallamiento en el supermercado oí unos pasos detrás de los míos y me di la vuelta bruscamente, en guardia, en una posición de boxeo francés que aprendí durante el servicio militar. Lo que vi fue a una simpática mamá petrificada que protegía con los brazos a la criatura que dormía en un portabebés. Balbucí una excusa, muerto de bochorno, pero ni por esas recobré la serenidad; a instancias mías, Hervé Abdouleymane Saganogo me consiguió un espray de pimienta que desde entonces paseaba dentro de una mariconera.

Cual pareja veterana recién divorciada, Paulin Michel y yo ya solo nos comunicábamos mediante mensajes de texto secos y puramente informativos. Paulin temía sin duda que el rencor me llevara a meterlo en pleitos, que le buscara las cosquillas en el terreno de las obligaciones contractuales, y por eso hacía el esfuerzo de informarme con regularidad de las ventas de mi libro; quería ser irreprochable. «Ventas: 30.000 ejemplares.» Era algo del todo colosal para una obra que versaba sobre poesía, había que remontarse a Prévert para hallar un fenómeno comparable. Treinta mil libros, o sea, sesenta mil pavos en regalías para el menda. No era moco de pavo, y sin embargo aquello no resolvía ninguna de mis dificultades económicas, porque ese dinero no se me abonaría hasta el año siguiente, que era como decir dentro de un siglo, y no podía contar con que Paulin Michel me pagara un adelanto: se ceñiría estrictamente a lo estipulado en el contrato, sin regalos.

Me la sudaba todo, pillaba unas cogorzas monumentales. En el Cama Trineo, Tao me aconsejaba que escribiera una segunda obra para contar cómo había vivido la polémica. Según él, era una manera de salir con la cabeza bien alta. Algo así hizo el grupo Sniper a principios de los dos mil después de sacar un escandaloso tema, «La France», que incluía pasajes bastante hostiles —«una Francia jodida por la tendencia a la música popular»— sobre la patria de Voltaire; la canción suscitó una agria polémica a la que la banda de hip-hop respondió con otra pieza titulada «La France, itinéraire d'une polémique» («Francia, trayectoria de una polémica»). Lo petaron.

—¿Quieres que escriba un rap? ¿Me estás pidiendo que escriba un rap, Tao?

—Pero qué dices, empanado. Tú eres escritor, respondes con un libro.

Lo que no quita para que el rap (el rap *hardcore*, sin florituras) tuviera una fuerza incomparable. Yo no formaba parte de ese mundo: mi juventud estuvo arrullada más bien por los sintetizadores de The Cure o Depeche Mode. Y por Motörhead, por supuesto. Pero Léonie pasó por una fase rapera antes de rendirse al encanto ambiguo de Christine and the Queens, cuando todavía vivíamos juntos. Yo me obligué a hacer un esfuerzo y aprendí a valorar «el buen sonido en bruto para matones», como cantaba IAM. Sus representantes creían con una fe ardiente en el poder de las palabras, en su potencial erótico y corruptor. Una estrofa de Kery James encerraba más tronío que cien de esos libritos bien desmenuzados y narcisistas, murmurados por sus autores —escarolas vulnerables y desvitalizadas—, que publicaba Basset-Dutonnerre. Imaginaba un *Lamento del viejo blanco*. Sí, podría escribir un *Lamento del viejo blanco* de melancolía willoniana que desgarrara los corazones más duros. Un tema *slameado* por encima de «un buen sonido en bruto» por el que se deslizara todo mi ágil y potente *flow*. Tal vez podría solicitar el apoyo técnico de un aguerrido grupo de hip-hop, uno de esos que profesan un separatismo riguroso, un grupo más Malcolm X que Martin Luther King que se alegrase de echarle un cable a un blanco que no se esconde, un blanco que acepta ser también racializado, que «recoge la palabra "blanco" que le han lanzado como una piedra»; a un aliado objetivo, en resumidas cuentas. Al fin y al cabo, los razonamientos de las Nuevas Potencias desembocaban en alianzas sorprendentes, no era ninguna novedad: en sus tiempos, Malcolm X invitó a miembros del partido nazi estadounidense a uno de sus mítines. Así que Jean Roscoff y un grupo de rap sumamente venerado por qué no.

Intentaría ponerme en contacto con ese trío que Léonie escuchaba en bucle cuando iba al instituto, Bondy System of Sound. Podría parir un temazo incandescente, puede que incluso tocara dejar a un lado la melancolía willoniana; establecí, pues, los cimientos de mi reacción, y salió esto:

Soy un blanquito residente en París capital
cien por cien heteruzo, color yeso, ¡blanco!
Soy un blanquito con ganas de hacer el mal,
tengo mi equipo, bebo Pernod y no uso talco.

Evidentemente, había que darle un par de vueltas. Cuando se lo di a leer a Tao, me indicó que sería un pelín desafortunado responder a las acusaciones de apropiación cultural mediante una nueva apropiación cultural. Yo no tenía ninguna *street credibility*; a guisa de antecedentes penales, solo contaba con una multa impuesta por un juez amodorrado diez años atrás por haberme largado de un restaurante haciéndome un simpa. El rap *hardcore* se nutría de una rabia sincera, de vivencias. Las moratorias de la «fragilidad blanca» eran un terreno muy poco explosivo; según Tao, era «como celebrar el 14 de Julio encendiendo una bengala».

¿Me había vuelto majara? No recuerdo nada realmente escandaloso. Es cierto que hablaba solo cada vez con más frecuencia, me di cuenta un par de veces, por la calle, al notar las miradas impúdicas y crueles de los niños pequeños. Por teléfono, Agnès se mostraba intranquila: «Marc me ha dicho que quedó contigo en un parque y que no se te veía muy fino. Que le hablaste de vídeos de mapaches. Está preocupado por ti, cree que deberías ir a que te hicieran un escáner. Dime que no tengo motivos para hacerle caso, Jean. Necesito que me des tranquilidad». Yo reía con sorna. La psiquiatrización, herramienta última para hacer callar al clarividente, al que ve las cosas que nadie quiere ver. La vieja técnica soviética. ¡Peor para ellos! ¡Peor para ti, Marc, si no quieres ver los abismos que se abren a nuestro alrededor! Componía panfletos mentalmente. Camus se inclinaba sobre mi hombro. Mis argumentos se articulaban con una fluidez extraordinaria, mis dedos volaban sobre el teclado y embarcaba en mi balsa de proscrito nombres más o menos ilustres: Baldwin, Mahatma Gandhi, Charles Péguy, la banda de música de los Harlem Hellfighters, Martin Luther King. Todos ellos personificaban nada menos que la fraternidad (esa vieja virtud, la gran olvidada de la trinidad republicana), una elegante y aristocrática indiferencia por las cosas de color. Yo hablaba de Francia, y por encima de nuestra pequeña tropa flotaba el antiguo pendón universalista. Ayudándome de *post-its* y de fotos sacadas de internet que imprimía y pegaba en la pared, trazaba la galaxia de las Nuevas Potencias, su genealogía secreta. En primer lugar, el padre fundador, Sartre, de quien puse un retrato en el centro del tabique. Debajo de la foto escribí la frase que prefiguraba las desviaciones del indigenismo, una cita del *Orfeo negro*: «La unidad final que congregará a todos los oprimidos en el mismo combate debe ir precedida en las colonias por lo que denominaré el momento de separación o de negatividad: el racismo antirracista es el único camino que puede llevar a la abolición de las diferencias de raza». Escribí RACISMO ANTIRRACISTA en mayúsculas y lo subrayé tres veces. Puse también una foto de Peggy McIntosh extraída de Google Imágenes. Tracé una línea con rotulador azul entre ambas fotografías: el patriarca y la sobrina americana. Añadí retratos de Éric Fassin, de Aminata Diao, de Malcolm X, etcétera. Estaba sobreexcitado. Al cabo de poco mi pared dibujaba una nebulosa con sus padrinos, sus segundos espadas, sus compañeros de andanzas, sus gurús. Di un paso atrás, contemplé mi obra: tenía la sensación de ser un poli del FBI. Había bajado los estores venecianos, vivía en semipenumbra.

Probé a hacer una nueva incursión en la facultad, pero un agente de seguridad que a todas luces había sido informado sobre mi caso me rogó que me marchara. Le solté que la universidad era una institución libre, pero entonces me pidió que le enseñara un carné de profesor en vigor. O incluso uno de estudiante, añadió con una sonrisa socarrona. Se formó un pequeño tumulto y el agente me acompañó a la salida agarrándome por el bíceps. Hora de irse, caballero. Bueno, quizá sí que me había vuelto majara. A veces tenía la sensación de que me seguían, así que me encorvaba, me encogía, pretendía que me tragase la tierra. Otras veces me enfadaba, levantaba el mentón bruscamente, daba una sonora palmada en el tablero de mi mesa cuajada de ceniceros y arengaba a los espías invisibles. En esos casos me transformaba en Tony Montana, atrincherado en su mansión y acorralado por los matones silenciosos, en un Roscoff-Montana aguardando la traca final. «*Say hello to my little friend*», exclamaría con sorna mientras vaciaba mis últimos cargadores o, en este caso, mis últimos frascos, de los que mamaba como un bebé gigante y chiflado. Hice de mi casa un búnker y me puse a tuitear compulsivamente igual que Donald Trump, despotricando sin ton ni son, bombardeando a mis perseguidores, y daba gusto dejar de vigilarse, dejar de controlar el lenguaje, tuitear con incontinencia. Escribía largos mensajes en letras mayúsculas en los que arremetía contra «los cretinos apóstoles del neorracialismo» y «los capos del pensamiento», «Robespierres de poca monta», «necios de la red», «gilipollas cornudos», «estultos zelotes de la raza», «tartufianos gerentes de negociado memorial», «fascistas descoloniales», «oportunistas majaderos» y «proxenetas de la memoria». Estaba bazarovizado perdido, en fase terminal de autodestrucción. Hasta que la realidad me atrapó de golpe, en frío, mediante un mensaje de Agnès: «Han atacado a Léonie en la puerta de su casa».

Cuando Léonie era pequeña, hasta que cumplió ocho o nueve años, yo le contaba historias. Le proponía tres protagonistas (por ejemplo: el hada, el dinosaurio o el gato que soñaba con viajar a la luna) para que ella escogiera uno. Lo mismo con el escenario, con un objeto, y con un personaje secundario. A partir de sus preferencias, yo improvisaba una historia, a menudo bastante floja. Ella escuchaba muy seria. A veces se disgustaba por alguna incoherencia: «¡Has dicho que la princesa tenía un hermano!» o «Pero ¿el dragón no era azul?». Yo negaba con una mala fe sobreactuada, para hacerla reír. Léonie estampaba su mejilla fresca contra mis sienes. Y yo no decía nada, seguía narrando, pero me sentía desbordado por la ternura y abrumado por la responsabilidad. Qué débil era. Mi hija se acurrucaba a mi vera como el animal acude a su refugio natural. Los primeros meses, no concebía siquiera que Agnès y yo tuviéramos una existencia autónoma: éramos su refugio, punto. Yo me rebelaba: ¿por qué la existencia tenía que echarle encima su avalancha de decepciones a un alma tan diminuta? Me repugnaba arrancarla del mullido letargo de la infancia.

—La sobreproteges —me reprochaba Agnès.

Un codazo en las costillas, la correa del bolso medio arrancada, un puñado de insultos. Y un indicio que no dejaba lugar a dudas: «A la próxima, te linchamos», berreó uno de los dos agresores antes de largarse al trote. El mensaje no podía ser más claro: «Así entenderá tu padre lo que significa esa palabra». Cuando llegué a casa de Agnès, estaba sirviéndole un té a Léonie. Acodada en la isla central de la cocina, mi hija tenía la mirada perdida. Se la veía muy harta. La rabia me desatoraba las fosas nasales. Qué hijos de puta, qué hijos de puta, murmuraba yo. Hasta que intercambié una mirada con Agnès. El par de ojos verdigrises me escudriñaba con desprecio y severidad. «Tienes que proteger a los tuyos», me advirtió después de la pintada. El primer culpable era yo. Yo era el que había provocado todo aquello. Y el que había desaparecido del mapa, dos veces, dejando a mis allegados arreglándoselas con las consecuencias. Después de veinticinco años de vida en común, uno sabe leer un enarcamiento de cejas. Agnès no necesitaba decir nada. Me estaba poniendo sobre aviso: «No te vas a ir de rositas por cogerte un cabreo de mil pares que te deje en la gloria». Esto no iba de mí, joder. Iba de deshacer y de reparar. Y de tragarme el orgullo, de paso. Se lo debía a Léonie.

—Vale, está bien. Salvaré los muebles. Voy a emitir un comunicado.

10. Epílogo

Conservo una impresión extraña de ese periodo. Me pulverizaron, machacaron, estrujaron y escupieron a la acera, demacrado. Luego, un gran silencio. Los comentaristas divisaron a alguien, algo distinto. Se marcharon, sin dignarse mirar siquiera mis despojos resollantes. No me despacharon. No me remataron, como dicen los cazadores de montería. ¿Apaciguó a la jauría mi mensaje de contrición en Twitter? Lo escribí con ayuda de Marc, puse las palabras que se esperaban de mí. Dije que me faltó buen juicio, que subestimé las heridas aún abiertas de la comunidad negra. Escribí las palabras «sosiego», «sensibilidades», «ofender», «racializado». De algo sirvió, qué duda cabe. Creo también que hubo algo más. Los expertos del *shaming*, los *trolls* y los promotores de ataques son los retoños chillones del Espectáculo, que corren de una presa a la siguiente cual pollos sin cabeza. Se abalanzan sobre una captura y la despedazan con un frenesí verdaderamente espeluznante, pero basta un ruido, una distracción, para que se dispersen en pos de nuevas carnicerías. El flujo ininterrumpido de notificaciones digitales tenía severamente hipotecada su capacidad de concentración. Sí, eran producto de su tiempo: descerebrados, inconsistentes, crueles.

¿Quiénes eran, por lo demás?

Yo no los conocía. Un «mundo de siluetas», decía Camus en

1948. Ídem en el caso de mis perseguidores: siluetas. Y ¿quién era yo a sus ojos si no una silueta? He hablado de odio. Pero, pensándolo bien, nadie expresó odio hacia mí en este asunto. Ni siquiera Jeanne me odiaba realmente. Detestaba una encarnación repelente, un ídolo vilipendiado, un espantapájaros, una máscara. Los cazadores furtivos de internet se desahogaban con un nombre. Se enardecían con un apellido. No era nada personal. Yo mismo, en lo peor del sainete, me crucé con contadas caras. La de Jeanne, adusta y amarga. La de Paulin Michel, medrosa y furibunda. La de Marc, indescifrable. Léonie, Marie, Agnès: las tres hadas caritativas. El resto: una marea de indignación.

Al menos hasta el juicio. El año pasado, el tribunal me envió una notificación. Entre registros por agresión sexual y hurtos de efectos personales en un vehículo, los polis del distrito XIX llevaron a cabo su pequeña investigación. No archivaron el caso. Incluso lograron identificar a uno de los internautas que me amenazó de muerte. Una tarde del mes de julio me presenté en el tribunal de Porte de Clichy. Marc había aceptado encargarse de mi defensa, pero, tan prudente como siempre, envió al juicio a una de sus colaboradoras. Cinco años después de una derrota por los pelos, era de nuevo candidato a la diputación, así que no tenía ningún interés en exhibirse en mi compañía. Seguí a la joven abogada por un laberinto de escaleras mecánicas y ascensores de cristal, hasta dar con una pequeña sala con un pupitre y unos bancos de madera clara, el banquillo. Delante de la sala había una hilera de tipos enfebrecidos que lanzaban miradas disimuladas y se grababan con sus teléfonos móviles. Mi abogada me aconsejó que entráramos sin demora, «salvo que quiera usted salir en un *story* de Instagram». Obedecí: yo lo único que quería era que todo terminara. La sala estaba casi vacía, a excepción de un periodista de la prensa judicial que sin mucho afán intentó sacarme algún comentario. Todo había sucedido cinco años antes: una eternidad. Ginette, la señora del carrito de la compra, estaba sola en la primera fila. Me enterneció que hubiera acudido. La saludé desde lejos esbozando mi célebre ademán a la japonesa, manos unidas y busto inclinado. Evité a toda costa entablar conversación; no estaba de humor para escucharla contar sus amoríos con T. S. Eliot u Orson Welles, y me daba miedo que declamara uno de sus poemas caseros o que me ofreciera una pieza de fruta podrida o cualquier otra cosa por el estilo. Y entonces llegó él.

—Su agresor —musitó la abogada.

El rostro de la marea furiosa e incontrolable. Según la enumeración de los hechos sometidos a juicio (leída en voz alta por un funcionario judicial), amenazó con «violar el cadáver de mi abuela», prometió que me metería fuego y me asesinaría, y sostuvo que tenía una pipa preparada para ello. Yo ya ni me acordaba; hubo tanto cieno... ¿Qué me había imaginado? No lo sé muy bien. A alguien peligroso. En vez de eso, vi a un hombrecillo de nariz chata y ojos legañosos. Tendría unos cuarenta años y lucía un traje impecable, tal vez comprado para la ocasión. Estaba más derecho que una vela, y le temblaron las manos cuando lo emplazaron a sentarse en el banquillo. No era ni el grafitero ni el autor de la divulgación de mis datos personales, pero por lo menos los polis habían dado con ese fulano. Musitó unas palabras de disculpa. Dijo que no se daba cuenta de lo que hacía, que se le calentó la boca. ¿Cómo establecer un vínculo entre ese hombre y la degollina que yo había sufrido? Me daba hasta apuro por él. Los dos estábamos empantanados en una situación francamente mala. El juez recordó que la audiencia era un momento de reparación simbólica a la víctima, con las palabras pomposas imagino que de rigor. Aquello era concederle mucha importancia a la justicia. A la salida, un tipo me siguió desde cierta distancia sin dejar de grabarme hasta el ascensor. Afuera, en la explanada, el sol abrasaba. Una obra humeaba. La abogada me decía cosas abrazando mucho la carpeta contra el pecho, como si temiera que alguien fuera a quitársela. Quería saber si estaba satisfecho con cómo había ido el juicio, y sus labios carnosos formaban unas palabritas precisas y afiladas. Yo habría agradecido un poco de sombra. El sol pegaba fuerte y me di cuenta de que el ángulo de la torre resultaba sospechoso, la torre estaba demasiado inclinada, presentaba una inclinación irrazonable, y la explanada también se inclinaba, daba vueltas, y yo quería decírselo a la abogada, pero mis labios exangües se abrían sin articular ningún sonido; me desplomé.

Tengo sesenta y nueve años.

Mi vida no acabó allí. Me dejé los últimos mechones de pelo negro en la batalla, eso sí. Agnès me asegura que eso es cosa del estrés. En el fondo no tengo ni idea de nada, pero me cuido mucho de llevarle la contraria: me gusta que se preocupe un poco.

Sufrí un ictus a la salida del juicio. En el hospital me hicieron unos análisis y me descubrieron unos valores de gamma GT tres veces por encima de lo normal. El médico me explicó que eran las enzimas que atacaban el hígado, y que unos valores tan elevados podía causarlos un alcoholismo crónico. Expliqué el contexto del juicio, dije que la cercanía de la audiencia me había generado mucha ansiedad, que había abusado un poco de la botella. No me atreví a reconocer que llevaba veinticinco años con la misma velocidad de crucero. El matasanos me dijo que tenía el hígado a punto de estallar. Me prescribió una abstinencia total.

Dejé de beber.

Los sábados participo en un ciclo de conferencias en el Louvre para aprender sánscrito, regalo de mi hija. Genio y figura hasta la sepultura: mi existencia arrancó ligando con chavalas en aulas de humanidades cargadas de humo; era lógico, oportuno, razonable, que amueblase mi joven jubilación codeándome con otros jóvenes ancianos urbanitas y cultivados, mis semejantes, en las salas de un museo parisino con un guía homosexual, erudito y saltarín. Mis compañeros son gente muy motivada; no parecen rebelarse contra la terrible cuenta atrás. Mantienen una relación sana con el conocimiento, una relación de puro placer, porque lo más verosímil es que jamás enseñen sánscrito, como tampoco lo hablarán con sus nietos. A su lado, aprendo a ser un joven anciano manso y cultivado. A veces vamos a tomar algo después de la clase. Intercambiamos bromas y luego hablamos de nuestros achaques de salud, de nuestros hijos, algunos también de sus nietos. Nos tuteamos, y a mí me parece fenomenal, así nadie me reconoce, aunque dudo que mi apellido les suene de algo. Han pasado cinco años. Si alguien busca «Jean Roscoff» en internet, encontrará unas pocas huellas del asunto. Léonie me explicó que es posible recuperar la virginidad digital, pero yo ya no tengo edad para tanto follón.

Tampoco es tan difícil. Hay que aceptar la propia suerte con dignidad, dejar de revolverse como la avispa en su trampa de plástico. Acabé vendiendo el piso de París y me compré una casita no muy lejos de Saint-Julien. Todos los viernes voy a París. Alquilo un Airbnb y paso dos días en la capital. Asisto a mis clases de sánscrito, me tomo algo con Léonie o con Agnès y hago turismo. A veces me echo una partidita de póquer con Tao. La gente empezó a leer a Willow. Se reeditaron sus obras completas en francés, nada menos que en Les Éditions de Minuit, poca broma. El otro día, en el tren de alta velocidad, vi a una chica que leía sus poemas y me hizo mucha ilusión. En la Fnac lo tienen colocado en la sección de poesía, junto a su verdadera familia: con Aragon, Péguy, Césaire y Lautréamont. Ahora que se las apañe solo. Hace su vida, y cuenta con varias bazas para mantenerse aún un tiempito en los anaqueles donde arde la diminuta llama.

Ayer me llamó un americano. Era muy educado y hablaba un francés impecable, con un acento que se cortaba con cuchillo. Quería conocerme.

—Es sobre el proyecto Venona.

Venona: los titánicos trabajos del contraespionaje estadounidense que me costaron mi respetabilidad como académico en 1995. Como un fracaso con otro fracaso se quita, el episodio de Willow casi me había hecho olvidar el episodio de los Rosenberg.

—Le interesará lo que voy a contarle. Estoy de paso por París. Mañana estaré en el Breteuil, en el boulevard Exelmans.

¿Cómo había conseguido mi teléfono ese pesado? Seguro que Paulin Michel se lo había facilitado con mucho gusto. No tuve tiempo de declinar la invitación: ya había colgado. Me había llamado desde un número oculto, y yo no sabía su nombre. En general, la gente que contactaba conmigo para hablar del libro de los Rosenberg eran complotistas, chalados inofensivos, historiadores aficionados o todo lo anterior a la vez. El americano tenía una voz pausada y simpática, con un deje de autoridad: la voz de quien está acostumbrado a que se acaten sus órdenes.

En el fondo, era una buena excusa para darme un paseo. Aprovecharía para hacerle una visita a Agnès, que se había mu-

dado por aquella zona con su nuevo novio. Subí al Toyota Prius
y fui hasta la estación de Montceau-les-Mines. Dejé el coche en
el aparcamiento y me subí al tren: desde el ictus, el médico me
había prohibido conducir distancias largas. El Breteuil era un
punto de encuentro fino y tranquilo. Identifiqué sin dificultad
al cliente que más papeletas tenía de ser mi cita americana: un
hombre alto y esbelto, mestizo, con un polo de rayas horizon-
tales remetido en un pantalón beis. Llevaba un Rolex y unos
calcetines de tenis bajo unos botines recios. Me estrujó la mano
sin piedad. Conforme a las costumbres en boga en su tierra, me
saludó llamándome por el nombre de pila.

—*Pleased to meet you*, Jean. Yo me llamo Warren.

—Hola, Warren.

Yo todavía sabía interpretar una sonrisa. Esta se entregaba con
franqueza, sin dobleces; revelaba una casa suntuosa, una puerta
cochera que se activa con mando a distancia, una máquina de
remo en el sótano y una afición apasionada por los libros sobre
geopolítica un poco ladrillos, como las memorias de Kissinger;
no poseía una cultura ecléctica, pero sí un sólido conocimiento
de unas pocas obras de las que extraía cuatro o cinco máximas
enjundiosas que guiaban su existencia y le permitían quedar
como un rey en esas cenas en las que los hombres departen en
la terraza sin mirarse, hombro con hombro, escudriñando el
Lincoln Center, mientras las esposas parlotean en el salón. Era
estadounidense y francófono, con todo lo que eso implicaba:
una sensibilidad política situada en algún punto entre Bernie
Sanders y Joe Biden (más bien Biden, resolví al percatarme del
tamaño del Rolex) y una cordialidad condescendiente hacia una
Francia que amaba como se ama a una vieja tía pobretona y
excéntrica. No excluí que tuviera como *hobby* pescar en aguas
profundas en el litoral de Maine. El hoyuelo en la barbilla y los
ojos rasgados le daban cierto aire a Colin Powell.

Me dejé caer en el taburete. Warren pidió dos cafés, impo-
niendo su autoridad. Yo estaba más bien tranquilo: no se lo veía

excesivamente zumbado. Se acordaba perfectamente de haberme llamado y estaba recién afeitado. Por encima de nuestras cabezas había una pantalla de plasma encendida que emitía sin sonido un partido de balonmano. Warren me observaba con curiosidad, como si fuera yo el que había solicitado la entrevista. Me dejé llevar por un impulso:

—Quería usted verme.

—Sí. Sí. Cada vez que paso por París vengo al Breteuil. Sirven un turnedó Rossini excepcional. *Truly amazing*.

No contesté. Warren quería tomarse su tiempo, pero yo estaba decidido a no perder el mío. Se aclaró la voz.

—Conoce usted, desde luego, el proyecto Venona.

—Sí. Su desclasificación me costó mi reputación como académico en 1995. Aunque usted me dirá que es un dato anecdótico, comparado, pongamos, con el precio que pagaron los Rosenberg.

—Ciertamente. Al parecer, Ethel Rosenberg sufrió cinco descargas antes de morir. Era una mujer de carácter.

Warren estaba relajado, con ganas de cachondeo. ¿Qué demonios hacía yo allí? No quería ni oír hablar de los Rosenberg, en general no quería ni oír hablar de mi carrera como académico, no quería ni oír hablar de nada que no fueran las clases de sánscrito, Léonie, Agnès y la luz vespertina en el Brionnais. Pero Warren era un hombre educado, y tenía algo que decirme. Tomé la iniciativa con la mayor amabilidad posible:

—Imagino que habrá leído mi libro sobre el caso Rosenberg. Eso lo convierte en un individuo singular. Pertenece usted a una comunidad que cabría íntegramente en una habitación. Verá, prefiero decírselo desde el principio: yo ya no creo en la tesis sobre la inocencia de los Rosenberg. Soy un hombre lúcido. Tuve mala suerte, y no hay más. Todo pasó dos días después de que saliera el libro, ¿se da cuenta? Espero que no me haya hecho venir para explicarme que los Rosenberg eran unos ciudadanos intachables. Fueron espías de la URSS. No entregaron el secreto de las armas atómicas, pero transmitieron muchísima información sobre las instalaciones militares estadounidenses. No deberían haberlos ejecutado, desde luego. Eso es un escándalo. Pero eran espías soviéticos.

—No he leído su libro sobre el caso Rosenberg. Y el matrimonio Rosenberg me da exactamente igual; *may they rest in peace.* Yo he venido a hablarle de mi tío, Robert Willow.

Abrí los ojos como platos. Tenía ante mí a Warren Willow, el hermano de Dory, la sobrina de Baltimore a la que entrevisté por teléfono. Tenía el hoyuelo en la barbilla, el hoyuelo willoniano. La marca mágica. Recordaba que intenté convencer a Dory para que me pusiera en contacto con él, pero la mujer me contestó con sequedad que no valdría para nada, que su hermano no había llegado a conocer a su tío, que no tendría nada interesante que contarme. Y lo dijo con mucha insistencia. Demasiada, sin duda. Warren se pasó la mano por las sienes.

—Desde Estados Unidos seguí un poco la... ¿cómo lo llaman ustedes?... la polémica, en las webs francesas; muy desafortunado. Nuestros respectivos países se están volviendo locos. Sabe usted, yo soy un hombre de orden, *a patriot*. He trabajado treinta años en la administración federal. Y soy *African-American*. Apoyé el movimiento Black Lives Matter, he luchado toda mi vida por la igualdad. Pero no creo que se pueda responder al racismo con racismo. La *cancel culture* y esas cosas. *Typical New York bullshit*.

Se iba un poco por las ramas, como alguien a quien le cuesta formular una idea. Me resultaba familiar. Lo observé. Warren tenía los hoyuelos del poeta pero las ansias de ser alguien, la fe en el sueño americano, las había heredado del padre de Robert Willow.

—Como le decía, seguí un poco el revuelo que se armó a partir de su libro sobre mi tío Bob. Me alegré de que se hablase de su poesía. En Estados Unidos no lo conoce nadie. Intenté ponerme en contacto con usted, pero su editor *let's say* que me ignoró. Me tenía en ascuas. ¿Qué era eso tan extraordinario que iba a contarme, ahora que la batalla había terminado? Yo era un ancianito tranquilo, un hombre mayor muy sosegado. Llevaba cuatro años intentando olvidar todo aquello. Añadió:

—Lo sometieron a un juicio injusto. Tenía razón cuando decía que mi tío no huyó de América por ser negro. Por encima de todo, mi tío era un comunista entusiasta cuando se marchó. *Fanatic*, incluso. Solo que... Sí que se equivoca usted.

—¿Cómo dice?

—Willow no se fue de Estados Unidos para huir del macartismo.

—¿Puede ser un poco más claro?

—Lo enviaron a Francia. Lo enviaron a Francia con una misión.

—¿Era testigo de Jehová? —ironicé.

Estaba a punto de estallar. Me había levantado al alba para coger el tren.

—*He was a spy*, Jean. Era agente soviético. Robert Willow trabajaba para el KGB.

A nuestro alrededor, la sala se había vaciado. Warren acarició la esfera de su Rolex. Con la voz ligeramente alterada, pedí un Bombay Sapphire.

Warren prosiguió en inglés:

—Como bien sabe (lo sabe de memoria, tuvo que descubrirlo muy a su pesar), el proyecto Venona se desclasificó y se hizo público en mil novecientos noventa y cinco en Estados Unidos. Por aquel entonces yo ya tenía un buen puesto, un puesto digamos de cierta importancia, en el Departamento de Educación. Soy un buen *citizen*, como ya le he dicho. Un patriota. Trabajaba en Washington D. C., conocía a gente en todas partes, en el Departamento de Estado, en el Congreso. Un tipo de Langley, perdón, un tipo de la CIA, me avisó pocos días antes de que se desclasificara el informe Venona. Me dijo que en el archivo constaba un miembro de mi familia: Robert Willow. El bueno de tío Bob trabajó para el KGB en París entre mil novecientos cincuenta y tres y mil novecientos cincuenta y seis. Puede que incluso trabajara para el KGB en Estados Unidos, antes de irse a Francia. Se puede usted imaginar la impresión. Para mí, tío Bob siempre había sido tío Bob, ese tipo un poco romántico, el comunista de corazón, *a poet*. Un tipo no muy recomendable, seguramente. Pero ¡espía!... Le dije a mi contacto que si aquello salía a la luz, si se descubría que yo era descendiente de un espía comunista, mi reputación quedaría mancillada para siempre. Negro y descendiente de comunista, no hace falta que se lo explique. *It's too heavy a burden*. Yo trabajo para la administración federal. Siempre he procurado no llamar demasiado la atención. Mi contacto me confirmó que no publicarían esa información, por respeto hacia lo que mi familia ha hecho por América. No solo yo, sino también el padre de Bob, que fue uno de los pilares de la comunidad negra del D. C.

Iba a estallarme la cabeza. Robert Willow y Julius Rosenberg bailaban desaforados. El senador McCarthy los señalaba con dedo vengador. Vichinski, un poco apartado, reía con sorna en silencio. Me guiñó un ojo. Mis dos libros, mis dos libros bufonescos eran una misma farsa en dos tomos. Yo era Jean Roscoff, el hombre que había tropezado dos veces con la misma piedra. Y aun así mi intuición, treinta años atrás, la del Willow-espía, la tesis descabellada que descarté como un disparate, fue buena. Tuve el boleto ganador en la mano y lo tiré a la basura. La sombra de Robert Willow se escurría entre mis manos de ciego. Veía la sonrisa ausente de Robert Willow en la foto de la rue Bonaparte. El único presente entre los ausentes. Espantosamente libre, escribí en alguna página de mi libro. Warren me dejó unos segundos para que digiriera la información antes de continuar.

—El proyecto Venona se mantuvo en secreto durante mucho tiempo, pero dio frutos ya desde la década de los cincuenta. Se produjo una oleada de detenciones. Y no hablo de las listas confeccionadas por McCarthy para purgar los círculos artísticos. Hablo de verdaderos espías. NKVD, KGB. Los Rosenberg fueron detenidos, y muchos otros también. Los servicios soviéticos, *of course*, reaccionaron. Desmantelaron sus redes americanas y cerraron el tinglado. Hubo agentes que abandonaron el territorio a toda prisa. ¿Quisieron matar dos pájaros de un tiro?

¿Pensaron que el contraespionaje europeo desconfiaría menos de un negro? Willow tenía relación con Wright y Frazier, ambos exiliados en París. El segundo, en la Unesco, que en esa época estaba plagada de espías. Sartre era una figura muy odiada. Un soviético incluso lo calificó de... de...

—De «hiena dactilográfica». Fue Fadeiev, en el congreso sobre la paz de Wroclaw, en el cuarenta y ocho.

—¡Exactamente! Como sabrá, Sartre estaba metido en ese asunto, ese movimiento tan francés: el existencialismo. —Soltó una risilla que concentraba todo su desprecio hacia las verbosas chiquilladas de los europeos—. Usted conoce esa parte de la historia mejor que yo. Se temía que, con su existencialismo, Sartre desviara a los intelectuales franceses del marxismo-leninismo. Que los apartara del viejo partido estalinista. ¡Figúrese! Y pensaron en tío Bob. Wright podía introducirlo fácilmente en el entorno de Sartre. Willow había formado parte de un comité de apoyo a los Rosenberg, tenía una buena carta de presentación. Fue facilísimo. Mi tío transmitía a Moscú las críticas que formulaban Sartre y los suyos con respecto a la URSS.

Me sudaban las manos. ¿Y los poemas? ¿Qué pasaba con los poemas? Me imaginaba a los criptoanalistas de la CIA concentrados en «Étampes y poemas», pasando las composiciones willonianas por el tamiz de sus métodos ultrasofisticados, extrayendo el verdadero sentido de sus creaciones: mensajes telegráficos a Moscú donde hablaba de Sartre, de sus compañías, de sus costumbres. Warren dejó escapar una carcajada.

—Yo pensé lo mismo que usted. Los códigos Venona eran series de letras aleatorias. Cosa que no son los poemas de Willow, por más que algunos resulten un poco deslavazados, si le interesa mi opinión. Sabemos solamente que el supervisor de Willow lo envió a París para que vigilase a los existencialistas. Después, él informaba directamente a Moscú. La poesía era una práctica independiente, como pasatiempo y tal vez como tapadera. Digamos que empezó como tapadera y al final se convirtió en su razón para vivir. Y sin duda, en lo que lo mató.

—Continúe, se lo suplico.

Había que ir hasta el fondo del asunto.

—Para muchos simpatizantes comunistas que conservaron algo de espíritu crítico, los años cincuenta y seis y cincuenta y siete fueron un punto de inflexión.

—Lo sé. El informe Kruschev, Budapest.

—Eso es. El Partido dejó de ser infalible. Los crímenes y el culto a la personalidad quedaron a la vista de la opinión pública mundial. Por supuesto, había cosas que ya se sabían. Pero mientras las revelaciones procedieran de la prensa burguesa, podían achacarse al anticomunismo. En cambio, esta vez las revelaciones venían del propio Kruschev. Willow debió de quedarse de piedra. Por eso escribió aquel poema, «Until Further Notice». ¿Se imagina? ¡Un agente del KGB, publicando un poema anticomunista! Willow espiaba para la URSS, conocía a otros agentes encubiertos. Puede que su superior directo se asustara. Sembró la duda. Hay que ponerse en contexto: en todas partes se hablaba de guerra nuclear, la gente estaba atacada. Y le pidieron que se quitara de en medio. Le encontraron una casa en el campo y le pidieron que se quedara allí tranquilo. Puede que pretendieran darle una oportunidad para que se pusiera las pilas. Personalmente, lo dudo mucho. No era el estilo de la inteligencia soviética.

—¿Qué quiere decir?

—Me ha entendido perfectamente. Pero era complicado actuar en pleno París.

De pronto, dejé de escucharlo.

El Peugeot 404 corre veloz por la noche impenetrable. Willow ha girado la manivela para que entre un poco de aire y acoge agradecido la brisa. Da un trago largo a la noche fresca y se echa a reír con una carcajada inmensa y cristalina. Se desternilla. Lleva una sencilla camisa de tela basta; se va a poner malo. Qué tonto es, y a la vez... Coger frío aspirando el hedor de las cortezas podridas, bajo la Osa Mayor, al menos implica estar vivo. Un perro le contesta en alguna parte, y Willow ríe por ese perro insomne. ¿Le estará dictando un código a Moscú con sus ladridos telegráficos? Willow le dedica todos los honores del Partido Comunista estadounidense y el amor de un hermano. Él ha dejado atrás todo eso.

«No celebraré vuestro plan quinquenal.»

¡Ja! ¡Ja! ¡Ja! No se anduvo con paños calientes, actuó incluso con una inconsciencia total. Podría haber acabado en una fosa con una bala de nueve milímetros a guisa de *bindi* hindú. De aquí a unos meses lo dejarán en paz, podrá regresar a París y se casará con Nancy Holloway. Ha prometido cerrar el pico. No aireará ninguna tapadera. Se irá a vivir con Nancy a Londres, o a Río. Está harto de los intelectuales franceses, le parecen sucios y sentenciosos. Quiere que Nancy lea sus nuevos poemas, cree que ha sacado algo bueno a base de parodiar a Péguy y su arte de la repetición; ha encontrado una música propia. Y ahora quiere ejercitar esa lengua antigua sobre otro lienzo. Volver al *jazz*, con la sencillísima gravedad de las pastorelas. Quizá escribir en inglés otra vez. Entretanto, hay que procurar no volverse loco en la casita de pueblo que huele a cerrado. Le han dado permiso para salir una hora diaria, de noche, y conducir a toda velocidad. Unos kilómetros más y volverá a casa, como los niños buenos. Pisa a fondo el acelerador, el coche da un tirón, ahora el cristal está bajado del todo, Willow toma las curvas con alegría, con el codo apoyado en el borde de la ventanilla. No hay ni un alma. Se regocija de esta libertad que le ha sonsacado al destino que le tenía reservada una carrera de chupatintas washingtoniano, de representante de la cuota negra, y le hace un corte de mangas al mismísimo Kruschev. «¡Muerte a los polis!», exclama en voz alta. La política mata la vida. Ahora quiere hacer el amor y saltar a trenes y escribir como un loco. Los escritores marxistas jamás entenderán nada. Fijan la mirada en el fabuloso horizonte y dejan de ver la belleza al borde del camino. ¿Amar la vida tal como es lo convierte en un cabrón? Puede que sea un cabrón, entonces. Hay demasiadas luchas y él solo tiene una vida. Él ha luchado ya toda su vida para ser un hombre, ni más ni menos que un hombre. ¿Con qué derecho le exigen que siga luchando por los demás? Frantz Fanon, su amigo Wright: llevan en la mirada el destello oscuro de quienes plantan cara. Se cuenta que Fanon tiene leucemia, que pronto la espichará, y sin embargo sigue escribiendo para denunciar la injusticia. Ese tío sería capaz de escribir hasta con su propia sangre. Son mártires, y aunque no sufran una muerte violenta, como tantos otros, soportan una carga descomunal. Son profetas y héroes que morirán antes de saborear la victoria, tras una vida entera viviendo en la inquietud, con los puños cerrados de rabia. Ellos son más grandes que él, desde luego. «Yo solo soy

Robert Willow, mercenario de mí mismo, emancipado que sigue su camino bajo las estrellas.» Los faros perforan la noche negra. Desacelera un poco, no demasiado, está eufórico. Pronto aparecerán el bosque de F. y sus árboles inmensos. Hay un badén, y luego una curva que ha tomado ya cien veces.

Se la conoce con los ojos cerrados.

En Pésaj, la Pascua judía, el comensal más joven hace una pregunta ritual: «¿Por qué esta noche es diferente de las demás noches?».

El Peugeot no responde.

«*Fuck!*», suelta Willow, aferrándose al volante.

Esta noche, le han cortado el manguito del líquido de frenos.

Agradecimientos

Gracias a Claire Berest, Cyprien Andres, Simon Bertin, Jean de Saint-Chéron, Dana Burlac y Lize Veyrard.

También a Tanguy Meunier, Gabriel Martinez-Gros y Lélia Picabia.

«La muchedumbre es un juez despreciable.»
CICERÓN

Desde LIBROS DEL ASTEROIDE queremos agradecerle el tiempo
que ha dedicado a la lectura de *El visionario*.
Esperamos que el libro le haya gustado y le animamos
a que, si así ha sido, lo recomiende a otro lector.

Al final de este volumen nos permitimos proponerle otros títulos de
nuestra colección.

Queremos animarle también a que nos visite en
www.librosdelasteroide.com y en nuestros perfiles de Facebook, Twitter
e Instagram, donde encontrará información completa y detallada sobre
todas nuestras publicaciones y podrá ponerse en contacto con nosotros
para hacernos llegar sus opiniones y sugerencias.
Le esperamos.

❈